MARCEL PROUST

CORRESPONDANCE AVEC SA MÈRE

1887-1905

Lettres inédites présentées et annotées
par Philip Kolb

10
18

PLON

ISBN : 978-2-264-07548-2
Dépôt légal : septembre 2019

Préface

Nous présentons ici la collection intégrale des lettres de famille que Mme Gérard Mante-Proust a héritée de son oncle. Ce recueil comprend tout ce qui nous est parvenu de la correspondance échangée par Marcel Proust et sa mère [1]. Les cent quarante-neuf lettres ainsi réunies s'échelonnent sur les années 1887 à 1905. Marcel Proust avait seize ans lorsqu'il en écrivit la première ; il avait trente-quatre ans au moment où la mort de sa mère interrompit à jamais cette correspondance.

Ces lettres permettent de pénétrer ainsi dans la vie intime de Marcel Proust pendant une partie importante de sa formation intellectuelle. Elles évoquent d'une façon saisissante, parfois au jour le jour, le milieu où il a grandi. Elles remontent à l'époque où il allait commencer son année de rhétorique au lycée Condorcet. Quelques rares lettres calligraphiées rappellent le jeune esthète épris de Leconte de Lisle et de Loti. Sa candeur, non moins que la vivacité de son esprit, est charmante. Autour du cercle de famille – composé du professeur Proust, de sa femme

1. Nous y joignons deux lettres de Marcel Proust à son père et une de Robert Proust à sa mère. Trois lettres du recueil appartiennent à des collectionneurs d'autographes.

et de ses fils Marcel et Robert – sont groupés la grand-mère et le grand-père maternels, ainsi que l'oncle et le frère de Mme Proust. En lisant ces lettres on est frappé de la ressemblance du milieu, des personnes, de *l'atmosphère*, avec ceux que nous connaissons depuis la lecture de *Du côté de chez Swann*. Cela paraît être un chapitre épistolaire tiré du roman. On se croirait à Combray...

Ensuite vient l'année de service militaire à Orléans. C'est l'époque de la mort de la grand-mère. De cette période – 1889 à 1890 – une vingtaine des lettres de Mme Proust ont été préservées. Ces lettres d'une tendresse, d'une prévenance infinies, forment une sorte de supplément au *Séjour à Doncières*.

Les lettres de 1896 seront d'un grand intérêt pour les proustiens. Proust y parle à plusieurs reprises de son travail sur un roman. Après y avoir travaillé sur des feuilles volantes, il avait acheté un cahier de « 100 pages grandes », cahier qu'il a déjà fini au moment où il écrit la lettre XLVI. Malgré son découragement, et bien qu'il dise avec pessimisme que ce sera « détestable », il espère pourtant qu'à raison de quatre heures par jour de travail il pourra achever son roman au bout de six mois. Or, une année plus tôt, en septembre-octobre 1895, pendant son séjour à Begmeil, Proust avait commencé la rédaction, sur feuilles volantes, d'un roman connu aujourd'hui sous le titre de *Jean Santeuil*[1]. Dans la correspondance qu'on va lire, Proust ne nomme pas le héros de son roman. Mais les allusions à un roman dans les lettres XLIV-XLVI et LIII-LIV, si on les confronte avec celles des lettres de l'époque adressées à Pierre Lavallée, Reynaldo Hahn et Marie Nordlinger, ne laissent subsister aucun doute

1. Nous nous réservons d'en faire par ailleurs la démonstration, basée en partie sur l'examen du manuscrit original.

là-dessus : il s'agit du même roman. Les données chronologiques, comme on le verra par les notes que nous ajoutons à ces lettres, n'admettent pas d'autre hypothèse.

Une preuve supplémentaire qu'il est bien question de *Jean Santeuil* est fournie, du reste, par les lettres LIII et LIV. Ces lettres font partie de celles écrites en octobre 1896 durant un séjour à Fontainebleau, où Marcel se rend pour travailler à son roman. Dans la lettre LIII, Proust fait allusion à un passage où il décrit l'angoisse qu'il éprouva en arrivant dans sa chambre d'hôtel : « moment que j'ai rétroplacé avant le téléphone dans le petit récit que je t'ai envoyé et que je te prie de garder et en sachant où tu le gardes car il sera dans mon roman. » Dans la lettre LIV, Mme Proust accuse réception de ce récit « navré » dont la tristesse l'émeut. Marcel l'avait écrit au lendemain de son arrivée à Fontainebleau. Il se sentait alors fort déprimé à cause de la solitude et de la pluie incessante. Il s'agit évidemment du chapitre de *Jean Santeuil* intitulé dans le manuscrit original « Jean à Begmeil I. Le téléphonage à sa mère », chapitre qui contient en effet deux morceaux : le récit de l'arrivée à Fontainebleau (appelé tantôt Beg-Meil, tantôt Trouville), suivi du téléphonage à la mère de Jean. Dans le premier fragment, comme dans la lettre LIII, Proust se plaint du ciel de lit qui l'opprime, et de « l'angoisse de la solitude et de l'insomnie ». Il se trouve justement que l'original du récit est écrit sur six feuilles arrachées d'un cahier et cousues ensemble, sans doute pour sa protection pendant le voyage qu'il devait faire de Fontainebleau à Paris. Comme Proust n'a jamais achevé *Jean Santeuil*, auquel il travailla jusqu'en 1899 ou après, et comme il est presque certain qu'il n'a pas commencé d'autre roman avant *À la recherche du temps perdu*, le roman dont il parle dans les lettres des années 1895 à 1899 ne peut être que *Jean Santeuil*. Les lettres échangées par Marcel et sa mère au cours du séjour à Fontainebleau offrent un tableau assez détaillé et fort curieux de ce moment de la vie de Marcel. Des téléphonages de Marcel et de sa mère sortira le fameux épisode du *Côté de Guermantes* où le narrateur téléphone de Doncières à sa grand-mère.

Les lettres de Marcel, après quelques lacunes, redeviennent nombreuses au moment d'un séjour à Évian. On est alors en 1899, en pleine affaire Dreyfus. Marcel ne parle plus de son roman. Il écrit seulement un article pour *La Presse*, le troisième d'une série de « lettres » qu'il y faisait paraître avec Robert de Flers, mais qui n'aura pas de suite. Bientôt va commencer la période des études ruskiniennes. Marcel acceptera, cédant aux instances de sa mère, d'entreprendre ses traductions de la *Bible d'Amiens* et de *Sésame et les Lys*. Il fait quelques voyages d'études. Après Venise, il ira une fois en Belgique et en Hollande. Chose étonnante, ce voyage au cours duquel il comptait passer seulement une journée à Bruges, Marcel le prolonge de ville en ville, de jour en jour, de Bruges à Anvers, d'Anvers à Amsterdam, avide de tout voir, pendant trois semaines !

Peu après le mariage de son frère, ses parents insistent pour que Marcel établisse un « budget » de l'argent qu'ils lui donnent. Marcel est fort contrarié de ne plus pouvoir dépenser librement son argent. Quelques lettres acerbes témoignent des dissidences familiales qui surviennent à ce sujet. Mais après la mort de son père, un changement de ton considérable s'opère. Marcel semble prendre conscience d'une responsabilité nouvelle. Il se remet au travail, corrige les épreuves abandonnées de *Sésame*. Il voudrait réformer sa vie, se lever et se coucher à des heures normales, prendre ses repas avec sa mère, mais son état de santé l'en empêche. Grâce à l'invitation d'un ami, il passe quelques jours à bord d'un yacht. Plein d'enthousiasme pour cette nouvelle expérience de vie en mer, il en rend compte dans deux longues lettres à sa mère.

C'est un portrait sans retouches que nous offrons aux yeux des proustiens. Aussi trouvera-t-on, à côté des lettres où perce déjà le génie de l'écrivain né, d'autres dont l'intérêt échappera peut-être à certains lecteurs : ici, les moindres détails de la journée, des soucis de santé ; là, des préoccupations de ménage, des comptes, des frivolités. Parfois un billet griffonné sur un bout de papier lorsqu'une crise l'empêche de parler rend un témoignage émouvant d'un moment de détresse. Nous avons tenu à ne rien retrancher à cette correspondance, pour qu'elle reste un document entièrement authentique.

La *Correspondance de Marcel Proust avec sa mère* tiendra une place à part dans la littérature proustienne. C'est le premier recueil important qu'on ait publié jusqu'à ce jour où figurent, à côté des lettres de Marcel Proust, celles de leur destinataire. L'intérêt même en est d'autant plus grand du fait que Proust s'y adresse à la personne qu'il a le plus aimée au monde : sa propre mère. Avec elle, nulle réticence sur ses pensées les plus intimes, nulle gêne pour dire son opinion sincère sur les gens, sur les choses. Voici enfin Marcel Proust lui-même, libéré des excès de sa politesse, de sa « gentillesse », de toute affectation.

La révélation qu'apporte ce volume se manifeste cependant moins dans les lettres de Proust que dans celles de sa mère. Car là se lit clairement entre les lignes ce que Marcel Proust doit à celle qui lui donna le jour. On avait déjà dit la femme remarquable qu'était sa mère, sa grande intelligence, sa connaissance du grec, du latin, de l'allemand, de l'anglais, sa forte culture classique. On savait déjà qu'elle encouragea son fils dans ses travaux littéraires.

On se doutait que Marcel lui devait quelque chose de ses penchants littéraires et artistiques. Mais nos impressions de Mme Proust provenaient du témoignage parfois un peu vague, abstrait des amis de Proust. Dans ces lettres enfin, on voit ce qu'étaient en réalité la personnalité de sa mère, ses goûts, ses principes, ses soucis, son amour pour son fils. On peut suivre de près les rapports de ces deux êtres dont Marcel lui-même disait : « … quand comme nous deux on est toujours relié par une télégraphie sans fil, être plus ou moins près ou plus ou moins loin, c'est toujours communier étroitement et rester côte à côte » (lettre CXXIX). Il est possible enfin d'apprécier exactement le « ton » de leurs rapports à travers les années, d'évaluer l'influence de la mère sur le fils, d'après des documents irrécusables.

Mais voici la révélation capitale qu'apportent ces lettres. Mme Proust a le don remarquable de narrer avec verve et humour les petites scènes de famille, ainsi que ses observations sur le monde. Ne serait-ce point de sa mère que Marcel tient l'art d'écrire le dialogue, les portraits ? Pour en être convaincu, il suffit de lire la lettre XIX, où Mme Proust raconte la conversation à table entre son père et son oncle quand ce dernier se prépare à faire un cadeau à sa cuisinière. D'ailleurs, certaines lettres de Mme Proust, telle la lettre XXXVII sur une visite au Louvre, ne semblent pas être inférieures à celles de la grande épistolière qu'elle admirait tant, Mme de Sévigné.

Quand on a lu ces lettres, on ne s'étonne pas que Jean Santeuil – dans un morceau qui semble être autobiographique [1] – fasse allusion à sa mère comme *la personne par rapport à qui il concevait tout.* Les lettres de

1. Marcel Proust, *Jean Santeuil*, Éditions Gallimard, 1952, tome I, p. 310. *Cf.* ci-après, les notes à propos de la lettre LXI.

Mme Proust s'accordent d'une manière frappante avec cette description de la mère de Jean Santeuil (I, 135) : « ... pleine de goût en littérature, de bon sens dans la vie, de drôlerie quand il s'agissait de raconter la plus simple histoire, de cœur, de tact, d'habileté pour tenir le ménage... » Le lecteur de ces lettres verra à quel point Mme Proust dirige les talents de son fils, tantôt s'opposant à son inactivité intellectuelle, tantôt l'encourageant dans son travail. On peut juger de l'influence de cette mère par le rôle qu'elle joue dans les traductions de Ruskin. Il ne lui suffit pas alors de donner l'élan à son fils, de l'inspirer, de l'encourager dans sa tâche. Elle y prend une part active comme collaboratrice, faisant elle-même en brouillon des traductions que son fils, moins fort qu'elle en anglais, reprendra ensuite pour les travailler à sa façon. Lors de la mort de son père, quand Marcel pense abandonner l'entreprise, c'est sa mère, encore une fois, qui insiste pour qu'il se remette au travail et qui veille à ce qu'il l'achève.

Il y a de fréquents rapprochements à faire entre ces lettres et l'œuvre de Proust. Nous en indiquons en note, avec les références, quelques-uns des plus importants.

Ce volume nous permet enfin de comprendre aujourd'hui les scrupules de piété filiale qui motivaient les remords exprimés par Proust après la mort de ses parents. Certes, par sa mauvaise santé, par sa névropathie, par sa mauvaise hygiène, Marcel infligea à ses parents, bien malgré lui, de réels soucis. À certains moments, nous le voyons devenir égoïste, injuste, aigre, comme on l'est souvent quand on souffre sans rémission. N'ira-t-il pas, un jour où il se sent accablé d'ennuis (lettre CIV), jusqu'à accuser ses parents d'être pour lui « plus un sujet de préoccupation légitime que je ne suis pour vous un sujet de préoccupations gratuites » ! Il faut noter cependant que Marcel signe invariablement ces lettres avec « mille tendres baisers », et que le ton reste toujours respectueux. Certes ces humeurs, ces mesquines tracasseries, devaient être suivies de remords. Mais un être moins noble n'aurait sans doute pas de tels scrupules de conscience. Il semble plutôt que ce sentiment, loin de le prouver coupable, marque la noblesse foncière de sa nature. Du reste, il suffit de comprendre un peu son caractère pour savoir que son inquiétude, ses scrupules, ses « remords » en faisaient partie intégrante, en étaient une manifestation naturelle. N'avait-il pas déjà écrit à sa mère, lorsqu'il avait seulement dix-sept ans, ces mots significatifs (lettre II) : « J'ai des remords des plus légères contrariétés que j'ai pu te causer ! Pardon. »

À l'exception d'une dizaine de lettres, dont quelques cartes-lettres portant le cachet de la poste, et d'autres datées partiellement par l'expéditeur, il a fallu classer et dater cette correspondance d'après les indications chronologiques que nous avons pu trouver dans le texte. Ce volume n'ayant pas la prétention d'être une édition critique, nous donnons seulement sous une forme abrégée la justification des dates.

Nous avons respecté scrupuleusement le texte de ces lettres et même l'orthographe, sauf dans le cas où la clarté en aurait souffert. Proust se servant fréquemment de l'abréviation *M*^{e} pour *M*^{me}, par exemple, nous remplaçons *M*^{e} par *M*^{me} lorsque Proust veut dire *Madame*, afin d'éviter une confusion avec l'abréviation de *Maître*.

Nous tenons à exprimer ici nos remerciements pour les renseignements ou pour les précisions qui ont facilité notre tâche à : M. Henri Borgeaud, Mme Julien Cain, MM. Robert Convert, Jean Ehrhard, Bernard de Fallois, John Frey, Mlle Monique Godefroy, Mme Pierre Lavallée,

MM. P.-L. Larcher, Michel Vinaver, Mme Léon Yeatman, M. le proviseur du lycée Condorcet ; au personnel de la Bibliothèque nationale, des bibliothèques des universités Columbia, Yale et de l'Illinois, ainsi qu'à celui de la Commission franco-américaine d'échanges universitaires, administrateur en France des bourses Fulbright.

Nos remerciements sont également dus à mes collègues de l'université de l'Illinois, MM. Joseph Jackson et Paul-Émile Jacob, pour la correction de la dactylographie.

Philip KOLB
University of Illinois
Urbana (Illinois)

MM. F.-L. Lorthen, Michel Vinaver, Mme Léon Teutsch, M. le proviseur du lycée Condorcet ; au personnel de la Bibliothèque nationale, des bibliothèques des universités Columbia, Yale et de l'Illinois ; ainsi qu'à celui de la Commission franco-américaine d'échanges universitaires, administrateur en France des bourses Fulbright.

Mes remerciements vont également à mes collègues de l'université de l'Illinois, MM. Joseph Jackson et Paul-Émile Jacobs, pour la correction de la dactylographie.

Philip Kolb
University of Illinois
Urbana, Illinois

Correspondance avec sa mère

I

Samedi 24 septembre [1887] [1]

Mon exquise petite Maman

Laisse-moi d'abord te dire que mon estomac est *divin*, que j'ai de nouveau sacrifié à Grand'mère, sacrifice très coûteux pour moi, t'assurer que tu auras « Pêcheur d'Islande » mais sur le conseil de Grand'mère du Cab. Lec d'Auteuil probablement parce que trop tard pour l'autre [2], puis te raconter une expérience et enfin potiner un instant, tout cela au galop car je vais sortir. – .

1. Cette lettre, écrite sur papier d'écolier, porte la date, sans millésime, apparemment inscrite de la main de Marcel Proust. La lettre ne peut dater que de 1887, car il y est question de *Pêcheur d'Islande*, de Pierre Loti, paru en 1886, et de la grand-mère de Proust, décédée en 1890. Or, entre ces limites, le 24 septembre n'est tombé un samedi qu'en 1887. Marcel Proust était âgé alors de seize ans.

2. Mme Proust avait coutume de se servir de l'abréviation « Cab. Lec. » pour *cabinet de lecture*. *Pêcheur d'Islande* de Pierre Loti parut en 1886.

Voilà l'expérience. (je ne sais plus ce que je dis [1]. J'étais *sûr* de très bien digérer la nuit. Pourtant nuits *transparentes* avec sensation que l'on dort qu'on va bientôt s'éveiller etc, rêves. Un soir (le soir du Louvre) je me couche, pas vraiment inquiet de ma digestion mais ayant goûté très tard et fortement dîné (3 desserts). Au réveil je pousse tout seul un cri de surprise dans ma chambre, bouche exquise, sommeil calme, parfait. La journée qui suit bien meilleure en conséquence. L'après-midi qui suit, je vais au bois comme de coutume à pied, puis voiture d'oncle etc. Sommeil lourd.

Alors je me dis ceci.

La journée qui seule avait été suivie d'une bonne nuit

seule s'était passée ainsi :

pas de bois que dans un *coupé* puisque j'avais pris mon oncle au sortir du Louvre non aux Accacias.

Le lendemain j'essaye de ne pas aller au bois.

Je goûte, je dîne (par un pur hasard) très solidement, je m'attire même des observations de Grand'mère.

Maintenant tous petits potins. Hier Nuna à dîner. Mon oncle l'a abîmée parce qu'elle avait l'audace de dire : Je n'aime pas Ingres. La discussion s'est envenimée ; mon oncle a déclaré Nuna *incompétente* en *peinture.* Elle a dit que pourtant elle oserait le dire devant du monde. « Alors on dira voilà une petite femme qui a beaucoup d'amour-propre » et ça est allé crescendo, mon oncle s'est foutu dans une telle colère contre Nuna que elle horripilée a feint de rire et a dit : « je suis au moins contente parce que je vous

1. Marcel avait écrit, puis barré « Grand'mère ». La parenthèse n'est pas fermée.

fais faire votre digestion. » Ils étaient tous les deux comme des linges.

Il y a 8 jours Nuna s'était tordue de ce que mon oncle avait disserté sur la peinture [et] la sculpture, brouillé Raphaël et Dürer. Ça se passait au jardin après le dîner, dans la nuit. Tout à coup une ombre glisse, rapide. Mon oncle venait de pisser et se hâtait de rentrer pour ne pas se refroidir. Nuna d'une voix altérée : « ce n'est pas ton oncle, n'est-ce pas qui vient de passer là ? » « Si. » Éclatant : « Alors il a tout entendu. » Non. Rien du tout.

Mille baisers

Marcel PROUST

Samedi 3 h. [1]

Chère petite, les petits viennent de partir – entente parfaite, ils ne peuvent se passer l'un de l'autre. Nuna pr ne rien perdre venue hier à la place de dimanche, invitée à Montretout où elle était allée la veille. Valérie était à Paris pr l'enterremen de la célèbre Victoire.

1. Post-scriptum de Mme Weil, mère de Mme Adrien Proust.

II

Dimanche [1]
[Mercredi 5 septembre 1888]

À toi ma chère petite Maman

ma dernière feuille de chic papier.

C'est la vérité pure qui va sortir de ma bouche.

Très bonne promenade hier soir. Conduit Georges au tramway [2]. Je l'ai pendant 10 minutes entraîné au loin pour qu'il laisse partir le tramway. Ça n'a pas raté. Malheureusement, les dernières minutes, quand je l'épie, qui va partir, je suis si content, que je me trahis un peu. Il s'est mis à courir après ! C'est si chic de le voir.

Accidents le soir. Nuit longue mais *plutôt* désagréable. Puis jusque là toujours pas les yeux très secs. Encore sous le coup de votre départ je me suis même attiré un sermon de mon oncle qui m'a dit que ce chagrin c'était de l'« égoïsme » [3]. Cette petite

1. Gravé en caractères dorés ; le jour ne correspond pas à celui où la lettre fut écrite. C'est apparemment ici la « lettre d'hier » dont il s'agit dans celle de Mme Proust que nous datons du jeudi [6 septembre 1888] : *cf.* les allusions au chagrin de Marcel, à ses promenades matinales, à Robert en villégiature avec Mme Proust. La date de la lettre se trouve vérifiée par l'allusion à « ma dernière feuille de chic papier », le même papier dont Proust s'est servi pour la lettre I à Robert Dreyfus, écrite en août 1888.

2. *Georges* Baruch Denis Weil (1848 ?-1906), frère de Mme Proust, conseiller à la cour d'appel de Paris, juge, puis vice-président au tribunal de la Seine.

3. Ici c'est l'oncle de Mme Proust, Louis Weil, propriétaire de la maison d'Auteuil au 96, rue de La Fontaine, décédé en 1896. C'est le principal modèle, paraît-il, de l'oncle Adolphe dans *Du côté de chez Swann*.

découverte psychologique lui a procuré de si pures joies d'orgueil et de satisfaction qu'il m'a moralisé, devenu impitoyable. Grand'père beaucoup plus doux a seulement dit que j'étais idiot, avec beaucoup de calme, et grand'mère a hoché la tête en riant, en disant que ça ne prouvait nullement que j'aimais « ma mère »[1]. Je crois qu'il n'y a guère qu'Auguste, Marguerite et Madame Gaillard qui soient sensibles à mon malheur. Quant à Victoire et à Angélique elles croient évidemment que j'ai une « petite connaissance » qui va sécher mes larmes ! Mais ce matin m'étant levé de bonne heure j'ai été au bois, avec Loti[2]. Oh ! Ma petite Maman, que j'ai eu tort de ne pas le faire encore ; et comme je le ferai souvent. Dès l'entrée il faisait beau ; soleil, frais, enfin j'en riais de joie tout seul ; j'avais du plaisir à respirer ; à sentir, à remuer mes membres, comme jadis au Tréport, ou à Illiers l'année d'Augustin Thierry – et mille fois mieux que mes promenades avec Robert. Et puis le *Mariage de Loti* a encore accru ce bien-être – bien-être comme si j'avais bu du thé – lu sur l'herbe au petit lac, violet dans une demie ombre, puis par endroits, du soleil qui se précipitait faisant étinceler l'eau et les arbres.

« Dans l'étincellement et le charme de l'heure. » J'ai alors compris ou plutôt senti, combien de sensations exprimait ce vers charmant de Leconte de Lisle[3] ! Toujours lui !

1. Il s'agit des grands-parents maternels de Marcel : Nathé Weil (1816 ?-1896), agent de change, et Mme Weil, née Adèle Berncastel (1824 ?-1890).

2. *Le Mariage de Loti (Rarahu), par l'auteur d'Aziyadé*, parut chez Calmann-Lévy en 1880.

3. « Épiphanie », *Poèmes tragiques* (1884).

Grand'père a entièrement renoncé au thé. Fleur d'oranger. Ballet est passé grand homme parce qu'il a dit que grand'père avait bien raison de ne jamais moucher [1]. Même par une rencontre surnaturelle – ô combien surnaturelle ! – : vous ne feriez *qu'exciter !* Je me suis très bien tenu à table et n'ai pas une fois croisé un regard furibond de grand'père. À peine une observation parce que je me *frottais* les yeux avec mon mouchoir [2]. Reste de chagrin.

Dis à Robert que les ouvriers de Sa Majesté ont terminé l'instrument destiné à des affaires d'état si graves mais qu'eux – comme il convient : (voir les romans de Dumas) – ne se doutent pas de l'importance ni même du caractère de ce qu'ils ont fait. Ça m'a paru mille fois trop grand et comme une trompette de jugement dernier. Victoire m'a dit que c'était très drôle et qu'elle ne sait pas du tout à quoi ça peut servir ! Embrasse mille fois Robert et toi pour moi. J'ai des remords des plus légères contrariétés que j'ai pu te causer ! Pardon. Je t'embrasse infiniment.

Marcel

P.-S. – On vient d'apporter le pantalon Palais de Crystal. Trop étroit. On le rapportera sans faute ce soir, arrangé. On a rendu ceux de Robert.

1. Il s'agit sans doute du Dr Gilbert Ballet (1853-1916), neurologue, professeur à la faculté de médecine, où il collabora avec le professeur Proust. Voir le *Qui êtes-vous ?* de 1909-1910, et le Dr R. Le Masle, *Le Professeur Adrien Proust*, Paris, Lipschutz, 1935, p. 58.

2. Tout ce passage est à rapprocher du chapitre sur Combray dans *Du côté de chez Swann*.

III

Salies Jeudi 2 hs

[6 septembre 1888] [1]

Cher petit

Je viens de recevoir ta lettre d'hier – bien gentille et que Robert et moi avons relue tour à tour. Mon pauvre loup moi je suis d'autant moins tentée de te critiquer que j'avais bien autant de chagrin que toi et que je ne cesse de penser à toi. Je ne dis pas de te regretter *ici*, car tu n'aurais pas eu d'agrément jusqu'à présent. Après l'alerte de cette nuit, on n'a pour se remettre que les doléances générales et une chaleur fatigante qui te serait particulièrement pénible [2].

Je suis *ravie* des sensations que tu m'exprimes sur tes promenades du matin – et je désire que tu n'y *manques plus si cela peut continuer de t'être aussi agréable*.

Robert est arrivé rêvant cheval – et n'en trouvant aucun assez pur sang. Mais il fallait aussi lui trouver non un guide (il ne le supporterait pas) mais un camarade. Dans l'espoir de faire une découverte, je l'ai emmené dès hier soir à l'hôtel d'Angleterre sous

1. Nous datons cette lettre et la précédente d'après l'allusion à l'incendie de Salies. Voir la note suivante.

2. Il s'agit d'un incendie qui détruisit l'Établissement des Bains de Salies-de-Béarn dans la nuit du mercredi 5 au jeudi 6 septembre 1888. Voir *La France de Bordeaux et du Sud-Ouest* du vendredi 7 septembre 1888, et *Le Figaro* du 9 septembre 1888. Nous devons à M. Robert Convert, secrétaire général de la mairie de Salies-de-Béarn, nos remerciements pour les renseignements sur cet incendie qu'il a bien voulu fournir.

prétexte de rendre visite à Mme Hénocque, (qui a été très touchée de ma manifestation si rapide) ; or elle a avec elle son neveu, un jeune Eiffel (tour) [1] 15 ans, montant à cheval etc. Tout va au mieux, mais son oncle M. Hénocque ne lui permet pas de monter. (J'ai fait là mon petit effet Binder pour la maîtresse de piano) [2].

Robert aurait tenté de l'emporter quand même aujourd'hui sans l'incendie qui a rompu les baux et engagements de sortie de chacun. Ce jeune Eiffel – qui est à Monge –

Une feuille manque.

Post-scriptum en tête :

Mon petit loup. Ma lettre sera mise à la poste de façon à n'arriver que Samedi – afin que tu sois sûrement à Auteuil.

1. Mme Albert Hénocque était en effet une demoiselle Eiffel. Voir le *Paris-Hachette, Annuaire complet commercial, administratif et mondain* de 1900 (Hachette et Cie), « Adresses mondaines », p. 122. Les travaux sur la tour Eiffel devaient être achevés le 31 mars 1889.

2. Apparemment un morceau de musique du compositeur allemand Christlieb Siegmund Binder (1724-1789) ou bien, une composition de Karl Binder (1816-1860), auteur d'opéras, d'opérettes et d'une parodie de *Tannhäuser*. Il est possible cependant que Mme Proust fasse allusion à August Sigismund Binder, compositeur dont la Bibliothèque nationale possède un air à une voix et clavier (fin du XVIIIe siècle) : *Du lächelst lieber Morgen.*

IV

[Salies-de-Béarn]

Samedi matin [7 septembre 1889] [1]

Cher petit pauvre loup

On t'écrira tous les jours maintenant qu'on est prévenu – mais remarque mon vieux qu'ayant reçu en tout les quelques lignes qui m'ont été retournées d'Auteuil (et auxquelles j'ai répondu à l'instant) – je ne soupçonnais pas de ton côté la solitude morale. Me voici mon grand en possession de ta seconde lettre désolée de te voir *sens* dessus dessous et aussi que tu l'écrives *sans* dessous etc…

Il faut absolument mon chéri tirer parti de tes vacances pour ta santé si tu crois que ta tournée de villes y réussisse fais-le *quand même*. Je crois cependant que la sagesse serait de correspondre de suite avec l'Isle Adam

1. Cette lettre, datée seulement de « Samedi matin », doit être du samedi 7 septembre 1889. L'allusion à « le gouverneur » nous permet de placer cette lettre avant le 16 avril 1891, date à laquelle Tirman fut remplacé par Jules Cambon comme gouverneur général d'Algérie. D'autre part, comme Mme Proust écrit sur papier de deuil, elle doit écrire après la mort soit de sa belle-mère, Mme François Valentin Proust, décédée le 19 mars 1889, soit de sa propre mère, Mme Nathé Weil, décédée le 2 janvier 1890. Mais la bande noire du papier est moins large que celle du papier dont elle s'est servie après la mort de sa mère. Il s'agit donc apparemment du deuil pour sa belle-mère. Du reste, en 1890, Proust faisait son service militaire ; le 22 septembre, il rentrait d'une permission passée à Cabourg « surtout au lit ». D'autre part, en 1889, les journaux signalèrent l'arrivée de M. Tirman en France au début de septembre : reçu le 3 à Fontainebleau, il rentrait le 10 à Alger (*Journal des débats* du 5 septembre 1889 ; *Le Figaro* du 11). La lettre de Mme Proust ne pourrait donc dater que du samedi 7 septembre 1889.

Chantilly

le Plessis Picard – –

pour y trouver au vert un refuge contre l'excitation sans doute trop forte ? de la mer [1].

Es-tu *sûr* aussi que tu *t'arranges* bien ? Et les dîners ?

Donne-moi donc le menu de ton temps et de tes repas.

Je ne regrette pas Salies pour toi. La chaleur y est telle qu'on ne peut se risquer dehors avant 5 hs.

Les Tirman arrivent ce soir [2]. Mme Biraben est aussi heureuse pour ses rivaux que pour elle-même de recevoir le gouverneur et va signaler sa présence à tous, par un feu d'artifices (de mets – et de fusées). Robert toujours persuadé que Gazier a imprimé en lettres de feu « recalé » sur son front redoute de revoir M. Tirman. Brunsw. lui a donné : comparer les 2 révolutions du *Cid* et d'*Andromaque* (moi je ne connaissais que 89 et 48) [3].

Je ne puis rien te dire de mes lectures mon grand parce que je suis toute à Mme du Deffand et que tu dédaignes je crois le XVIIIe s.

1. Marcel Proust, qui venait d'achever son année de philosophie au lycée Condorcet, passait ses vacances à Ostende chez les Finaly. Il allait se présenter en novembre au volontariat.

2. Louis Tirman (1837-1899), président de la Compagnie P. L. M., ancien conseiller d'État et ancien député, fut gouverneur général d'Algérie de 1881 à 1891. Il fut élu sénateur des Ardennes en 1892. *Cf.* la note 1, p. 25.

3. Robert Proust venait d'achever son année de rhétorique à Condorcet. Il a dû se présenter sans succès au baccalauréat devant Augustin Gazier, maître de conférences à la Sorbonne. Nous pouvons supposer qu'après ce premier échec, Robert aura pris des leçons pendant l'été en vue d'une nouvelle tentative au bachot, faisant appel à cet effet à Léon Brunschwicg, alors élève à l'École normale supérieure (1888-1891). Les diplômes de Robert Proust pour le baccalauréat ès lettres et ès sciences datent d'octobre 1890.

Nous avons retrouvé (cela se retrouve toujours !) le décadent Belge de l'an dernier, qui décade toujours plus bas, et ne s'enflamme que pour Joséphin Péladan.

Il y a aussi un Brésilien qui broie du piano de 8 hs du matin à minuit et ne s'interrompt que pour laisser la place à une jeune fille de Libourne qui chante des morceaux et vocalise. La pauvre petite lance de toute la vitesse et l'énergie de son gosier

oui – i i i i i i i
le désespoir – oi – oi – oi – oi – r
abrégera – a – mes jours !

La mère accompagne avec un lorgnon – puis son menton heurte sa poitrine par l'effet de la secousse du rythme qu'elle cherche à marquer. Il faut que les 24 doubles croches sentimentales de la pauvre petite rentrent dans le temps de la mesure.

Après la mère se lève en contenant son triomphe, range la musique etc.

Ce sont de courtes distractions – et notre séjour n'a d'ailleurs rien de gai – Je pense fort à *tous* mes absents – seulement je voudrais au moins me représenter ton *vaillant content* etc. – mon grand.

Je comprends combien tu peux être peiné du chagrin de cette pauvre Madame Finaly mais quel âge a donc sa mère ? Est-ce une situation seulement pénible par la souffrance présente, mais guérissable ?

J'attends ta lettre mon chéri mais t'écrirai *chaque jour. Mille* baisers

J[eanne] P[ROUST]

V

[Septembre 1889] [1]

Les quatre premières pages manquent.

Je ne sais où j'ai lu un récit touchant d'une mère paralysée et aveugle, qui s'aperçoit cependant que sa fille est amoureuse, suit les progrès, la met en garde etc. – – Moi paralysée par la distance et recevant bien peu de clarté de tes lettres qui négligent trop les points essentiels, je sens très bien ton pouls et ton style battre trop vite, et je réclame absolument du *calme*, du régime, des heures de solitude, le refus de participer aux excursions etc. – et au besoin je sollicite M. Horace [2] de veiller à l'exécution des présents décrets ayant toute confiance en sa raison – (n'en conclue pas mon loup que je me défie de la tienne)

Ne pourrais-tu aussi mon chéri dater chacune de tes lettres, je suivrais plus aisément les choses.

Puis me dire

levé à
couché à
heures d'air – –
heures de repos – – –
etc.

la statistique aurait pour moi son éloquence et en quelques lignes tu aurais achevé de remplir tes devoirs.

1. *Cf.* les allusions, dans cette lettre et dans la précédente, à la maladie de la mère de Mme Hugo Finaly, Mme Ellenberger ; à la lecture de Mme du Deffand, et la demande du « menu de ton temps et de tes repas » répétée ici. Les deux lettres sont écrites sur papier de deuil à bande noire moins large que celle dont Mme Proust se servira après la mort de sa mère (*cf.* la note 1, p. 25, à propos de la lettre précédente).

2. Horace Finaly, fils d'Hugo Finaly, chez qui Proust se trouvait en villégiature.

Notre hôtel est comble mais néanmoins creux pour moi comme société. Mme du Deffand est la seule relation que je ne dédaigne pas et que je cultive. Elle m'amuse mais jamais nous ne nous lierons d'une intimité cordiale comme avec Mme de Rémusat. Ni la femme ni les correspondants ni le milieu ne sont assez sympathiques.

Mais quelles drôles d'allures. Elle tient le Président Henault au courant du nombre et de la qualité des garde-robes que lui procurent ses médecines – et le charge de demander au docteur s'il faut les modifier etc.

Je ne t'ai pas envoyé mon chéri un *Ruy Blas* de Cabinet de lecture mais n'ayant trouvé que le *théâtre* du regretté V. H. – j'ai prié M. Delorme de m'acheter un *Ruy Blas* séparé (lui-même n'a que le théâtre entier). Je l'ai également chargé d'acheter les « blanches Théories » – et d'expédier le colis postal. C'est pourquoi tout était si bien arrangé. Sans doute il aura apposé sa griffe pour que son nom passe la frontière. Adieu mon chéri. *Tausend Küsse* [1] pour parler ta nouvelle langue.

J. P.

Présente à Madame Finaly l'expression constante de mes remerciements et de mes vœux les plus sincères pour la santé de sa mère.

1. *Mille baisers*, en allemand, langue que Mme Proust confond avec le flamand ; Marcel Proust était à Ostende.

VI

Jeudi 12 7e [1889] [1]

Cher petit

Malgré ta lettre reçue ce matin (datée Mardi 1b) où tu me parles retour et *Tosca* [2] je me berce de l'espoir que – grâce à l'amabilité de tes hôtes – tu pourras prolonger – – jusqu'au retour de ton père.

Vois donc tu convergerais sur Paris, avec ton père, tu passerais avec lui à Auteuil les journées des 21 et 22 – puis lui – étant obligé de repartir le 23 tu en ferais autant et irais chez Winter jusqu'au 29, avec retour général à Paris. Ce serait parfait et tu profiterais encore *bien à Ostende*. Il fait une chaleur atroce. J'ai reçu une lettre de Mme Rayet que je te transmets ou plutôt je change & t'envoie celle de Nuna à ta gd mère et t'enverrai l'autre demain après y avoir répondu. Car il faut que je réponde ! J'ai reçu ce matin une dépêche de ton père en excursion « Admirablement » etc. Une lettre très drôle de ton oncle G [3].

Enfin mon grand chacun est inspiré excepté ta pauvre maman qui est dans l'appauvrissement intellectuel le plus complet.

Quant à Robert, il a des saignements de nez insupportables. En outre 2 fois il s'est refroidi en

1. Lettre sur papier de deuil. Le 12 septembre n'étant tombé un jeudi pendant la vie des deux correspondants qu'en 1872, 1878, 1889, 1895 et 1901, cette lettre ne saurait dater que de 1889, année de la mort de la mère du Dr Proust (*cf.* la note 1, p. 25).

2. Il s'agit du drame en 5 actes de Sardou, annoncé pour la rentrée de Sarah Bernhardt au théâtre de la Porte Saint-Martin le 4 septembre 1889, et représenté tous les jours jusqu'à la fin du mois.

3. Georges Weil, frère de Mme Proust.

transpiration et a pris des douleurs musculaires (voir[e] cette nuit) mais cela n'a duré la 1re fois qu'une journée et cette fois qu'une nuit.

Seulement je ne le laisserai plus monter à la grande chaleur.

Mille et mille baisers

J. P.

VII

[Salies]

Vendredi 13 [septembre 1889] [1]

Cher petit

Tâche donc de remettre ce pauvre estomac – Mais pas par ta poudre que de confiance je pressens détestable.

On vient de me prêter la *Revue* du 1er 7bre ; j'y vais lire le Brunetière – que ta gd mère m'avait signalé [2].

Je lis d'ailleurs ici beaucoup moins que les autres années à cause des Tirman. J'ai fait goûter à Robert *Mauprat* – quoique rebelle à l'avance – il apprécie fort je crois. Il va bien – et n'a plus de saignements de nez. Seulement je ne lui laisserai plus faire de si longues promenades à cheval et malheureusement

1. Lettre écrite sur papier de deuil ; datée par la suscription « Vendredi 13 », les allusions à la *Revue des Deux Mondes* et aux événements politiques. Voir les notes suivantes.

2. « Revue littéraire : question de morale », la *Revue des Deux Mondes* du 1er septembre 1889, 3e période, LIXe année, p. 212-226. À propos du *Disciple* de Bourget, Brunetière donne la réplique à Anatole France, qui lui avait reproché de réclamer, sans s'en douter, « un 24 août et une Saint-Barthélemy de "penseurs" ».

il n'a guère d'autre distraction. En politique je suis comme toi mon grand du grand parti « conservateur libéral intelligent »[1]. Mille et mille tendr.

J. P.

VIII

Samedi 4 hs

[14 décembre 1889]

Mon bien cher petit

Quel malheur que cette privation de permission[2]. J'ai été bien contente que Finaly soit allé te voir hier. Que ne puis-je en faire autant. Je ne suis pas pour t'envoyer Robert si tu as un camarade. Cela fait double emploi et personne ne jouit complètement.

Je me flatte que je recevrai demain une bonne longue lettre qui me tiendra lieu d'un petit peu de toi.

Ta grand'mère est aujourd'hui au lait – toujours par dose homéopathique – elle ne consent à

1. C'était le moment des élections de la Chambre des députés. Le 22 septembre 1889, premier tour du scrutin, devait marquer le désarroi de la coalition monarchico-boulangiste.

2. Marcel Proust achevait son premier mois de service militaire, à Orléans, au 76e régiment d'infanterie. Il s'y était présenté le 15 novembre 1889. La nouvelle loi du 15 juillet 1889 marquant la fin du régime militaire du volontariat d'un an (loi de 1872), Marcel, malgré la précarité de sa santé, s'était décidé à devancer l'appel. Il est intéressant de comparer les lettres que nous publions ici avec les réminiscences de la « vie de régiment » qu'on trouvera dans *Les Plaisirs et les Jours*, p. 215-216, dans *Jean Santeuil* et dans *À la recherche du temps perdu*.

la prendre que moyennant qu'il n'aura pas le goût de *lait*[1].

Je vais tâcher de voir Finaly pour avoir q. q. détails sur toi. Mais je crains que par caractère il ne s'arrête au *Gebaüde*[2] et n'ait pas cherché à pénétrer ton existence et ton état.

Enfin mon chéri, il y a un mois de passé il ne te reste plus que 11 morceaux à manger du gâteau, sur lesquels 1 ou 2 tranches se consommeront en congés.

J'ai pensé à un procédé pour t'abréger le temps. Prends 11 tabl[ettes] de chocolat que tu aimes beaucoup, dis-toi que tu ne veux en manger une que le dernier jour de chaque mois – tu seras tout étonné de les voir filer – et l'exil avec. Je crois que je divague et que je dis une ineptie qui n'aurait d'avantage que d'augmenter ta dyspepsie.

Robert vient de monter un instant avec Joyant, ils paraissent très amis. Joyant est très grandi, je n'ai pas osé le lui faire remarquer.

Au revoir mon cher petit. Porte-toi bien et sois vainqueur d'un combat dont ton bonheur et le nôtre sera le prix.

Je t'aime tendrement

J. P.

Mme Nathan – toujours au lit – va mieux

1. C'est le moment de la dernière maladie de la grand-mère maternelle de Proust, Mme Nathé Weil, née Adèle Berncastel, qui mourut à l'âge de soixante-cinq ans le 2 janvier 1890 (*Journal des débats* des 6, 8 et 9 janvier 1890). À comparer la description de la mort de la grand-mère du narrateur dans *Le Côté de Guermantes*, où se trouvent amalgamés certains détails de l'agonie de Mme Proust et de celle de sa mère.

2. Le mot *Gebäude*, qui signifie en allemand *bâtiment principal*, est écrit en caractères gothiques dans le texte. Mme Proust a déplacé le tréma.

IX

Mardi une heure

[Premier semestre 1890] [1]

Loup. Que fais-tu ? – Ton père a encore mal aux reins, mais moins et a repris aujourd'hui Hôtel Dieu (et le reste et le reste).

Il faut l'entendre hurlant – sous le massage impitoyable de Robert : « Mais tu me fais un mal de chien ! N. de D. que tu me fais mal ! » en même temps qu'il ajoute : « Mais va donc ! Continue donc ! »

Proustowitch doit ramener à 3 hs ses deux petits copains comme il les appelle, pour ostéologiser ensemble [2]. Il est gentil – quand il n'est pas grincheux.

Ce matin je lui ai fait dire : Oh, très chiic ! à du Casimir Delavigne que j'avais étiqueté Lamartine (Je dois dire qu'il n'y avait que 2 vers –) par extraordinaire il l'a pris – comme il le devait – en riant.

Par contre hier je pilpatais à l'audience quand je l'ai aperçu qui venait d'y arriver. Je me suis précipitée vers lui et comme il était pressé ai tout quitté pour rentrer avec lui. Il était tellement insupportable qu'à la seconde décharge – j'ai fait face en arrière – je suis repartie de mon côté. Bien m'en a pris, j'ai rejoint dans la cour du Palais ton grand'père. Nous avons consommé ensemble une nouvelle heure d'audience – (plus, lui une heure de voiture pour me ramener).

1. Papier de grand deuil, pour la mère de Mme Proust. *Cf.* la lettre IV, note 1. La lettre est datée par l'allusion aux études de Robert Proust, qui acheva son année de philosophie au lycée Condorcet l'été de 1890. *Cf.* la note 2 ci-après.

2. Le nom de Robert Proust figure en effet au palmarès du lycée Condorcet de 1890 pour un 5e accessit en histoire naturelle.

Ton oncle est monté ici ce matin – lyrisme sur vos 2 installations – chevet – etc.

Adieu cher petit. Je t'embrasse mille et mille fois, dis-moi si tu crois venir [1]. Mille tendresses cher petit.

J. P.

X

Auteuil, Mercredi, 1 heure
[23 avril 1890] [2]

Cher Petit,

As-tu parlé de ton hémi… dolorite à M. Kopff ?

Ton père trouve que les commentaires du *Figaro* pourront se faire à l'oral – Samedi.

Il t'engage cependant à réduire tes quantités de fromage à la crème (penser un nombre, prendre la moitié, etc). Je suis, mon chéri, imprégnée de Loti, et je dis avec lui pour ceux qui ont le malheur de ne pas le comprendre : « S'ils savaient de quel haussement d'épaules je – – – leur dédain. »

Je ne puis me lasser de relire ces lignes :

« Et je voudrais, pour la première apparition de cette figure bénie dans ce livre de souvenir, la saluer avec des mots à part, si c'était possible, avec des mots faits pour elle et comme il n'en existe pas, des mots qui, à eux seuls, feraient couler des larmes

1. Marcel faisait son service militaire à Orléans.

2. Cette lettre, sur papier de grand deuil, est datée par l'allusion au feuilleton de Paul Desjardins dans *Le Temps* ; voir la note 2, p. 36.

bienfaisantes, auraient je ne sais quelle douceur de consolation [1]. »

Tu m'as fait du bien, mon chéri, en me trouvant cette lecture. Quelquefois je rencontre aussi dans Madame de Sév[igné] des pensées, des mots qui me font plaisir. Elle dit (en critiquant une sienne amie vis-à-vis de son fils…) :

« Je connais une autre mère qui ne se compte pour guère, qui est toute *transmise* à ses enfants. »

N'est-ce pas bien appliqué à ta grand'mère ? Seulement, elle, elle ne l'eût pas *dit.*

Puis encore ceci, parlant d'inquiétudes qu'elle n'ose exprimer :

« On formerait, ma chère enfant, une autre grande amitié de tous les sentiments que je vous cache. »

Il n'y aura que 3 *Temps* avec feuilleton de Paul. Je te les enverrai (Le 1er est d'hier) [2].

Aujourd'hui Robert va au cours de Boutrou[x] et n'en « manquera plus un ».

« Philo sum et nihil philo mihi etc… »

Mon loup ce matin, ton père ne devant pas rentrer j'ai déjeuné à 10 hs 1/2 avec Robert, puis après j'ai fait essuyer le clavier du piano de mon fils où la bougie stalactitait la poussière puis – – – une heure d'exercices

1. Phrases citées du *Roman d'un enfant* de Pierre Loti, chapitre V, paru dans la *Nouvelle Revue* du 15 janvier 1890. Ce roman y parut en six livraisons, du 15 janvier au 1er avril, avant de sortir en volume en mai 1890. Voici plus exactement la première phrase de Loti : « Ils n'imaginaient pas, ceux-ci, en échange de leur haussement d'épaules, tout le dédain que je leur offre. »

2. Paul Desjardins, *La Demoiselle du Collège de France : Histoire de la Rive gauche*, *Le Temps* des 23, 24 et 25 avril 1890. *Le Temps* portant la date du lendemain de sa mise en vente, Mme Proust fait allusion au numéro daté du mercredi 23.

consciencieusement faits – tandis que Robert lisait sa physique auprès de moi.

Après – toute rhumatisante de raideur – j'ai cessé puis j'ai dicté à Robert des problèmes d'algèbre qu'il écrivait au tableau noir. Puis ton père vient d'arriver, je l'ai vu un instant avant qu'il n'introduise un patient puis j'écris à loup – puis je vais sortir – et aller chez mon chapelier (qui peut le disputer à Pepita et Clarinda) – *Lebel.*

Adieu mon chéri je t'embrasse tendrement avec un point d'orgue à prolonger jusqu'au prochain baiser.

Ton lilas blanc penche la tête mais le « Vergiss mein nicht [1] » est *tout frais.*

Mille et mille tendresses.

J. P.

Ton père sera chez lui *Dimanche matin* puis *Lundi* consultation. Tout cela est plus sûr que l'Académie.

Pas d'essai de natation ni de cheval actuellement a dit ton père.

XI

Lundi 2 hs
[28 avril 1890] [2]

Cher petit

Je n'espérais pas que hier Dimanche tu aurais pu écrire – et la lettre que j'ai trouvée le soir en rentrant

1. Nom allemand du myosotis, signifiant : *ne m'oublie pas.*

2. Lettre sur papier de grand deuil ; datée d'après les allusions aux élections et à la mort de Trélat. Voir les notes suivantes.

me coucher a été une joyeuse surprise dont je remercie mon fidèle grand.

Il y a une heure j'ai reçu Winter et lui ai trouvé *bien du charme*. Il compte aller trouver Darlu pour les lectures. Moi je me trouve contente avec Lavisse et suis toute prête à y faire succéder Michelet (mais pas 2 soleils à la fois).

Le France que Robert admire m'a paru *sauf un joli commencement* = piteux [1].

Prononcez, Maître ! Robert est 1er des nouveaux en philo – mais trouve dur qu'un *vétérant* soit avant lui (Sirop) [2].

Nous avons tous – ainsi que ton grand'père – dîné – et fort bien – hier chez ton oncle. Quelques escarmouches entre les 2 frères [3] à propos des élections municipales [4] – ton grand'père n'autorisant pas les Binder & Cie à se parer du titre de conservateurs etc. etc. – – Ton grand'père désolé parce que son marchand d'oranges – très brave homme – 40 ans

1. Il s'agit sans doute d'un feuilleton de la « Vie littéraire » d'Anatole France, probablement du dernier des articles suivants parus dans *Le Temps* aux dates indiquées : « Amycus et Célestin : conte philosophique pour le jour de Pâques » (6 avril 1890) ; « M. Octave Feuillet (*Honneur d'artiste*, 1 vol.) » (20 avril) ; « Mysticisme et science » (27 avril). *Cf. Œuvres complètes d'Anatole France*, tome VII, Paris, Calmann-Lévy, 1929.

2. S'agirait-il d'une composition trimestrielle ? Au palmarès du lycée Condorcet, Robert Proust sortit 26e de sa classe de philosophie. L'élève Cirot sortit 24e. Voir *Le Figaro* du 6 août 1890. Le *Journal des débats* à la même date faisait mention de Robert Proust parmi « les élèves le plus souvent nommés ».

3. Louis et Nathé Weil, grand-oncle et grand-père de Marcel Proust.

4. Les élections municipales eurent lieu le 27 avril et le 4 mai 1890. *Cf.* la note suivante.

de services etc. a voté pour un anarchiste « Voilà le travail de ces canailles de journaux. »

Larmandie a eu l'ulster qu'il méritait – on ne lui fait pas même l'honneur de citer son nom dans les vaincus [1].

Hier vers 5 hs pendant que j'écrivais avec ton père, Eugénie m'a mandée solennellement :

« C'est mon amie celle qui va épouser un médecin qui veut m'inviter pour Mardi. » « Bien – dites-lui que oui ». « Oh il faut que Mme la reçoive c'est plus convenable. » Et elle m'introduit dans la salle à manger une jeune veuve, encore juteuse – dont le coquin de fils n'a pas *voulu* entrer à Polytechnique ; son fiancé qui l'attendait en bas est décoré et a suivi l'enterrement de Trélat avec un orgueil mal contenu [2].

Je pourrais craindre que le jeune ménage ne donnât des aspirations à Eugénie s'ils ne repartaient pour la Cochinchine d'où ils viennent.

En attendant la noce est demain aux Batignolles. Adieu mon grand je t'embrasse tendrement : est-ce bien sûr que tu viennes Dimanche ?

« Ah que ce temps est long à mon impatience [3] ! »

J. P.

1. De Larmandie, candidat boulangiste aux élections municipales du 27 avril 1890, pour le VIIIe arrondissement. Maurice Binder, conservateur, fut élu ; Tamburini, libéral, fut second (non élu) et de Larmandie troisième.

2. Le Dr Ulysse Trélat fils (1828-1890), professeur à la faculté de médecine et membre de l'Académie de médecine, décédé le 28 mars 1890. Voir *Le Figaro* du 29 mars 1890, et le *Larousse du XXe siècle*, t. VI, p. 788.

3. Racine, *Esther*, acte II, 1.

XII

Dimanche 3hs [8 juin ? 1890] [1]

Cher petit

Ton grand'père va très bien. Il commence à faire de vrais repas – légers – Ce soir il aura sa poule au pot. Mais toujours au lit ton père jugeant que c'est du temps gagné.

Je viens de lui lire dans le *Figaro* d'hier une platitude inouïe – de Faguet [2].

Je ne sais où est caché son talent – mais jamais nous ne nous sommes rencontrés.

Dans un Balzac à ton oncle G, cette phrase :

« Elle devint femme de ménage, comme elle était devenue poète par un élan vers les sommets. »

Comment la trouves-tu ? – – –

Ta lettre acrobatique m'est arrivée hier après-midi – soit le jour même où tu as écrit !

Notre Dimanche est disloqué aujourd'hui – ton père dînera chez M. Millet – ton oncle chez lui – vu

1. Lettre sur papier de grand deuil à large bordure noire (1,5 cm) ; comme il est question du grand-père et de l'oncle Louis Weil encore vivants, le deuil en question doit être celui de la mère de Mme Proust. Cette lettre date donc de 1890 (*cf.* l'allusion au « pauvre exilé », Marcel faisant son service militaire). La saison semble être le printemps ou l'été (canotage au Bois). L'article de Faguet dans « le *Figaro* d'hier » serait donc évidemment un des articles parus dans le supplément littéraire des samedis suivants : 12 avril, « l'Homme des enterrements » ; 24 mai, « l'Anti… » ; 7 juin, « le Néanioscope » ; ou 16 août 1890, « Évolution d'un genre ». Il ne peut pas s'agir de celui du 16 août puisque la lettre date d'un dimanche où Marcel reste « exilé » sans permission, et le Dr Proust, à Paris, dîne chez M. Millet ; or, le dimanche 17 août, le Dr Proust rentrait de voyage, juste après le départ de Marcel pour rejoindre son corps d'armée. Cette lettre date vraisemblablement du dimanche 13 avril, 25 mai ou 8 juin 1890.

2. Voir la note précédente.

le disloquage du 40 bis, Robert chez les Greffülhe [1], et nous deux ton oncle G [et moi] deviserons seuls à table, et parlerons du pauvre grand exilé. À 8 hs ce matin Robert en complet irréprochable partait pour le Bois de Boulogne où il rejoignait Sirop avec lequel il a canoté etc. – –

Rentré à midi grignoté une demi-livre de viande, de pain de lég. de from. et de pruneaux – reperfectionné le complet puis reparti avec – Clément – récemment exhumé – – pour des lieux inconnus.

Mille et mille baisers cher petit

Sans signature

Ton oncle est en ce moment près de ton grand'père et va mettre ma lettre à la poste.

XIII

Auteuil Vendredi 3 hs [Mai-juin 1890]

Cher petit

Rien de toi hier ni aujourd'hui – Desjardins t'a télégraphié – il a eu 3 de philo écrit et 3 oral.

2 sciences écrit – et 3 oral.

Eu 1 d'histoire seulement, faute de Girondins. Il sort d'ici – content –

Robert doit être ravi. Il n'avait eu le temps ce matin que de le conduire et de s'assurer qu'il fût

1. C'est-à-dire, vu le disloquage occasionné par la maladie du grand-père Nathé Weil, qui demeurait au 40 *bis*, rue du Faubourg-Poissonnière, Robert Proust dînait chez les Nathan, au 5, rue Greffulhe. *Cf.* ci-dessous, lettre XX, note 2, p. 52.

admissible – avant de se donner lui, à son concours de philosoph[1]. D'ailleurs il prétend qu'il n'y allait que pour la forme – n'a rien lu, rien préparé ; etc. – et à prévenu Darlu qu'il ne ferait rien.

À la vérité, il n'y *est plus*. Il s'est beaucoup fatigué avec Desjard. en s'agitant dormant mal etc.

Je prépare un menu *maigre* pour ce soir. (tu sais je suppose que le d^r^ Kopff vient dîner avec sa femme).

Angélique va croire que je me convertis – et Mme Raimbert sera pleine d'espoir !

Voilà mon grand ; mes lectures (suivant les heures) varient entre :

Loti, Sévigné et Musset *(Fantasio, Caprices de Marianne* etc)

Qu'as-tu à dire ? À Loti succédera *Mauprat*. –

Je t'embrasse mille fois cher petit

J. P.

XIV

Auteuil Jeudi 3 hs

[26 juin ? 1890] [2]

Cher petit

Pourquoi ne m'avoir pas écrit « parce que tu passais ton temps à pleurer et que je suis assez triste ». Je

1. Le *Journal des débats* du 5 août 1890 signale, parmi les résultats du concours général des lycées nationaux et collèges, classe de philosophie, le nom de l'élève Proust « nouveau » de Condorcet, comme gagnant un 2e accessit pour la dissertation française.

2. Lettre sur papier de grand deuil ; écrite l'été suivant la mort de Mme Nathé Weil, grand-mère de Marcel Proust, décédée le

n'aurais pas été plus triste, mon cher petit parce que tu m'aurais écrit à ce moment. Ta lettre aurait porté le reflet de ce que tu éprouvais et pour cela même elle m'aurait fait plaisir. Et d'abord jamais je ne suis attristée en pensant que tu penses à ta grand'mère ; au contraire, cela m'est extrêmement doux. Et il m'est doux aussi de te suivre dans nos lettres – comme je te suivrais ici – et que tu t'y montres toi, tout entier. Donc mon chéri ne prends pas pour système de ne pas m'écrire pour ne pas m'attrister, car c'est l'inverse qui se produit. Et puis mon chéri pense à elle – chéris-la avec moi – mais ne te laisse pas aller à des journées de pleurs qui t'énervent et qu'elle ne voudrait pas. Au contraire plus tu penses à elle, plus tu dois être tel qu'elle t'aimerait et agir selon ce qu'elle voudrait.

Je viens d'avoir presque de tes nouvelles par M. et Mme Robert, et M. Barré de Lancy qui lui est en corresp[ondance] avec le capitaine Saivrin [?] etc

Je suis allée ce matin dès l'aube me procurer un corsage léger pour Eugénie qui succombe à la chaleur – À mon retour ton oncle partait et m'a dit de prendre sur sa commode une lettre de toi. Je ne sais donc pas ce qu'il en a dit.

Mon chéri *dès* que tu seras fixé comme permission *double avis télég. Paris et Auteuil.*

Si tu désires Arman [1] ou tout autre écris-leur d'avance et donne-leur rendez-vous à Auteuil, de

2 janvier 1890. Comme la lettre est datée « Jeudi », l'allusion à la grande chaleur semble indiquer qu'elle date soit du jeudi 26 juin 1890, jour où le thermomètre monta jusqu'à 28° 4, soit du jeudi 17 juillet, lendemain d'un jour où la température atteignit 30° 6, d'après les renseignements métérologiques du *Journal officiel.*

1. Mathurin Cyprien Auguste Gaston Arman de Caillavet (1869-1915), le futur auteur dramatique. *Cf.* ci-dessous, la note 3, p. 44.

façon à ce que nous puissions tous deux nous rendre direct[ement] de la gare à Auteuil en bateau – seul trajet acceptable par cette chaleur. Et de même organise d'avance ton emploi de soirée.

Sans signature

XV

Auteuil Lundi 14 [juillet 1890] [1]

6 hs 3/4 soir

Cher petit

Je croyais t'écrire dans la journée puis j'ai été prise par Mme Faure et Lucie [2] puis Mme Catusse qui sort d'ici seulement. Voilà comment tu as été négligé mon pauvre loup.

France a dit qu'il t'aime beaucoup, redit par Lucie [3]. Corlieu a dit à Mme Reymond que Robert était remarquable (redit par Mme Catusse)…

Pour la Ire fois j'ai aimé les potins.

1. Lettre sur papier de grand deuil ; datée par les allusions aux livres de Loti et de Bourget, et aux « réjouissances » du 14 juillet, le 14 juillet étant tombé un lundi justement en 1890. *Cf.* la note 1, p. 45.

2. Il s'agit de Mme Félix Faure et de sa fille Lucie. Celle-ci, de cinq ans l'aînée de Marcel Proust, aurait servi de modèle, paraît-il, pour certains traits de Gilberte Swann. Félix Faure devait être élu vice-président de la Chambre des députés en janvier 1893 ; deux ans plus tard il devint président de la République.

3. Marcel Proust avait été présenté à Anatole France par Mme Arman de Caillavet, chez qui il fut amené pour la première fois à l'époque où il partait pour le service militaire. Voir la *Correspondance générale*, Plon, 1933, tome IV, p. 137, lettre XX à Mme G.-A. de Caillavet.

Robert est avec Desjardins – à la revue ? – non – mais à la foire de Montmartre ! (Quelle tenue pour un augure !) Interpellée sur mes lectures, j'ai dû parler à Mme Cat. de Loti en lui *conseillant* de ne *pas* le lire. Elle est en admiration devant le *Cœur* de Bourget et n'aime pas celui de Maupassant [1].

Voilà mon grand le rapide bulletin de ma journée nous allons dîner afin que le peuple soit libre de bonne heure pour les réjouissances. Je t'embrasse tendrement mon loup

J. P.

guêtres
guêtres
guêtres
guêtres

XVI

Mardi [5 août 1890] [2]

Cher petit

Je suis à la seconde à cause du départ de Robert. Le pauvre loup n'a pas g^d chose au lycée [3].

1. *Un cœur de femme*, roman de Paul Bourget, paru d'abord en feuilleton au *Figaro*, du 12 mai au 5 juillet 1890, venait de sortir en librairie chez Lemerre. *Notre cœur*, un nouveau roman de Maupassant, avait paru chez Ollendorff en juin de la même année.

2. *Cf.* le palmarès du lycée Condorcet annoncé dans *Le Figaro* du mercredi 6 août 1890.

3. Il s'agit de Robert Proust, classe de philosophie, division B. Les résultats annoncés par Mme Proust sont exacts, sauf l'omission d'un 5e accessit en histoire naturelle. Un 1er accessit était inscrit pour chimie et physique.

pas de prix
qu'un 2e de math.
1er access. d'excell.
– – – – – – de philo
– – – – – – – – – de physique
Heureusement qu'il voit de haut
J'ai rencontré M. Jallif. qui m'a dit :
Votre fils peut dire qu'il a l'estime de son profess [1] !
J'ai causé long. de lui avec Darlu il m'en a parlé dans des termes !!! – – –

Mille baisers cher cher petit

Sans signature

XVII

Dimanche matin

[10 août ? 1890] [2]

Mon pauvre cher petit

Comme tu ne faisais aucune allusion au Dimanche je me flattais que tu venais – et j'ai arrêté mes presses hier. Mal m'en a pris puisque te voilà aujourd'hui dénué de tout, pauvre chéri ! Comment ne m'as-tu pas télégraphié que tu ne venais pas ?

1. Ici il s'agit de Marcel, qui avait fait ses études d'histoire et de géographie en 1886-1887 et 1887-1888 sous le professeur Régis Jalliffier (1846-1912). Pendant son année de philosophie, Marcel avait eu comme professeur principal Marie Alphonse Julien Darlu (1849-1921), dont il fera plus tard le portrait sous le nom de M. Beulier (et Daufoy) dans son roman *Jean Santeuil.*

2. Sur papier de grand deuil. La lettre date de l'année de service militaire de Marcel à Orléans et serait postérieure à la mort de sa grand-mère. *Cf.* la note 1, p. 47.

On aurait vu comme dans *Macbeth* la forêt d'Auteuil marcher vers la forêt d'Orléans. Maintenant si tu étais libre Mardi et me désirais télégraphie-moi demain Lundi – et je viendrais Mardi, à moins que juste, ton père n'arrive ce jour [1]. Si tu trouves mieux d'attendre que tu aies commencé l'exercice du matin, attendons – ou de te réserver pour une plus franche permission du Dimanche – enfin à toi de voir le mieux (Ou encore de ne rien demander et que je te voie à l'heure du repas comme l'autre jour) Enfin vois.

Mon chéri tu vois mes photog. tout à l'envers et te méprends sur mon aspect. Je n'y ai eu *qu'une préoccupation* c'est de *poser*, et suis furieuse d'avoir cette bouche rentrée qui est la faute de l'opérateur. À force de me façonner il m'a fait grimacer ! Je m'en suis plaint. Mais j'étais absolument détachée de toute préoccupation morale et avais pour unique *objectif* l'appareil.

Seulement il eût beaucoup mieux valu pour moi être prise à l'instantané que de tant poser. Mon œil se fatigue se trouble. Voilà ce qui t'égare. –

Sans signature [2]

1. S'agirait-il du voyage du Dr Proust à la frontière d'Espagne ? Voir ci-dessous la note 1 de la lettre suivante.

2. La lettre semble être inachevée.

XVIII

Auteuil Lundi midi [11 août 1890]

Mon cher pauvre petit

En un Dimanche passé sans te voir combien vont de Dimanches avec toi… avec toutes les opérations du monde, il restera un nombre d'heures infinies à passer quand tu n'y es pas.

Le courrier de ce matin ne m'a encore rien apporté que les *Débats* et un f. part de mariage des familles Drapier et Brienne avec adresses en bas pour faciliter le renvoi des cartes.

Hier soir à 9 hs, lettre de ton père – qui trime ferme – est resté 4 hs à cheval – et ne signale pas son retour [1].

Ton grand'père est allé Samedi à la distribution des prix des Sourds-Muets – qui pour ce jour-là parlent et entendent. Ton grand'père (qui s'était rendu à l'École 234 rue St Jacques.) est transporté d'admiration [2]. Le « France » sur Mme Ackermann était très spirituel [3]. Dois-je te l'envoyer ou l'as-tu ? (J'ai prié à tout hasard

1. Le Dr Proust, inspecteur général des services sanitaires, faisait à ce moment-là une tournée d'inspection à la frontière espagnole. Une épidémie de choléra sévissait alors sur les bords de la mer Rouge, et les autorités se préoccupaient de son extension en Espagne. Le *Journal des débats* du 11 août 1890 signale les mesures préservatrices « sagement prises par M. Proust », l'entrée des légumes et des fruits récoltés en Espagne étant interdite, tandis que les bagages et colis devaient être examinés. *Cf.* ci-dessous, la lettre suivante.

2. La distribution des prix à l'Institut national des sourds-muets eut lieu le samedi 9 août 1890. Voir *Le Figaro* et *Le Temps* du 11 août 1890.

3. « La Vie littéraire : Mme Ackermann », par Anatole France, parut d'abord dans *Le Temps* du 10 août 1890. Mme Ackermann,

Eugénie de me conserver le *Temps* après l'avoir lu). La liste de tes livres m'a édifiée – et cette élévation de sujet en raison inverse de l'élévation du prix m'a pénétrée.

Nuna a dîné ici hier bien en peine d'une compagne pour voyager. Quant à Stany il déplace son camp à Puy chez les Chabrier.

T'ai-je dit que Cléry l'avocat [1], part pour 18 mois aux Indes avec sa femme sa fille, son neveu Aimé Morot, laissant derrière lui

ses dossiers
un hôtel à Paris
un chalet à Arcachon
une villa à Aix
un palais à Venise

plus son fils *aîné* le *cadet* de ses soucis, je crois. Je ne filerai pas aux Indes sans toi mon pauvre loup. Je nous trouve assez loin à 2 hs ! Mille & et mille baisers

J. P.

1 hr reçu *Dichonette* ci-incluse

née Louise Choquet (1813-1890), poète et femme de lettres, venait de mourir.

1. Il s'agit de Léon Cléry (1831-1904), avocat à la cour d'appel de Paris, où il plaida un nombre d'affaires littéraires ou artistiques retentissantes. Il collabora au *Temps*, et publia un volume de *Souvenirs du Palais, recueil de plaidoiries*, Lemerre, 1891. Après son voyage aux Indes, il publia *De Paris à Lahore. Lettres familières*, Lemerre, 1893. Voir le *Larousse du XXe siècle*, t. II, p. 301.

XIX

Auteuil Jeudi mat[in, 14 août 1890]

Cher petit

Je suis désappointée de ne rien recevoir ce matin. J'aurais pourtant bien besoin de savoir comment tu vas.

Hier comme j'épiais les coups de sonnette en vue d'une dépêche qui m'annoncerait le retour de ton père, est arrivée une lettre de lui écrite à la *gare* de Cerbere [1] (gare départ – ou arrivée ?) disant : J'étonne les gens du pays par la vitesse avec laquelle je voyage. Soyons donc étonnés de la vitesse ! – – – et attendons. Je suis doublement contrariée que ton oncle Georges parte sans avoir repris pied auprès de ton père – outre que c'eût été plus agréable à tous deux de s'être revus – ton père lui eût peut-être prescrit Vichy – ; mais ton oncle n'étant pas homme à retarder d'une heure ce qu'il a doucement résolu il partira évidemment demain livré aux hasards de ses conceptions N. O. S. E. ou centre.

Il m'a pourvue avant de me quitter d'un stock de livres dont « le Voyage en Russie de Théophile Gautier »

Ton oncle [2] voulant acquitter une paire de rideaux que Marie lui a brodés cet hiver lui donne demain 15 Août fête de son homonyme une chaîne en or – achetée par lui chez Dupont (le gd père de Mayer-

1. *Cf.* la note 1, p. 48. La lettre XIX, sur papier de grand deuil, est datée par les allusions au retour du Dr Proust et à « demain, 15 Août ».

2. L'oncle Louis Weil, frère du grand-père Nathé Weil.

Dupont Mouillot). Et afin que Jupiter ne quitte jamais l'Olympe, depuis 8 jours il est occupé à table à faire des proclamations sur Dupont destinées aux oreilles d'Octave :

« N'est-ce pas Nathé, c'est la 1re maison de Paris ? »

— « Alors, toutes les corbeilles princières, tous les gds achats ils les ont ? »

« Ah, c'est la maison la plus chère de toutes, mais ils ont raison, ils en ont le droit. Quand on a comme eux ce qui se fait de plus beau » etc. – – –

Et chaque soir reprise avec variante.

Nous arriverons sans doute à ce que « c'est lui qui avait fourni le "collier de la Reine" volé à Marie-Antoinette ».

À ce propos il s'est dévoilé que – la moitié des *perles* d'Eugénie sont fausses – elle souffre en ce moment de l'une de ses vraies – et m'a dit : Madame – Je suis désolée j'en ai déjà remplacé pour 120 » chez le dentiste de Mme Thierry, s'il faut que je recommence !

Voilà mon chéri, Auguste qui sonne le déjeuner – avec ces coups prolongés qui feraient supposer que je *puis* être loin dans le jardin. Je te quitte tendrement, t'embrasse tendrement, t'aime tendrement et compte t'étreindre tendrement, Samedi ?

J. P.

1 hr. Je reçois une lettre de ton père de la Malou il revient Dimanche

XX

[Lundi 18 août ? 1890][1]

Cher petit

1° J'ai négligé de te demander ton adresse exacte à la division envoie-moi un modèle que je copierai et je t'enverrai à l'avenir tes lettres là.

Hier après le départ du pauvre grand, j'ai laissé Robert me *coller* (ci-inclus ce collage) puis aller chez les Greffühl[2] et j'ai gardé le coin du feu avec ton gd père que nous avons ramené à 10 hs 1/2 chez lui en allant à la gare. Ton père est arrivé en déclarant que le voyage est une chose charmante puisque on est enchanté de partir et enchanté de revenir. Il a demandé les détails les plus minutieux sur le troupier et a été enchanté de mes réponses.

Ce matin j'ai envoyé Robert pour me rapporter les nouvelles de son grand'père (à qui j'ai prescrit de ne pas prendre de bain ce matin).

1. Lettre sur papier de grand deuil, écrite pendant que le « troupier » Marcel Proust faisait son service militaire. Date apparemment du lendemain du dimanche 17 août 1890, jour où le Dr Proust rentra de son voyage d'inspection à la frontière d'Espagne. *Cf.* la fin de la lettre XIX, où Mme Proust annonce le retour du Dr Proust pour « Dimanche ». Il est évident, d'après la lettre en question ici et la lettre suivante, que Marcel a pu rentrer en permission ce dimanche-là, mais qu'il dut repartir avant le retour de son père, qu'on alla chercher à la gare à 9 h 40 du soir. Toutefois il est possible qu'il soit question ici d'un autre voyage du Dr Proust, car l'heure de son arrivée ne semble pas coïncider exactement avec celle du 18 août.

2. *Sic.* Il s'agit des Charles Nathan, qui demeuraient au 5, rue Greffulhe. Mme Nathan, née Laure Rodrigues-Ely, était une parente éloignée de Mme Proust, avec laquelle elle était très liée.

Adieu mon chéri ne trouves-tu pas que Robert m'a posée comme Göthe [*sic*] qui dit en regardant le 4e étage :

« J'aime au-dessus de moi » ;

il m'a fait regarder en l'air – et j'ai l'air inspiré.

Mille et mille sur mille baisers

J. P.

XXI

Lundi 3 hs [18 août 1890] [1]

Cher petit

À 9 hs 10 la Présidente descendait incognito du bateau mouche et 9 1/4 – le fidèle Jean arrivait en fiacre – et à 9 h 40 le Président lui-même arrivait : 1er mot : « et Marcel ? – – » – Il a bien fallu dire Mon président, il a rejoint son corps ! Ennuyé de ta diarrhée – voudrait pouvoir te mettre au régime lacté – mais pour cela voudrait t'avoir au repos la diète et ta vie ne pouvant s'accorder.

Quant à lui-même ton père enchanté – a supporté admir[ablement] une chaleur de feu – les levers à 4 et 5 hs chaque jour et des journées où il n'avait pas 3 minutes de repos. Tout dépoussiéré et à neuf aujourd'hui – nous avons déjeuné à 10 hs – partis ensemble à 11 hs pour Paris – d'où je t'écris (Bvd Malesh.).

1. Lettre sur papier de grand deuil, écrite évidemment le lendemain du dimanche 17 août 1890, date où le Dr Proust rentre de son voyage d'inspection sur la frontière espagnole. *Cf.* la note 1, p. 52.

Je t'ai fait mousser – ferme. Mille baisers mon chéri « Ta soif tient à ton état – *très peu* boire »

XXII

Auteuil Mardi 3 hs [19 août 1890] [1]

Cher petit

Pour se consoler de ton départ, ton père m'a fait – atteler pour 9 heures – le coupé –

Je l'ai conduit chez des patients puis à l'Hôtel Dieu puis suis revenue seule par Tabart, Bvd Malesh – etc. rue Greffulhe.

À midi Robert est rentré déjeuner à Auteuil m'annonçant avec chagrin que le pauvre petit Brunsw était refusé (pas admissible à l'oral) [2]. J'en suis vraiment bien fâchée pour lui – et je suis sûre que son aîné l'est. Écris quelque chose de gentil à ce pauvre petit.

Ton oncle grelotte à Vichy

Adieu cher petit – la photographie me fait de plus en plus plaisir !

Mille baisers

J. P.

1. Lettre sur papier de grand deuil ; suit de près la lettre précédente. *Cf.* les allusions à la déception du Dr Proust, rentré de voyage après le départ de Marcel ; à l'oncle Georges à Vichy (*cf.* les lettres XIV et XIX) ; à Brunschwicg.

2. Léon Brunschwicg (1869-1944), le futur professeur et philosophe, normalien depuis 1888, fut reçu agrégé en philosophie seulement en 1891. Il a dû se présenter à l'agrégation en 1890. Voir le *Larousse mensuel*, VI, p. 363 (février 1924), le *Qui êtes-vous ?* de 1924, p. 132 ; et le *Larousse du XXe siècle*, t. I.

XXIII

Auteuil, Jeudi matin [1890] [1]

Loup – reçu ce matin ta lettre après exercice. Ton « déposons les armes » n'a pas l'allure du chœur de *Faust.*

Ton père est très content de ma photographie et ne la dédouble pas comme mon fils.

Il me l'a demandée – obtenue – et placée dans son portefeuille d'où elle sortira je suppose q. q. fois au profit des privilégiés auxquels il racontera les succès de ses fils. Ayant reçu Lundi soir une lettre de Marguerite Mayer qui me priait de la part de sa belle-mère d'aller la voir, je m'y suis rendue hier. Elle (sa belle-mère) est installée dans une maison de santé de l'Avenue du B[ois] de Boulogne où elle a dû venir se faire traiter. J'y suis allée en omnibus et revenue – à pied – toute fière de ma course – (remonté l'Avenue du Bois jusqu'à la rue de la Pompe etc. –) promenade salutaire par un temps frais – et que j'ai renouvelée le soir avec ton père – (mais cette fois le tour réglementaire par Passy.)

Ta tante paraît avoir vaillamment supporté son opération (Terrillon *fecit*) [2]. Le fils Bréal m'a-t-elle dit est licencié ès lettres, mais quant au choix d'une

1. Lettre sur papier de grand deuil, écrite pendant le service militaire de Proust.

2. Le Dr Octave Terrillon (1844-1895) était chirurgien des hôpitaux et professeur à la faculté de médecine. Il est question, plus haut, d'une grand-tante de Marcel Proust, Mme Samuel Mayer, née Ernestine Berncastel (1830 ?-1892). Mme Daniel Mayer, née Marguerite Lévy (1859-1926) était sa belle-fille.

carrière est d'une indécision enfantine [1]. Le père a écrit 4 pages fort aimables à ta tante à propos de sa santé [2].

Guiyot parlant de toutes les célébrités qu'il a vu défiler en soirée chez Legouvé dit : « Puis Théophile Gautier que je n'avais jamais vu ; la tête de Vitellius, un gourmand enfoncé dans sa graisse et sa barbe, figure de gros épicurien spirituel et moqueur. »

(C'est le contraire de ce que je croyais.)

Adieu mon chéri Je t'embrasse mille fois et espère quand même que tu viendras Dimanche.

Mille baisers

J. P.

XXIV

Auteuil Vendredi midi

[22 août ? 1890] [3]

Cher petit

Rien de toi aujourd'hui ce sera pour ce soir ?

Reçu tout à l'heure une Philippique de Robert contre St. Gervais où il est sûr de perdre tout le bien de Carbaye et de prendre tous les maux du monde.

1. Auguste Bréal, fils aîné du célèbre philosophe Michel Bréal, voulait être peintre. Le dessein de Mme Proust en attirant l'attention sur son cas n'était que trop évident, puisque Marcel allait bientôt se trouver dans une situation analogue. *Cf.* ci-dessous la lettre XXXI de Marcel à son père.

2. La tante de Marcel Proust, Mme Daniel Mayer, née Marguerite Lévy, était la nièce de Mme Michel Bréal, née Henriette Bamberger.

3. Lettre sur papier de grand deuil, écrite sans doute peu après le retour du Dr Proust de son voyage à la frontière d'Espagne.

Nous lui avons envoyé par télég. un *exeat ad libitum*.

Ton oncle et ton grand'père considèrent ma photographie comme une des œuvres du siècle et ton père dit qu'elle vaut mieux que toutes les anciennes.

Tout à l'heure comme ton père se reposait après déjeuner je lui ai lu plusieurs de tes lettres venues en son absence. Il était très content.

Que tu viennes ou non télégraphie à *Auteuil* afin que nous n'ayons pas attente suivie de déception.

Tu me diras comment est coté Brochard [1]. Adieu mon chéri je t'embrasse mille fois. Ton grand'père a fait ton affaire hier. Je vais aller à Paris – q. q. commissions pour ton grand'père (corsages pour Philomèle dont la tenue lui déplaît) J'irai livrer chez lui vers 4 hs puis nous reviendrons ensemble.

Je t'embrasse tendrement cher petit

J. P.

XXV

Auteuil, Jeudi midi [28 août 1890] [2]

Cher petit

Tu es très gentil, et, moyennant l'exécution de tes promesses, que j'ai précieusement recueillies, j'espère

1. *Victor* Charles Louis Brochard (1848-1907), philosophe, alors maître de conférences à l'École normale supérieure, fréquentait le salon de Mme Aubernon. On le considère comme l'un des modèles de Brichot dans le *Temps perdu*. Voir l'*Annuaire de l'Instruction publique*, année 1889, p. 60.

2. Lettre sur papier de grand deuil, datée par les allusions au « Dimanche 7 Sept. » – qui ne peut être qu'en 1890 – et à deux articles dans « le *Figaro* d'hier ». *Cf.* la note 1, p. 59.

qu'il n'apparaîtra plus « une nébuleuse dans notre firmament ».

Ier acte de contrition : Achète je te prie 10 cahiers de grand papier à lettre quadrillé (ce qui fait 60 feuilles doubles)

2 paquets d'enveloppes blanches s'y *adaptant exactement* (total 50 enveloppes).

et tu réserveras spécialement pour m'écrire à moi ces 60 lettres cela me sera agréable

(Ton enveloppe de ce matin était déchirée en 4 points correspondant aux 4 angles saillants du papier).

Chapitre II.

De l'usage du vin

Je me suis entendue à la maison sur la façon dont il devrait t'être expédié. On n'y attend plus que l'ordre de mobilisation. Mais ton père intervient avec une précision gênante :

« Que veut-il ? Si c'est pour boire aux repas – ce serait du vin blanc – mais il ne peut y ajouter l'Espagne à dessert – inconvénients –

S'il ne demande que l'Espagne, c'est pour dessert mais alors que boit-il aux repas ?

Il faut bien s'entendre avant de rien envoyer »

Et voilà comment je justifie le conservateur qui se plaignait que nous ayons envoyé 30 canons – et que les *trajectoires* étaient restées dans les arsenaux !

J'étais embarrassée pour chercher tes cartes, mais Catherine « à laquelle rien de ce qui nous appartient n'est étranger » m'a amenée tout droit à ton tiroir de petite table avec lequel elle me paraît se tutoyer.

Il paraît que le *Figaro* d'hier était amusant par Caliban et palpitant par Boulanger [1].

Adieu cher petit je préférerais venir te voir en semaine que Dimanche. Réponds-moi d'une façon précise – si cela te peut convenir – Mille tendresses

P.-S. – J'ai été laconique sur le point le plus intéressant – notre entrevue.

Je suis bien ennuyée que tu ne viennes pas – parce que ce Dimanche-ci – je ne puis pas quitter.

Si le Dimanche suivant tu ne devais pas venir, là j'irais te trouver – mais si tu étais libre dans le courant de la semaine prochaine je l'aimerais encore mieux.

Donc médite si nous nous verrons à Orléans la semaine prochaine au jour que tu me fixerais ; ou à *Paris* le Dimanche 7 Sept. ou à Orléans ce Dimanche 7 –

Si Madame Kopff s'absente apporte-lui au moment de son départ une demi-livre de fruits glacés.

Si elle est partie, surveille le moment de son retour et arrange-toi à ce qu'elle trouve des fleurs en rentrant dans son appartement.

Mille baisers mon chéri quelle déception de ne pas te voir.

1. *Le Figaro* du mercredi 27 août 1890 contient en effet un article sur « Le Théâtre Artiste », à propos d'Auguste Vitu et le théâtre de Théophile Gautier, article signé « Caliban », pseudonyme d'Émile Bergerat. Dans le même numéro du *Figaro* paraît le troisième d'une série d'articles intitulés « Coulisses du Boulangisme », par Mermeix, député de la Seine, exposé des manœuvres du général Boulanger poussé par les républicains à chercher des forces à droite. Cette publication a provoqué un duel, le 15 septembre, entre son auteur et Dumonteil, député de l'Aisne.

Adieu cher petit je préférerais venir te voir en semaine que Dimanche. Réponds-moi d'une façon précise – si cela peut te convenir. Mille tendresses.

Sans signature

XXVI

[Orléans] Ce mardi 23 septembre [1890] [1]

J'ai recommencé les armes

Mon Cher petit Papa,

Si je n'ai pas encore commencé ma correspondance avec toi, c'est que ma permission s'est passée surtout au lit (maman te l'avait écrit sans doute) et j'ai eu tant à faire hier (premier jour de rentrée) que je n'ai pu même écrire à maman. J'espère que Maupassant t'a plu. Il ne doit pas me connaître, car je ne l'ai vu que deux fois, à cause de sa maladie et de son voyage, mais il doit savoir à peu près qui je suis. Je ne suis pas mal portant du tout (à part l'estomac) et n'ai même pas cette mélancolie générale dont cette année l'absence est sinon la cause – tout au moins le prétexte – par conséquent l'excuse. Mais j'ai une difficulté extrême à fixer mon attention, à lire, à apprendre par cœur, à retenir.

Ayant extrêmement peu de temps je ne t'adresse aujourd'hui que ce bref témoignage d'un « penser à

1. Lettre de Marcel Proust à son père ; publiée par Alfred Dupont dans la *Lettre de France* (janvier 1947), n° 2, p. 24. Écrite pendant l'année de service militaire de Proust, elle ne peut dater que de 1890, seule année de cette époque-là où le 23 septembre tomba un mardi. En 1889, date indiquée dans la *Lettre de France*, Proust ne s'était pas encore présenté pour son service militaire.

toi » constant et tendre. À demain, mon cher petit papa, rappelle-moi au précieux souvenir du poète ton voisin [1] et mets-moi aux pieds de Mme Cazalis… Figure-toi qu'au grand scandale des Derbanne, des bonnes de Cabourg, apercevant le piou-piou traditionnel, m'ont envoyé mille baisers. Ce sont les bonnes – par moi délaissées – d'Orléans qui se vengent. Et je suis puni, si M. Cazalis me permet de citer un vers d'un de ses plus beaux poèmes « pour avoir dédaigné les fleurs de leurs seins nus »

Je t'embrasse infiniment
ton fils

Marcel PROUST

Lettre de Robert Proust

XXVII

Mardi [Vers l'été de 1892] [2]

Ma chère petite Maman

Nous n'avons vraiment pas de chance pour le Cap Fréhel ; nous partons ce matin avec Henri à Dinard

1. Il s'agit du Dr Henry Cazalis (1840-1909), poète bouddhique, ami intime de Maupassant, ami de Mallarmé, connu sous le pseudonyme de Jean Lahor. Le Dr Proust se trouvait en villégiature à Aix-les-Bains, où les Cazalis avaient une propriété. Il donna cette lettre au Dr Cazalis.

2. Cette lettre n'a que trois pages ; la quatrième contient un brouillon, écrite de la main de Marcel Proust, d'un fragment de « Violante ou la mondanité ». Il s'agit du début du chapitre IV intitulé « La Mondanité ». Cette petite nouvelle, parue d'abord dans *Le Banquet*, n° 7, en février 1893, fut reprise dans *Les Plaisirs et les Jours*, où elle porte la date d'« Août 1892 ». La lettre de Robert Proust, qui doit être antérieure au brouillon de Marcel, date vraisemblablement du même été de 1892 : *cf.* les allusions au service militaire (voir la note 2 ci-dessous) et au canotage.

dès 6 heures afin de retenir un bâteau et nous sommes pris par la pluie : c'est comme un fait exprès. Enfin la matinée n'a pas été perdue pour l'externat ! il ne nous restait que cela à faire. Voici encore quelques gouttes de sorte que l'emploi de la journée reste problématique.

Ce soir nous aurons à dîner probablement le frère d'H – mer l'officier. L'autre, le soldat va arriver dans deux ou trois jours. Ta cravate bleue n'a pas eu autant de succès que j'espérais. On la trouve un peu pâle ; et Henri m'a même dit : comment peux-tu porter des cravates qui ont été lavées un si grand nombre de fois ? je me suis récrié, mais l'effet y était.

Au lieu de te donner tout ce mal ma petite maman pour l'article de Paul, pourquoi ne demandes-tu pas à Abel [1] ?

Monsieur Chauveau pense à Versailles pour son fils (artillerie de forteresse). Qu'en dirais-tu ? Pour la question de fond je crois de plus en plus qu'il est préférable de partir cette année [2].

Mille tendres baisers

R.

1. Il s'agit des frères Paul et Abel Desjardins.

2. Robert Proust allait accomplir sa vingtième année le 24 mai 1893. Comme étudiant de médecine, cependant, il ne se présenta pour son service militaire que le 13 novembre 1894.

XXVIII

Auteuil Mercredi midi [17 août 1892][1]

(Surveiller les entrailles de Monsieur & pas de 90ᵉ mille de *la Débâcle !*)

Loup. Il y a 34° de chaleur. J'ouvre tout la nuit. Je clos tout le jour – Je me dévêts de la façon la plus audacieuse et je reste quand même écrasée. La salle de billard était notre seul refuge – mais Gaillard nous a fait la surprise d'y arroser les jardinières avec une eau savante – et l'on se croit transporté dans une usine de guano. Ce matin j'étais encore dans mes « petites ablutions » quand a débusqué la tante alerte et pimpante, arrivant mettre ici en sûreté sa fille à l'abri de la grande chaleur[2]. Vu le guano au rez-de-chaussée, j'ai dû l'installer – dans la chambre de ton oncle auquel oncle – vu son gd désir d'avoir *la Débâcle* à Paris pour sa sieste de l'après-midi ton père l'a prêtée jusqu'à Dimanche.

Ce matin j'ai lu un Lavisse – ancien – sur la jeunesse du grand Frédéric dont n'en déplaise à Loup, toutes les gammes chromatiques du *Banquet* n'eussent pu me distraire[3].

1. Les allusions au *Banquet* (mars 1892 à mars 1893), aux fiançailles de Mlle Bréal (octobre 1892) et à la grande chaleur, fixent la date de cette lettre à l'été de 1892. Or, d'après le *Journal officiel*, il n'y eut à Paris une température maximum de 34° que les journées des mercredi 17 et jeudi 18 août, et de 35° le vendredi 19 août 1892. Comme la lettre est datée du « Mercredi », elle date forcément du mercredi 17 août 1892. Ce fut l'année où parut *La Débâcle*, roman de Zola.

2. L'enfant dont il est question, Adèle Weil, fille de l'oncle Georges Weil, devait être âgée alors seulement d'un peu plus de six mois.

3. L'article d'Ernest Lavisse, « La Jeunesse du Grand Frédéric », parut dans la *Revue des Deux Mondes* du 1ᵉʳ décembre 1890 CII,

Mlle Bréal a trouvé une âme sœur : elle est fiancée à un phénix des 3 règnes de la nature (*minéral* excepté)

Homme de science ! de lettres ! – artiste ! et le reste et le reste – – (mais je ne sais pas son nom)[1].

M. Hébrard arrive de S. Moritz où il s'est beaucoup amusé – M. Cernuschi a remplacé la Normandie par la Suisse. M. de Montholon[2] viendra avec ton père à Vichy au gd contentement de ton père qui dit – il n'aurait pas le courage d'y aller seul et auquel q.q. jours de traitement sont utiles.

Mille et mille baisers mon chéri

J. P.

p. 550-596. Marcel Proust publiait, depuis le mois de mars 1892, des articles dans la revue de Fernand Gregh *Le Banquet*, dont les huit numéros parurent de mars 1892 à mars 1893.

1. Le phénix en question était Romain Rolland (1866-1945), futur professeur d'histoire de l'art à l'École normale, et romancier. Son mariage avec Clotilde Bréal, fille du philosophe, eut lieu le 31 octobre 1892. Après leur divorce (1901), Clotilde Bréal se remaria avec le pianiste Alfred Cortot. Voir Romain Rolland, *Choix de lettres à Malwida von Meysenbug*, A. Michel, 1948, p. 83 ; le *Paris-Hachette* de 1900, 1904 et 1910 ; et le *Qui êtes-vous ?* de 1909-1910.

2. Il s'agit apparemment de Charles Jean Tristan, comte de Montholon (1843-1899), envoyé extraordinaire et ministre plénipotentiaire à Athènes de 1886 à 1894.

XXIX

Mardi Matin [23 août 1892] [1]

Loup

Une ligne seulement. Je veux profiter de la matinée moins chaude à Paris. Je pense que tu étreins ton papa aujourd'hui et je cherche à me représenter le scenario.

Je t'envoie la lettre de Dick [2] pour faire le poids et la mienne.

Les publications de mariage hier contenaient [3] :

M. Cresson
licencié philosophe
et
Mlle Esmenan
rue de Phalsbourg

Mille et mille baisers

Sans signature

1. Sur papier de deuil à bordure noire assez mince.

La date de cette lettre, déterminée par l'allusion aux avis de mariage (voir la note 3 ci-après), explique l'allusion à la rencontre de Marcel avec son père. Car Marcel se trouvait à ce moment-là en villégiature à Trouville, aux Frémonts. Or, d'après *Le Figaro* du mercredi 24 août 1892, le Dr Proust venait d'arriver au Havre, en compagnie du Dr Brouardel, le lundi soir 22, pour se rendre compte de l'état sanitaire du port, et des mesures à prendre contre le choléra. Sans doute avait-il voulu profiter de l'occasion pour revoir son fils avant de rentrer à Paris.

2. Sobriquet familial de Robert Proust.

3. *Cf. Le Figaro* du lundi 22 août 1892, « Avis de mariages... » M. Jean Georges André Cresson, agrégé de philosophie, et Mlle Aglaé Marguerite Espenan [*sic*].

XXX

Paris Lundi 5 hs [août 1893 ?] [1]

Mon chéri

Je t'écrirai très court à mon grand regret vu l'heure. Je suis chez ton grand'père, où j'arrive à l'instant pour y rencontrer ton oncle Georges et le prévenir que nous n'irons pas à Versailles demain ton oncle Louis ayant le nez enflé, à la suite – d'une piqûre, croit-il. Je n'ai pas pu t'écrire tranquillement le matin comme de coutume. J'ai été prise vingt fois et finalement par Dick qui est venu déjeuner. Et après je suis bravement partie – – – chez Rodier ! Je lui ai trouvé un grand mérite celui de me dire qu'il n'y avait rien à me faire, et que mes dents étaient bonnes. En revanche et pour ne pas me renvoyer bredouille il s'est occupé de gencives auxquelles il prétend en 3 séances et sans me faire mal : donner une vigueur nouvelle. Il ne m'a plu qu'à moitié parlant sans respect du pauvre Andrieu [2]

1. Cette lettre, datant de l'époque 1893 à 1896, est antérieure à la mort de l'oncle Louis Weil (10 mai 1896). L'allusion à Dupas se rapporte évidemment au scandale créé par les révélations de ce dernier autour de l'affaire du Panamá Or la notoriété de Dupas date de la publication de sa plaquette en août 1893 (voir la note 1, p. 67). Cette lettre aurait donc été écrite, soit au moment où la plaquette parut, soit après l'arrestation de Dupas en décembre 1895. Mais l'allusion à la piqûre de l'oncle Louis semble indiquer la saison du printemps ou de l'été. Du reste, la lettre a dû être écrite au moment d'une absence de Marcel Proust. Comme il est presque certain qu'il ne quitta pas Paris, en 1896, avant le 10 mai, la lettre date vraisemblablement du mois d'août 1893, moment de son séjour à Saint-Moritz, et qui coïncide avec la parution de la plaquette de Dupas.

2. Il s'agit d'Édouard Andrieu (1833-1889), docteur en médecine, chirurgien-dentiste à Paris, président de l'Institut odontotechnique.

que je regrette bien ! Nous sommes mon chéri point pour point d'accord sur Dupas [1] etc. etc...

Sans signature

XXXI

Jeudi 10 heures

9 b[d] Malesherbes

[21 ou 28 septembre 1893 ?] [2]

Mon cher petit papa

J'espérais toujours finir par obtenir la continuation des études littéraires et philosophiques pour lesquelles je me crois fait. Mais puisque je vois que chaque année ne fait que m'apporter une discipline de plus en plus

Voir Jordell et Lorenz, *Catalogue général de la Librairie française*, tome XII, p. 22.

1. Dupas, ex-rédacteur principal faisant fonctions de secrétaire du directeur de la Sûreté générale au ministère de l'Intérieur sous Loubet, l'auteur de la plaquette : *Pourquoi n'a-t-on pas pu arrêter Arton ?* In-18, 190 pages, Paris, Librairie A. Charles, 1893. Voir la *Bibliographie de la France* du 19 août 1893 ; le dépôt légal date du 5 août. Arton prétendait être en possession de documents compromettants pour un nombre de hautes personnalités. Dupas fut chargé de trois missions successives auprès d'Arton à Londres, à Venise et à Bucarest. Bien qu'on connût la retraite d'Arton, on ne semblait pas vouloir l'arrêter. Dupas lui-même fut arrêté en décembre 1895. Il passa devant le tribunal correctionnel et fut acquitté le 25 mars 1896. Voir A. Daniel, *L'Année politique* (Paris, Fasquelle), tomes XX, XXI et XXII, *passim*.

2. Les allusions au choix d'une carrière et au récent séjour en Normandie indiquent que la date probable de cette lettre est le 21 ou le 28 septembre 1893. Voir les notes suivantes.

pratique [1], je préfère choisir tout de suite une des carrières pratiques que tu m'offrais. Je me mettrai à préparer sérieusement, à ton choix, le concours des affaires étrangères ou celui de l'école des Chartes [2]. – Quant à l'étude d'avoué je préférerais mille fois entrer chez un agent de change. D'ailleurs sois persuadé que je n'y resterais pas trois jours ! – Ce n'est pas que je ne croie toujours que tout autre chose que je ferai autre que les lettres et la philosophie, est pour moi du temps perdu. Mais entre plusieurs maux il y en a de meilleurs et de pires. Je n'en ai jamais conçu de plus atroce, dans mes jours les plus désespérés, que l'étude d'avoué. Les ambassades, en me le faisant éviter, me sembleront non ma vocation, mais un remède.

J'espère que tu verras ici M. Roux et Mr Fitch. Chez M. Fitch il y a je crois Delpit. Je te rappelle (crainte de braek [3]) que c'est le frère de Mme Guyon.

Je suis charmé de me retrouver à la maison dont l'agrément me console de la Normandie [4] et de ne

1. Le 20 novembre 1890 – ayant à peine achevé son service militaire – Marcel Proust avait pris ses inscriptions à la faculté de droit de l'université de Paris. Il avait poursuivi ses études sans interruption, en même temps qu'il suivait des cours plus ou moins régulièrement à l'École libre des sciences politiques, et malgré un échec, en août 1892, à la deuxième moitié des examens de droit. Le 10 octobre 1893, il obtint enfin son diplôme de licencié en droit.

2. *Cf.* la lettre à Robert de Billy, *Lettres et Conversations*, Paris, Éditions des Portiques, 1930, p. 51, lettre écrite entre le 1er et le 15 septembre 1893 : « Il faut, papa le veut, que je me décide de ma carrière… » *Cf.* aussi la lettre écrite au commencement de novembre 1893, *ibid.*, p. 54. Voir *Jean Santeuil*, I, 62.

3. *Sic. Break*, en anglais, signifiant au sens figuré : gaffe. *Cf.* l'orthographe du mot *beefstaek* dans la lettre du 26 août 1901, plus loin.

4. Dans la première quinzaine de septembre 1893, Marcel Proust rentra d'un séjour passé avec sa mère à Trouville. Voir la lettre à Robert de Billy dont il est question dans la note 2 ci-dessus, *ibid.*, p. 49.

plus voir (comme dit Baudelaire en un vers dont tu éprouveras j'espère toute la force)

« Le soleil rayonnant sur la mer »

Je t'embrasse mille fois de tout mon cœur
Ton fils

Marcel

P.-S. – Tu serais bien gentil d'écrire à Maman si tu as vu Kopff depuis ton séjour chez les Brouardel, pour ce qui regarde mon examen d'officier.

XXXII

Dimanche

Cher petit.

Je t'approuve complètement. Seulement arrange-toi je te prie à avoir la réponse de l'Hôtel des Roches Noires *le plus vite possible.*

J'emmène une femme de chambre – par conséquent tu peux choisir ta chambre comme tu veux.

Ma f. de Ch. est la nièce de Félicie (si nous habitons chez nous elle sera doublée d'une cuisinière et d'une aide pour la maison)

Ne parle pas aux Roches Noires de rester jusqu'au 1er parce que au contraire ils ne nous serviront que pour le jour d'arrivée et forcés de prendre une maison plus tard nous la prendrons le plus vite possible. C'est pourquoi je tiens à être fixée de suite pour les Roches Noires parce que il faut que je sache si j'emmène une cuisinière.

Donc fais qu'en arrivant Bd Malesh à 6 hs ou 6/2 même si tu n'es pas rentré je trouve un mot sans explications me disant

Trouville

ou me disant

Dieppe

Mille baisers

Sans signature

XXXIII

Rueil Mardi 2 hs 1/2

[11 ? septembre 1894] [1]

Cher petit

J'arrive à Rueil pour voir ton petit frère – mais la chambre est paraît-il remplie de monde internes d'Ivry et frères d'armes de toute nature et je m'isole discrètement dans une pièce du fond d'où je t'écris. Ton père très ému à Vichy par la nouvelle de la chute de son fils – a pris le train et nous est arrivé hier soir – – tout tranquillement ! comme dit ton grand'père. Il a été content de voir l'aspect, l'humeur et l'appétit de Dick et il repartira après l'avoir vu installé à Auteuil, ce qui sera fixé selon l'avis de M. Guinard [2] qui viendra

1. Lettre datée par les allusions à l'accident où un chariot de charbon passa sur la cuisse de Robert Proust, tombé de bicyclette tandem à Rueil. *Cf.* la lettre LXXXV à Montesquiou, *Correspondance générale*, I, p. 9-10, écrite le 18 septembre 1894, et les lettres V et VI à Pierre Lavallée, *ibid.*, IV, p. 11-12, écrites le 16 septembre et le 2 octobre 1894.

2. Le Dr Marie Aimé Désiré Guinard (1856-1911), chirurgien.

tout à l'heure (mais trop tard pour que je t'en parle à cause de la poste).

Le pauvre Dick dit que – la première journée exceptée – il passe là les heures « les plus charmantes » qu'il ait jamais passées. Toute cette maison (Giguel) est à sa dévotion : « Holà l'hôte, de votre vin et du meilleur… » Et les visiteurs retenus à déjeuner et dîner etc. – – – La chambre donne sur la Seine avec un beau fond d'arbres et de verdure.

Enfin je ne puis pas assez remercier la Providence qu'il n'ait rien eu ! C'est aussi miraculeux que de tomber d'un cinquième en se relevant intact ! Chauveau aîné est parti pour ses 28 jours hier matin. Chauveau jeune le remplace et habite ici. Voilà pour les jours permanents. Maintenant l'interne en chirurgie d'Ivry vient le voir, le bander etc. – puis une succession de tous les autres à intervalles inégaux. Je savais que ce matin il traitait à déjeuner c'est pourquoi je suis venue tard mais encore trop tôt comme tu vois. Je t'écrirai demain combien de jours reste encore ton père à Auteuil.

Mille tendresses cher petit

J. P.

L'accident de Dick est arrivé Samedi soir – à Rueil – il n'y avait personne sur la route – Dimanche il n'a vu que moi, Chauveau et le d^r^ Guinard et hier Mr de Gourlet faisant demander de ses nouvelles !??

XXXIV

Les deux premières pages manquent.

Il doit – a dit sa belle-mère – vous envoyer son discours et mêême à Georges ! Ce mêême rejetait le pauvre Georges au rang des parias auxquels une fois l'an la reine lave les pieds.

Tandis que j'écris, Dick arrive – – coucher ici – Il est en train de lire l'ordre du jour aux troupes pour le lever de demain matin.

Tu riais autrefois du dialogue d'un Monsieur et d'une locomotive : « Vous fumez Madame ? » Mais que dis-tu de celle qui s'embêtant à vivre toujours sur la voie est partie prendre le tramway sur la place ? Ce serait aussi drôle qu'effrayant, si une pauvre malheureuse femme n'y était restée !

Mille tendres baisers mon chéri. J'en ajouterai encore un demain matin après le courrier.

J. P.

Dick est couché, t'embrasse et s'endort

Jeudi matin 8 h 1/2

Bonjour mon chéri. Je reçois ta lettre ; et me casse la tête pour savoir ce que j'ai pu t'écrire de « spirituel » ? N'importe

« Since I am crept in favour with myself
I will maintain it with some little cost[1] »

Ton petit frère te dit des choses tendres et moi aussi cher petit.

1. Shakespeare, *Richard III*, acte I, scène 2.

XXXV

Mardi 3 hs [20 août 1895] [1]

Mon chéri

Tes « dormi tant d'heures » continuent à ne me dire rien, ou plutôt rien qui vaille. Je demande et redemande :

Couché à

Levé à – –

Ainsi que je te l'ai écrit hier dans mon édition rose [2] je pense que tu feras coïncider ton retour avec le passage de ton père. Jusque là tu seras bien gentil de tout gouverner avec tout l'ordre qui te sera possible – Au retour je te remettrai une forte somme pour Mme Lemaître [3] qui s'est manifestée en ton absence mais que je préfère d'après tes instructions ignorer tant que tu n'es pas là.

Ce matin j'ai pris l'express de 9 hs (*où* aurai-je eu chance de te rencontrer à ce moment ?) pour Versailles, où j'ai fait une visite aux Nathan ; de Billy est venu pendant ce temps demander l'adresse de Robert ; fait-il une excursion par là ? et compte-t-il sur lui pour lui détailler les bas-reliefs de la cathédrale [4] ? Il en est de Robert et de la cathédrale comme de moi et de la voiture de ton oncle quand les gens me disent : Oh mais vous vous avez la voiture de M. Weil ! – – – Encore

1. Lettre sur papier à filigrane « *Prince's* », datée par l'allusion à l'anecdote reproduite dans *Le Temps* ; voir la note 2, p. 74.

2. Expression empruntée au *Journal des débats*, qui publiait alors deux éditions chaque jour et désignait ainsi son édition du soir.

3. Fleuriste au 128, boulevard Haussmann.

4. Reims. Robert Proust y fit son service militaire de novembre 1894 à octobre 1895. *Cf.* ci-dessous lettre XXXVIII, note 2.

y vais-je de loin en loin, tandis que Ferdinand le Noceur[1] n'a pas mis les pieds dans le saint lieu.

Adieu mon chéri as-tu lu le procédé de l'empereur de Chine qui, 4 médecins consultés n'ayant pas été d'accord sur son cas, les a tous 4 privés de leur traitement de membres de l'Académie[2] ?

Mille tendres baisers

J. P.

XXXVI

[Paris] Vendredi [23 août 1895][3]

Mon chéri

J'ai peur que ma lettre écrite hier à mon heure habituelle ne te soit arrivée en retard. J'en serais désolée ! Marie était souffrante, comme il y avait

1. *Ferdinand le Noceur*, titre d'une comédie de Léon Gandillot qu'on jouait avec grand succès au théâtre Déjazet.

2. Anecdote racontée sous la rubrique « Notes médicales », par François-Miron, dans le *Temps* du lundi 19 août 1895, et tirée d'un journal de médecine portugais *O Archivo medico da India*. François-Miron commente ainsi l'incident : « Ne faut-il pas être Chinois pour croire que quatre médecins puissent être d'accord sur un même cas. »

3. Les allusions au grand-père Nathé Weil (décédé fin juin 1896), et aux « 32° de chaleur », indiquent que la lettre fut écrite un été avant 1896. L'allusion à Delafosse semble la placer après 1893. Le papier à filigrane « *Prince's* » est le même que celui des lettres XXXV, XXXVII et XXXVIII, écrites l'été de 1895. Or, cette lettre porte la date du « Vendredi », et Mme Proust y parle des « 32° de chaleur » comme étant d'« hier ». En 1895, le seul jeudi où le thermomètre soit monté à 32° fut le jeudi 22 août (en 1894, Paris n'a eu 32° que le vendredi 6 juillet, jour le plus chaud de l'année). Cette lettre daterait donc du vendredi 23 août 1895. *Cf.* l'allusion à Robert Proust, et la note 2, p. 78.

32° de chaleur, je ne suis sortie moi, qu'à 6 hs et je crois que les choses avaient été faites plus tard que de coutume. Ce serait bien injuste envers un fils d'une si tendre ponctualité. Le bon Dieu bénisse vos bouchées Delafosse et vos Ochoa à la gelée. Ah que ne suis-je avec toi dans quelque coin mon chéri, comme à 10 hs 5 on marcherait à tâtons dans ta chambre ! Réforme, améliore tout cela le plus que tu peux, en ce qui dépend de toi, quant au *déplacement actuel* la chaleur est telle qu'il te causerait en ce moment une fatigue nuisible. Moi je vais au Louvre le matin de bonne heure, je rentre déjeuner et ne sors plus qu'à 5 h 1/2 pour ton g. père. De cette façon je ne souffre pas ; d'autant plus qu'à l'intérieur les portes toutes ouvertes (tandis que les fenêtres sont closes) établissent un vaste courant international et de la salle à manger j'entends ronfler Jean dans la chambre d'Eugénie (d'où elle a quitté – rassure-toi).

Je t'ai dit que je comptais ce matin sur une longue lettre de ton frère.

« Mère dit l'enfant grec
Dit l'enfant aux yeux bleus,
Je veux de la poudre *et des balles.* »

Ce n'est que pour la fin des vers qu'il m'a écrit – mais ma réponse n'est *chargée* que de mon mécontentement. Je ne comprends rien à sa vie de là-bas [1] ! Quand il fera moins torride j'irai.

Mille tendres baisers

J. P.

1. Voir la note 2, p. 78.

Ton oncle m'a ouvert un tiroir d'où semblait devoir émerger une surprise : la liste complète de ses « Cascara » avec leurs résultats, depuis leur origine jusqu'à nos jours.

XXXVII

Dimanche [25 août 1895 ?] [1]

Mon chéri

Ce sont tes lettres à toi qui sont gentilles, ton idée de m'embrasser non amidonnée m'a fait partir d'un éclat de rire !

Au Louvre ?? J'ai vu Watteau de ta part et de celle de Hahn [2], puis suis allée me jeter aux pieds de Vinci et du Titien (et le reste et le reste !!!) Les salles en cette saison et le matin, sont presque désertes. Les occupants

1. Lettre écrite sur le même papier « *Prince's* » que la lettre précédente, qu'elle semble suivre : Mme Proust y répond apparemment à une question que Marcel lui aura posée au sujet de la phrase de la lettre XXXVI – « Moi je vais au Louvre le matin de bonne heure… » *Cf.* la note 2 ci-après. Comme cette lettre porte la date du « Dimanche », la réponse de Marcel à la lettre du « Vendredi » aurait eu juste le temps de parvenir à sa mère.

2. Marcel Proust et Reynaldo Hahn étaient, en effet, les hôtes de Mme Madeleine Lemaire à Petit-Abbeville par Dieppe. (Voir *Le Gaulois* du 24 août 1895.) Hahn avait composé la musique pour des vers baudelairiens de Proust sur le peintre Watteau, composition publiée chez Heugel en 1896 sous le titre *Portraits de peintres*, et reproduite dans *Les Plaisirs et les Jours*. On trouve dans ce volume (édition Gallimard, 1924, p. 234) un petit morceau intitulé « Sous-bois », composé pendant le séjour chez Mme Lemaire, et dont la signature nous fournit une confirmation de la date de ce séjour : « Petit-Abbeville (Dieppe), août 1895. »

sont la plupart, de pauvres débris de vieilles femmes à lunettes, qui bien que juchées sur le haut de leur échelle pour voir de plus près leur modèle, n'arrivent pas à leur voler le feu céleste.

Puis dans le public quelques anglaises préoccupées surtout de rester d'accord avec leur catalogue.

Tout à coup cette atmosphère calme a été troublée par un bruit de voix retentissante et de parole non interrompue.

Je m'inquiète et vois alors émerger un groupe d'Anglais, gentlemen et ladies tous jumelles en bandoulière (dont la courroie coupe singulièrement en hémisphère ouest et est les blouses légères des ladies), suivant les pas d'un guide qui les mène tambour battant, les étourdissant de noms de personnages et de Dieux que comme disait la pauvre Louise « je suis arrivée à mon âge sans avoir jamais entendu nommer ». Ils écoutaient extasiés et couraient toujours pour ne pas le perdre. Au moment de quitter le salon carré et d'entrer dans la longue galerie, l'homme sans se retourner, a allongé le second doigt derrière lui négligemment : « This, Charles the first, by Van Dyck. » Comme le ton voulait dire, ceci secondaire, ils ont à peine levé la tête se disant, des rois anglais, il y en a chez nous, et se sont précipités à toute vitesse pour rattraper le guide qui déjà enjambait la galerie suivante.

La fin manque.

XXXVIII

[Mercredi 28 ou jeudi 29 ? août 1895] [1]

Les quatre premières pages manquent.

Le livre est très joliment écrit. Cela ressemble à un conte de Voltaire mais vu à travers la petite lentille du porte plume de Montesquiou.

Dick par son impardonnable négligence à écrire m'a tracassée depuis Dimanche, enfin ce matin est arrivée la lettre réparatrice. Il était temps ! Un peu plus je m'adressais au Général Zurlinden [2]. Ton père est (je crois aujourd'hui encore) à Carlsbad. Comme nos lettres ne peuvent jamais se répondre j'y éprouve comme quand on consulte mal le n° du catalogue au salon, et que cherchant le nom d'un portrait, on trouve :

1. L'allusion à Montesquiou – à qui Proust fut présenté vers mars 1893 – indique que la lettre fut écrite après mars 1893. L'allusion au général Zurlinden, à qui Mme Proust dit plaisamment qu'elle s'adressera si elle n'a pas bientôt une lettre de « Dick » – Robert Proust – semble indiquer que celui-ci faisait alors son service militaire. Or, Robert Proust (voir la note 2 ci-après) accomplit son service militaire du 13 novembre 1894 au 24 septembre 1895. Le général Zurlinden était à ce moment-là ministre de la Guerre (28 janvier 1895-5 septembre 1898). Comme Mme Proust annonce que le Dr Proust rentrera de Carlsbad le 1er septembre, cette lettre doit dater des derniers jours d'août 1895. Marcel Proust était, en effet, en villégiature depuis trois semaines à Dieppe chez Mme Madeleine Lemaire (*cf.* l'allusion à celle-ci et la note 2 de la lettre précédente) ; il rentra à Paris le 30 août 1895. *Cf.* aussi la note 1 à la page suivante pour une autre confirmation de la date de cette lettre.

2. Robert Proust fut appelé, le 13 novembre 1894, comme étudiant de médecine, sous l'article 23 de la loi sur le service militaire, au 132e régiment d'infanterie. Il fut passé à la disponibilité de l'armée active le 24 septembre 1895. Nous devons ces renseignements, pris dans l'« État des services de Robert Proust » aux *Archives* du ministère de la Guerre, à l'obligeance de M. Bernard de Fallois.

« Nature morte. » – Ton père en est à ton *oppression de l'arrivée* et discute ses chances de non durée etc.[1] Il passera ici les journées du 2 et du 3 7bre. (Il arrivera le 1er – matin ou soir – et le 4 partira à Vichy[2].

Mille tendres baisers mon chéri.

Sans signature

Dis-tu constamment à Madame Lemaire mes remerciements les meilleurs ?

XXXIX

[Juillet 1896]

Les 8 premières pages manquent.

Cette photographie de grand'père est très bien. Il me semble toujours que c'est une véritable injustice non que nous soyons séparés de lui, mais lui de nous qui lui appartenions tant, et appartenons toujours, qu'il aimait tant, qu'il avait reçu, et faits aussi, siens. Nous sommes comme une maison sans maître[3]. Un chan-

1. Le 10 août 1895, Reynaldo Hahn écrivit de Dieppe à sa sœur Maria Hahn à propos de Marcel : « Le pauvre garçon a eu une petite indication d'asthme, et se sent un peu oppressé – nous ignorons d'où cela vient. » Proust et Hahn étaient arrivés à Dieppe, semble-t-il, un ou deux jours auparavant.

2. La parenthèse n'est pas fermée.

3. Le père de Mme Proust, Nathé Weil, mourut à l'âge de quatre-vingts ans vers le 29 ou le 30 juin 1896. Voir *Le Temps* et *Le Figaro* du 2 juillet et le *Journal des débats* du 3 juillet 1896. Les allusions à la visite de l'appartement – au 30 *bis*, rue du Faubourg-Poissonnière – et aux papiers à trier, semblent indiquer que le grand-père était mort seulement depuis peu de temps. *Cf.* l'allusion aux cartes de visite, commandées sans doute pour ce deuil, et la lettre suivante.

teur allemand que j'ai vu chez Mme Lemaire est venu hier visiter les appartements. Mais malgré mes éloges hypocrites de l'appart[t] (je l'avais rencontré par hasard dans l'escalier) il ne l'a pas aimé m'a dit Mme Gustave. Cela me fatigue trop de tant écrire, adieu, Jean trie les papiers pour Papa et envoie ce qu'il faut.

Mille baisers

Marcel

Lettre rouverte
On [a] apporté des cartes de visite (gauche) 8,50
On revient samedi f[t]-il payer (Jean se trompait c'est 9,75)

XL

[7-12 juillet 1896]

Ma chère petite Maman

Voici *les cartes de Blondel.* Je suis *navré* de ne pas être allé à Passy mais il était 7 1/2 quand j'en ai eu fini avec la clique Montesquiou (il ne m'a rien demandé de désagréable c'était pour organiser le départ de France pour lundi Mme Desbordes [1]). Si par hasard (c'est sûr que non mais il faut toujours tout prévoir) tu rencontrais Yturri ou Montesquiou demain (ils voulaient absolument venir te voir, j'ai dû les prier de

1. Il s'agit des fêtes organisées par Robert de Montesquiou pour l'inauguration d'un monument élevé à la mémoire de Marcelline Desbordes-Valmore à Douai, sa ville natale, le lundi 13 juillet 1896. Anatole France y fit un discours. Voir *Œuvres complètes d'Anatole France*, XXV, p. 11-18.

ne pas le faire) si je ne vais pas lundi avec France à Douai pour Mme Desbordes c'est que tu ne veux absolument pas que j'aille en ce moment à ces *fêtes*[1]. – Je suis très triste de ne pas te voir : Bien triste pour trop de raisons. Et pourtant à quoi bon ? Quand on voit, comme nous l'avons vu l'autre jour, comment tout finit, à quoi bon se chagriner pour des peines ou se dévouer pour des causes dont rien ne restera. On ne comprend plus que le fatalisme des musulmans. Je ne sais comment ma fièvre des foins se réveille depuis 2 jours. J'ai dû fumer avant dîner. N'entre pas me dire adieu demain si je ne suis pas réveillé car je ne suis pas brillant et le temps où je dormirai, si toutefois je ne rêve pas, sera toujours autant de dérobé à mes noires tristesses.

Je t'embrasse tendrement, curieux du récit de votre dîner conjugal et champêtre

Ton petit

Marcel

Faut-il écrire à Blondel. C'est sous enveloppe à mon nom sans mot. Je crois que ce serait mieux que ce fut toi. Mais donne-moi des ordres précis. Laisse-moi t'embrasser encore. Si je savais où te trouver – – ?

Pense à Jean pour *La Revue. Panem et circentes* [*sic*]

1. Allusion au deuil pour le père de Mme Proust. Voir la note 3, p. 79. *Cf.* la lettre CXXXI à Montesquiou, *Correspondance générale*, I, p. 124-125.

XLI

2 h. 10

[16 juillet 1896]

Ma chère petite Maman

1° J'ai laissé chez Mme Arman mon iodure. Vois-tu q.q. chose à faire ? 2° Je suis fâché. La *Revue blanche* a publié hier sans me consulter, sans m'avertir, sans m'avoir envoyé les épreuves à corriger, un article (tout tronqué) que j'avais donné il y a 6 mois (l'article sur l'Obscurité en Poésie) que j'avais t[t] à f[t] oublié et que je croyais mis au panier [1]. Peut-être t'est-il désagréable qu'il paraisse en ce moment q.q. chose de moi et à cause de cela cela me fâche beaucoup [2]. 3° Je suis bien triste et ne pourrai aller demain me consoler à St Cloud, car Brissaud [3], Lucie Faure, Kopff, Calmann Lévy [4] me prendront tout le temps. Je suis rentré tard car Mme Lemaire a voulu d'abord ramener Hahn à St Cloud avec sa voiture et j'ai bien été obligé de la suivre, n'ayant pas envie de revenir seul dans le bois, désert par ce froid.

Mille baisers

Marcel

1. « Contre l'obscurité » parut dans *La Revue blanche* du 15 juillet 1896. *Cf.* la lettre VIII à Mme Straus, *Correspondance générale*, VI, p. 9-10.

2. Allusion à la mort du père de Mme Proust, survenue à la fin de juin. Voir la note 3, p. 79.

3. Le Dr Édouard Brissaud (1852-1909), professeur à la faculté de médecine, directeur de la *Revue neurologique*. Son livre, *L'Hygiène des asthmatiques* (Paris, Masson et Cie), faisant partie de la « Bibliothèque d'hygiène thérapeutique », dirigée par le professeur Proust, était sur le point de paraître.

4. *Les Plaisirs et les Jours* venaient de paraître en juin chez Calmann-Lévy.

XLII

Ma chère petite Maman

Que Gustave vers 10 1/2 onze h. moins 1/4 prenne le tramway et aille Porte Champerret au Recrutement porter ce livret (qu'il fasse attention qu'il y a dedans une feuille détachée) comme il l'a déjà fait (peut-être en offrant un cigare je ne sais) et en demandant s'il faudra venir le rechercher. – . Si cela ne va pas tout seul *et dans ce cas seulement* qu'il tire cette lettre (qu'il gardera dans sa poche si cela va tout seul) et qu'il fasse remettre lettre et livret au C[t] Rivert ou qu'il les laisse s'il n'est pas là en priant qu'on le lui remette d'urgence.

Si on lui demandait je suis censé être souffrant ce matin d'une petite crise d'asthme. Si ce commandant n'était plus au Recrutement qu'on remette lettre et livret au Command[t] de Recrutement (toujours en faisant attention qu'il y a une feuille détachée dedans)

Bonsoir et Silence. Il est 1 h. 35 !

[au crayon]

Je crois bien que le nom est Rivert mais ce pourrait être Rivet, en tous cas qu'il donne l'enveloppe avec elle

Sans signature

XLIII

Mercredi 9 h. 1/2 du matin [2 septembre 1896 ?] [1]

Ma chère petite Maman

Je suis content de te savoir à Dieppe. Je te « vois » mieux. Je crois que tu ferais bien en arrivant de présenter les lettres de créance à Mme Lemaire qui sans cela croira à des mystères. En tous cas, comme j'attends ton avis pour donner à Mlle Suzette la réponse prompte que demande sa lettre, dis-moi dans ta prochaine lettre ce que je dois dire de toi. Je voudrais aussi écrire à M. de St Maurice pour qu'il te fasse visiter sa maison [2]. Tu me donneras également avis à ce sujet. On vient d'apporter une cuvette pour moi mais elle est un peu trop comme cela

et pas assez comme cela

1. Lettre écrite sur papier « Au Printemps » de même qualité, couleur, format et filigrane que celui de la lettre XLIV, que nous datons de septembre 1896, et qui forme peut-être partie de la même lettre, puisque nous avons seulement les 4 premières pages de celle-ci, et celle-là commence à la page 9. Date du commencement d'un séjour de Mme Proust à Dieppe, vraisemblablement du mercredi 2 septembre 1896.

2. On trouve dans le *Paris-Hachette* de 1900 un Gaston de Saint-Maurice, membre du Jockey-Club, etc., chevalier de la Légion d'honneur, ayant une propriété à Dieppe. Le même annuaire, en 1904, donne pour son adresse à Dieppe : Le Pré Saint-Nicolas.

Je crois que le plus simple est d'attendre ton retour. (Félicie qui avait pourtant remarqué le défaut l'a bêtement payée « mais dans ces maison-là » etc) Voici qu'on m'a donné avec mon plateau un bulletin médical, un argus de la Presse (éloge de papa dans un journal de province) tout cela ne doit-il donc pas aller à Vichy. Donne tes ordres et plutôt à moi, je les transmettrai oralement ce qui est plus persuasif. Par ex. il est venu aussi pour Papa des brochures je crois que ce serait cher à faire suivre.

Je peux dire au p^t de vue de ma nuit : « Après toi le déluge. » Mais je mérite tes éloges. Rentré à onze heures juste. Oppressé (malgré plusieurs Espics dans la journée) fumage [1]. Tout très long pour la 1re fois seul. Couché minuit 1/4, relevé, recouché minuit 1/2 (heure de ton cabinet de toilette) poitrine gênée malgré fumage. 2 perles d'amyle. Vite endormi. Cinq heures 1/2 réveillé par oppression ou au moins avec oppression et même râles assez forts. Levé fumage énergique d'Escouflaire et de Legras qui m'a littéralement

La suite manque.

1. Marcel Proust désignait ainsi non seulement le fumage des cigarettes Espic, mais surtout les inhalations qu'il était obligé de faire, en brûlant de la poudre Legras ou d'Escouflaire, remède bien connu des asthmatiques.

XLIV

[Septembre 1896] [1]

Les 8 premières pages manquent.

sa sœur Maria (que je n'ai pas encore vue). Robert a été charmant au retour avec moi [2]. D'ailleurs « il est charmant Léon ». J'ai acheté hier soir pour toi un journal avec portrait de M. Tirman. Serais-tu une femme, sachant la fatigue que ce m'est d'écrire, et maintenant que j'ai une lettre quotidienne à écrire, à écrire (quelles répétitions) pour moi à de Flers et de Billy. L'un Ambassade de France Londres faire suivre (Marcel souffrant depuis longtemps me charge de vous demander où vous êtes pour envoyer son livre à votre femme mais n'en parlez pas car il ne l'a envoyé à personne) [3]. L'autre au

1. Fragment de lettre dont une partie fut publiée dans *La Revue de Paris* de juin 1945, aux p. 45-46, comme faisant suite à la lettre XCIV, que nous datons du 18 août 1902. Bien que les deux lettres soient écrites sur papier portant le filigrane : « Au Printemps/Paris/Nouveau Papier Français », ni le format, ni la couleur, ni l'espace qui sépare les vergetures, ne sont les mêmes. En réalité, ce fragment date de septembre 1896 : l'adresse donnée pour Billy à l'ambassade de France à Londres nous permet d'en fixer les limites entre le 30 mai 1896 et le 11 mai 1899, période où Robert de Billy fut secrétaire d'ambassade à Londres ; le livre de Proust dont il fait des envois ne peut donc être que *Les Plaisirs et les Jours*, paru en juin 1896. L'allusion au deuil de Mme Proust (voir la note 2, p. 87) nous permet de dater la lettre de 1896 ; et comme Mme Proust est à Dieppe au moment où Proust lui écrit, la lettre ne peut dater que de septembre 1896, puisque sa mère se rendit à Dieppe vers la fin d'août ou le commencement de septembre de cette année-là. Il est possible que ce fragment, qui commence à la page « 9 », soit la fin de la lettre précédente, dont nous n'avons que les 4 premières pages.

2. Retour du Mont-Dore, où Proust venait de passer quelques semaines avec sa mère.

3. *Les Plaisirs et les Jours. Cf.* la note 1 ci-dessus.

Malzieu Lozère [1]. Dis-moi dans ta prochaine lettre si oui et pour Laure Hayman. J'ai essayé par cette lettre « entrain » (et d'un entrain qui je te jure n'est pas joué, tu sais que je suis plutôt trop geignard et qu'il faut plutôt avec moi défalquer qu'ajouter) de te montrer que tu peux être tranquille et que tout va bien. Marche, baigne-toi, ne *pense* pas trop, ne te fatigue pas à m'écrire trop longuement et laisse-moi te remercier encore pour la douceur de ces semaines que tu m'as fait passer si heureuses. J'ai rêvé cette nuit que j'étais allé à une sorte de matinée de charité chez Mad^e^ Hochon (où j'avais trouvé Pierson étant moi au bras de Mad^e^ Lemaire) et en revenant je me demandais comment j'avais eu l'aberration d'aller en ce moment à une fête [2]. Heureusement que je me suis réveillé. Le gazier vient de venir, Jean n'est pas là, mais Félicie croit pouvoir descendre (j'ai levé les scrupules qui l'empêchaient de me faire des croque-monsieur) parce que « cet homme a une figure honnête ». Allons tant mieux ! Heureux (je me trompe de mot) Béni soit celui qui a inventé les lettres et qui a permis ainsi à un fils à Paris de causer avec sa mère à Dieppe. (As-tu téléphoné au Mt Dore) Que ta police secrète m'informe au moins, moi pauvre plaignant, de ses agissements.

Je t'embrasse de tout mon cœur

Marcel

1. Adresse du château du marquis de Flers, père de Robert de Flers. Celui-ci n'était pas encore marié.

2. « Aberration » à cause du double deuil de Mme Proust, qui venait de perdre son oncle Louis Weil (10 mai) et son père (fin de juin 1896) – Blanche Adeline Pierson (1842-1919) était sociétaire de la Comédie-Française, interprète acclamée de Dumas.

J'espère que tu n'as pas de pluie (cette nuit c'était effrayant comme violence) (la pluie) Mais, supposant que tu n'as d'autres loups que tes fils j'espère que tu pourras m'écrire « Il fait grand vent » comme mon cadet, puisque le temps vif te convient. Je crois que je vais travailler un peu à un petit épisode [1].

XLV

[Septembre 1896] [2]

Ma chère petite Maman

Ayant travaillé – fort mal d'ailleurs – toute la matinée – et pour raisons d'estomac je ne te dis qu'un simple bonjour.

Je continue à me passer rigoureuse[t] de trional, amyle et valériane. Mon dîner dans l'île avec Noufflard m'a si bien réussi (?) que depuis ce moment j'ai bonne mine ce qui ne m'était pas arrivé depuis

1. Épisode pour le roman qu'il avait commencé à Begmeil en septembre 1895. Il s'agit, à n'en point douter, du roman inachevé publié aujourd'hui sous le titre *Jean Santeuil.* Comme on voit d'après la lettre XLVI Proust y avait d'abord travaillé sur des feuilles volantes ; puis, vers la fin du mois d'août 1896, il avait acheté un premier cahier qui fut bientôt rempli. Le roman devait avoir un millier de pages lorsque Proust l'abandonna. Voir Bernard de Fallois, « Le Roman inédit de Marcel Proust : *Jean Santeuil* », *Opéra*, 26 septembre-2 octobre 1951, n° 424, et la préface d'André Maurois à *Jean Santeuil.*

2. Lettre datée par l'allusion aux « fêtes russes » : voir la note 1, p. 90. *Cf.* aussi la lettre XLVI, écrite sur le même papier : allusions à la suppression des soporatifs, à la possibilité de rester à Dieppe en octobre si Mme Proust y restait ; allusions au travail.

longtemps et quoi que mes réceptions d'hier chez moi m'aient mal réussi et fait très mal à l'estomac ma bonne mine dure relativement. Hier je n'ai pas travaillé. Je me suis remis ce matin et où que j'aille ne manquerai pas un jour. Si avec 4 heures par jour je pouvais être prêt pour le 1er février je serais bien content. Mais que sera-ce – Je n'y vois « que du feu » et sens que ce sera détestable[1]. J'irais bien à Dieppe mais je n'y resterais pas *seul* avec Mme Lemaire. Or je ne sais personne qui vienne avec moi et sais que Yeatman son service fini ne bouge plus de Paris. « Trop longtemps etc[2]. »

J'attends avec impatience ta réponse pour Lucie craignant que la pauvre Mme de Fitz James ne puisse plus rien avoir, s'étant fiée à moi. J'ai reçu une lettre charmante de Mme Lemaire, très triste après sa fille, et avec des photographies de Dieppe que je désirais mais qui sont horribles. Te rappelles-tu ce que c'était que les livres où il y avait les figures représentant la lune (avec un nez au milieu je crois) et que j'apportais au salon pour montrer que je m'occupais d'astronomie, quand j'étais petit[3].

Je t'embrasse tendrement

Ton petit Marcel

Vraiment tu ne resterais pas *pour moi* à qui cela ferait tant de bien jusqu'au 15 Octobre. Papa serait

1. Il s'agit du roman qu'il avait commencé. Voir ci-dessus, la note 1 à la page précédente.

2. Léon Yeatman (1873-1930) avait commencé son service militaire en 1894, d'après les renseignements que Mme Yeatman nous a obligeamment communiqués.

3. *Cf. Jean Santeuil*, I, p. 196.

bien plus libre ici sans toi pendant les fêtes russes [1]. J'attends la réponse pour répondre à Lavallée.

XLVI

[Paris] Mercredi [16 ? septembre 1896] [2]

Ma chère petite Maman

Levé de table à 10 heures, après ce que je t'ai dit, je suis rentré à onze h 1/2 et j'étais couché à minuit 1/4. Ici grand coup. Après fumage (hélas j'avais déjà dû en dînant) je n'ai pris ni amyle, ni valériane, ni enfin rien (que tisane et bicarbonate) et je m'en suis très bien trouvé. J'ai été réveillé encore beaucoup plus tôt mais comme j'étais lourd d'avoir dîné tard et autres [?] etc., je me suis rendormi par petits sommes ou réféchissages [3] genre Papa de dix minutes jusqu'à 9 heures 1/2. J'ai écrit toute la matinée à Madame Lemaire. Aussi tu seras aujourd'hui un peu sacrifiée ! J'ai demandé au Cab lec comme tu disais jadis *La*

1. Comme point culminant au rapprochement franco-russe préparé depuis 1890, le tsar et la tsarine devaient venir à Paris pour l'inauguration du pont Alexandre-III. Ils y passèrent les journées des 6, 7 et 8 octobre 1896. Ils devaient revenir en France en 1901, mais à cette occasion ce fut au mois de septembre (du 18 au 21), et ils ne vinrent pas à Paris. Voir *L'Année politique*, XXIII, p. 388, *passim*.

2. Lettre écrite sur le même papier à filigrane « St George's » que la lettre XLV. Date de septembre 1896 : *cf.* l'allusion au premier cahier de son roman, et la note 1, p. 91 ci-dessous. *Cf.* les allusions aux « Croq Monsieur » et à un épisode du roman, dans la lettre XLIV et dans celle-ci ; *cf.* allusions à la possibilité de passer le mois d'octobre à Dieppe, dans cette lettre et dans la lettre XLV. Voir aussi les notes 1 et 2, p. 91.

3. Lapsus, semble-t-il, pour *réfléchissages*.

Correspond^{ce} de Shiller et de Goethe et un volume de Flaubert sur la Bretagne c'est du moins entre tant de trésors qu'ils n'ont pas ce qu'ils m'ont envoyé. Tu vois que le *Sursum* n'a pas baissé. Et que si ton fils, dans un état de santé possible, sans occupations (et s'occuper de Calmann Lévy ou de la Mazarine c'est pareil) était ainsi laissé à lui-même, sans parler du travail (car si je ne peux pas dire que j'aie encore travaillé à mon roman dans le sens d'être absorbé par lui, de le concevoir d'ensemble, depuis le jour (q.q. jours avant ton départ) le Cahier que j'ai acheté et qui ne représente pas tout ce que j'ai fait, puisque avant je travaillais sur des feuilles volantes – ce cahier est fini et il a *110 pages grandes*[1]) il serait au bout d'un certain temps plus instruit que les plus instruits. J'ai vu une lettre stupide que Reynaldo t'a écrite. Outre qu'elle est t^{t} à f^{t} inexacte. Il dit je crois que je suis allé tous les jours à St Cloud[2] ! Aujourd'hui où je n'y suis pas, lui va passer me voir, venant à Paris.

Je n'ai pris qu'une fois des Croq Monsieur (je suis fatigué et te dirai cela demain) Je t'embrasse tendrement

Ton petit Marcel

C'est Nathan qui m'a prêté 100 frs.

Même dispositions maritimes. Mais pour que je reste octobre à Dieppe, il f^{t} que tu y soies je ne peux rester seul

1. Dans une lettre inédite à Reynaldo Hahn, écrite sans aucun doute vers la fin d'août ou le commencement de septembre 1896, Proust écrit qu'il vient de faire la pagination des 90 premières pages de son roman. *Cf.* ci-dessus la note 1, p. 88.

2. *Le Gaulois* du 4 septembre 1896 annonce l'arrivée de Reynaldo Hahn à Saint-Cloud.

avec Mme Lemaire. Je lui ai exagéré le sérieux de mon travail car c'est cela qui fait prendre un livre au sérieux.

Pardon de la disparité des enveloppes. Tu n'en as pas laissé de blanches elles sont finies.

XLVII

Jeudi 10 h 1/4 [17 septembre 1896][1]

Ma chère petite Maman

Rentré à onze 20, même onze h 1/4, couché à minuit 20 très peu d'oppression, pris 2 amyle préventivement et en effet nuit sans oppression du tout. Mais dois-je te l'avouer, réveillé si tôt par les peintres que j'ai dû prendre un cachet (0,80) de trional, ne pouvant continuer à dormir aussi peu. Et j'allais te demander la permission de fuir à Dieppe les peintres. Mais ce que tu me dis du bruit me défrise.

Ni ce matin à mon 1er réveil, ni maintenant je n'ai eu d'oppression. Sois donc tranquille, tout va bien. Je ne suis que découragé de ces médicaments à cette époque, etc. etc. J'ai vu hier cinq minutes Yeatman qui, toujours malin, ne fait pas les manœuvres (suites de la recommandation Kopff dont il a [aussi] bien su tirer parti qu'un autre) et qui sur ma demande ira un de ces jours te voir de Rouen. Je suis très content

1. Lettre portant seulement la date du « Jeudi », écrite pendant un séjour de Mme Proust à Dieppe. L'allusion à la visite « hier soir » chez Mme de Brantes, au lendemain de la naissance d'un enfant de la vicomtesse Armand, nous permet de dater cette lettre du jeudi 17 septembre 1896 (voir la note 2, p. 93). *Cf.* l'allusion aux manœuvres, terminées cette année-là le 17 septembre. Mme Proust se trouvait en effet à Dieppe, comme on voit d'après les autres lettres de l'époque.

qu'il m'ait vu hier où comme tu as pu le voir par ma lettre j'étais plutôt excité que déprimé parce que les dernières fois j'avais été un peu ennuyeux avec lui et que cela nuit à ma « réputation » (Très G[...]).

Robichon est passé hier soir et m'a conduit jusqu'à Mme de Br[antes]. Il a été charmant, tt à ft calme, et est rentré à Necker au lieu de coucher ici quand nous avons eu discuté le pour et le contre. J'ai appris chez Mme de Brantes par le pauvre Mis de Biencourt [1] (il était venu parce que, ce que je ne savais pas, Mme Armand était accouchée de la veille [2].) Dans cette plantureuse famille, c'est « sans douleur ». Elle se promenait etc etc la veille, et le lendemain (hier) elle a pris à son déjeuner une côtelette, de la cervelle etc.) j'y ai donc appris (et M. de Biencourt est une des personnes que Mme Cahen – en tt bien tt honneur – aime le plus et fréquente le plus constamment) qu'Élisabeth Cahen était catholique depuis l'accident de cheval où elle a failli mourir [3]. Elle ne s'est pas convertie tt de suite à ce moment-là mais a commencé alors à le désirer et sa mère la voyant s'afermir dans

La suite manque.

1. Le marquis de Biencourt était un homme accablé par le sort ; ayant perdu sa femme, puis sa fille dans des circonstances dramatiques, ruiné, il devait finir ses dernières années cloué sur un fauteuil par une douloureuse paralysie.

2. Allusion à la naissance, le mardi 15 septembre 1896, de Jacques Armand, fils du vicomte, plus tard le 2e comte Armand, et de la vicomtesse, née *Françoise* Marie Josèphe de Brantes. Il ne saurait s'agir d'Emmanuel Armand, seul des autres enfants de Mme Armand dont la date de naissance s'accorderait avec les données de cette lettre, puisqu'il est né le *mercredi* 7 septembre 1904. Nous devons ces dates à la bonté de la comtesse Jean Armand et du comte Roger Armand.

3. Élisabeth Cahen d'Anvers, fille du comte Louis Cahen d'Anvers et de la comtesse, née de Morpurgo, devait épouser le comte Jean de Forceville, le 5 octobre 1896.

XLVIII

[19 septembre 1896] [1]

Ma chère petite Maman

Juste le jour où j'aurais le plus de tendresses à te dire tout a conspiré pour en retarder le moment si tard que dans la crainte que tu n'aies plus rien de moi si je diffère ou prolonge, je me borne à ce t^{t} pe^{tt} mot. J'ai l'ennui de te dire que j'ai pris hier soir amyle et ce matin trional mais cela ne durera pas. Je vais vraiment beaucoup mieux et il me semble que cela te frapperait. Je n'ai pas pu à cause d'un inintéressant rendez-vs Fitz James aller à St Cloud aujourd'hui je le regrette car cela m'av^{t} f^{t} [du] bien.

Les tapissiers viendront mardi à 9 h. 1/4 cela m'ennuie bien. Alors écris-leur ; ils ne pouv^{t} pas av^{t} mardi c'est pourquoi Jean av^{t} pensé qu'il fallait que tout fût fait en une fois

Mille baisers

Sans signature

1. Carte-lettre, portant le cachet postal daté du départ de Paris : « 19 Sept 96 », adressée à « Madame Proust Hôtel Royal Dieppe Seine-Inférieure ». Au dos, date de l'arrivée à Dieppe : « 20 Sept 96. »

XLIX

Jeudi soir 8 hr [24 septembre 1896] [1]

Mon chéri

Notre correspondance devient de la conversation. Ta lettre datée de midi/4 m'est arrivée à 6 h 1/2. Elle est (comme les autres d'ailleurs) bien gentille et me fait un plaisir extrême.

Je vais procéder d'abord à différentes réponses à des questions précédentes et d'aujourd'hui. J'ai dit à Jean de demander les tapissiers pour après le déjeuner seulement si possible et si non – pas avant 10 hs. Demande-lui ce qu'a dit la Place Clichy (qui a les tapis en garde et les envoie poser) et sur quoi il y a [à] compter. Comme cela ne me fait rien qu'ils soient posés en 2 fois en 2 après-midi on n'a pas à prendre d'avance le matin comme lorsque on est limité et pressé. En tous cas dis-moi ce qui est convenu.

Pour l'objet à donner il m'est malheur[euse]ment impossible de le définir de loin il n'y a que moi qui le puisse trouver mais je fais *vœu* de le sortir le *lendemain* de mon arrivée.

Je n'ai pas chaud avant mon bain puisque je suis assise depuis 3/4 d'heure au moins.

Je n'ai pas froid en sortant puisque je bois toujours en quittant l'eau. Ce qui est bien pénible ce sont les galets sous les pieds. Les espadrilles sont une protection bien illusoire.

1. Sur papier de grand deuil. *Cf.* la carte-lettre du 19 septembre 1896, à propos des tapisseries.

T'ai-je dit que j'ai voyagé – seule de Paris à Dieppe – seule de Dieppe au Tréport – cela m'a tout de même été bien agréable.

Tantôt j'ai eu une lettre de ton père cette fois adressée ici.

La fin manque.

L

[Septembre 1896] [1]

Le début manque.

Mon programme de journée a été changé l'administration ayant décrété je ne sais pourquoi qu'on ne [se] baignerait pas le matin. J'ai dû prendre mon second déjeuner à l'heure du premier de mon fils (10 1/2 [2] pour être en mesure de me mettre à l'eau l'après-midi.

Il a beaucoup plu – mais j'ai fait suffisamment d'hygiène dans les intervalles.

Mon chéri tu es bien gentil – et moi aussi. Je ne reviendrai pas par fantaisie (ton père m'a d'ailleurs offert de ne rentrer que le 1er) mais je reviendrai lorsque les bains commenceront à me fatiguer – je les prends avec ardeur et en tirerai tout le bien que j'en puis tirer – c'est tout ce que je puis te promettre. Avec le temps d'aujourd'hui je suis bien contente que tu ne sois pas ici. Ah s'il faisait beau et que tu t'y acclimates au froid. L'hôtel ne ferme que Décemb. Janv. et Fév.

Je serais bien contente et pour le bien actuel et pour mon instruction à venir que tu expérimentes St Cloud.

1. Sur papier de grand deuil ; pourrait être la suite de la lettre du 24 septembre 1896, dont le papier est pareil.

2. La parenthèse n'est pas fermée.

La mort de Rubempré m'a touchée moins que celle d'Esther [1].

T'ai-je dit que nous avons des closets avec planche à écrire comme ceux de la maison – mais ce qu'ils ont de plus c'est la lumière électrique s'allumant pour éclairer nos œuvres et s'éteignant après… – Je commence à bien dormir – on m'a mis un 2e matelas qui domine le leitmotiv du sommier élastique et tout va bien.

La suite manque.

LI

Carte-lettre.

Monsieur Marcel Proust
Hôtel de France et d'Angleterre
Fontainebleau

Mardi une heure [20 octobre 1896] [2]

Mon chéri

Suite à notre petit bout d'entretien trop court… Je dis donc : 1° choses positives : Je vais envoyer

1. Oscar Wilde disait que son plus grand chagrin avait été la mort de Lucien de Rubempré. Dans *Splendeurs et misères des courtisanes* de Balzac, Rubempré et Esther van Gobseck, une prostituée, s'éprennent l'un de l'autre, sont séparés, et Esther se suicide. Rubempré accusé injustement de sa mort se pend dans sa cellule à la Conciergerie. Proust lut ce roman, qu'il qualifia « stupide » pendant son séjour à Begmeil en septembre-octobre 1895. (Voir *Lettres et Conversations* de R. de Billy, p. 97.)

2. La date du cachet postal, « 20 Oct 96 », correspond au jour de l'en-tête. Cette date nous permet de vérifier et de préciser le moment du séjour à Fontainebleau, où Proust a dû arriver le lundi 19 octobre 1896. Léon Daudet a daté d'« automne 1896 » – époque où il achevait son roman *Suzanne* – sa rencontre avec Marcel Proust, à

cravate épingle et montre à Jean Laz[ard] ; parap[luie] à Deflers et chapeau au tailleur du pardessus.

J'allais me mettre à te rédiger une dépêche pour qu'il te vienne un petit souffle du foyer aujourd'hui quand on est venu m'appeler au téléphone. Mais Cerisier[1] n'a pas le droit de communication extérieur à Paris – et malgré toutes mes offres aux demoiselles de versement extra – (demoiselles du téléphone) elles m'ont renvoyée à la cabine. Tu as donc dû avoir une longue station ! Je bouillais pour toi. Il n'y a de

l'Hôtel de France et d'Angleterre, où il dit avoir passé « une dizaine de jours ». (Voir *L'Action française* du 8 octobre 1920 ; *Salons et Journaux*, 1917, p. 301 ; *cf. Écrivains et Artistes*, t. III, p. 20-22 ; *Paris vécu*, première série [1929], p. 135.) La date est amplement confirmée par les allusions à *La Revue de Paris* du 1er octobre 1896 (voir la lettre suivante et la note 2, p. 99), et au *Journal des débats* du 22 octobre 1896 (voir la lettre LIX, la note 1, p. 116, et les fréquentes allusions à la pluie) ; au roman que Proust était en train d'écrire, et dont le « petit récit » fait partie, récit qui précède l'épisode du téléphone (voir ci-dessous, note 1, p. 102, et la lettre LIV) ; et par le papier de grand deuil des lettres LIV, LVI, LVIII et LIX. Un autre recoupement, au sujet de l'épisode du téléphone, se trouve dans une lettre de Proust à Antoine Bibesco, où Proust fait allusion à l'angoisse qu'il avait éprouvée alors, disant que c'était le moment où « maman a perdu ses parents ». Or, nous savons qu'en 1896 Mme Proust était en deuil de son père et de son oncle (sa mère étant morte en 1890). – *Suzanne* de Léon Daudet parut vers la fin de 1896 ; *cf.* la *Bibliographie de la France* du 30 janvier 1897. – Dans son article de *L'Action française*, Daudet écrivit : « Nous passâmes ensemble, nous promenant le jour en forêt, devisant le soir au coin du feu, dans le salon désert et discret, une semaine charmante… Je suis persuadé qu'il travaillait déjà, en cachette, à cette étourdissante série de la *Recherche du temps perdu.* » Proust travaillait, en effet, à *Jean Santeuil.*

1. Nom d'un boulanger habitant la maison en face de celle des Proust, au 8, bd Malesherbes. (Voir le *Paris-Hachette Annuaire complet. 1900*, p. 103). Dans l'épisode du téléphone du roman *Jean Santeuil*, t. II, p. 178, Proust fait demander la communication chez un tapissier qui habite dans la maison de ses parents.

content de ton départ que les portes et sonnettes qui ont entonné de bruyants halleluias. Quant à moi je l'entonne si tu vas bien, et attends impatiem[ment] les nouvelles de chaque nuit.

Mille tendres baisers

Sans signature.

LII

Mardi soir 7 heures

[20 octobre 1896] [1]

Mon chéri

Je viens de recevoir ta lettre – (qui est charmante). Ma petite carte de tantôt a dû te sembler bien peu réconfortante. J'étais debout à la poste avec un Monsieur me surveillant pour avoir une plume – Je vais immédiatement envoyer la revue rue Lincoln – ta lettre m'a arrêtée à temps. Je croyais qu'il fallait te l'expédier. (Entre-temps j'y avais lu les lettres à Mme Hanska. Ton père ajourne la lecture de Pozzo di Borgo pour ne pas retarder l'envoi et s'en tiendra à l'alliance russe de Vandal [2].

1. Cette lettre date du même jour que la carte-lettre du 20 octobre 1896, à laquelle Mme Proust fait allusion au début de cette lettre. *Cf.* la note 2 ci-après.

2. La parenthèse n'est pas fermée.

Il s'agit de *La Revue de Paris* du 1er octobre 1896, 3e année, tome V, numéro qui contient, en effet, les « Lettres à l'Étrangère » de H. de Balzac, et « France et Russie en 1817 » du comte Pozzo di Borgo. Le nom Vandal n'y figure pas, mais le même numéro contient un article de K. Waliszewski sur « Pierre le Grand en France ». Le Dr Proust

Mon chéri je crois qu'il te faut voir quelques jours si tu t'acclimates et si ton oppression décroît avant de prendre de décision. J'espère que tu seras bien – mais si tu devais souffrir, plutôt que Paris songe à Illiers (où tu t'es aussi *merveilleusement* porté par le froid que mal par le chaud) et qui réunirait bien des bonnes conditions. (Mme Brouardel dit que Fontainebleau est très humide). Tu as bien besoin de bon air mon pauvre loup pour réparer tous les maux de l'été et comme il existe des bons endroits pour toi, il faut que nous arrivions à les trouver. Prenant des livres de mon pauvre exilé, j'ai commencé *Wilheim Meister* et te prie de me dire si les idées de Wilhelm Meister doivent représenter celles de Goethe. De Flers est tout ce qu'il y a de plus gentil et affectueux pour toi. Il aurait voulu pouvoir décider sa grand'mère à s'installer à Fontainebleau à cause de toi ! disant que pour elle ce serait excellent [1]. Je t'embrasse mille et mille fois cher petit attendant impatiem[ment] ce qu'aura été cette nuit et *si tu as pu* rompre tout pacte avec l'impie trional.

Sandford et Merton [2] avaient expédié ton pardessus dès hier soir. Ton chapeau est donc parti tout seul par

aurait pu lire « L'Aurore d'une Alliance » d'Albert Vandal dans *La Revue hebdomadaire* du même mois d'octobre 1896, ce qui explique peut-être la confusion de Mme Proust.

1. La grand'mère de Robert de Flers était Mme Eugène de Rozière, épouse du sénateur de la Lozère. Celui-ci venait de mourir. À la mort de Mme de Rozière, Marcel Proust lui consacra un article intitulé « Une Grand'mère », paru dans *Le Figaro* du 27 juillet 1907. Voir Marcel Proust, *Chroniques*, p. 67-72, où cet article est reproduit. – Flers habitait au 8, rue Lincoln.

2. *Sic.* Allusion plaisante au tailleur dont il est question dans la lettre précédente. Le véritable nom de la maison était : Sandt et Laborde, tailleur dont l'établissement se trouvait au 11, bd Malesherbes, à côté

les soins d'Eugénie. Où réclamer ton parapluie pour te l'envoyer. Il n'est pas ici.

Sans signature

LIII

[Fontainebleau] Mercredi matin, 9 h. 1/2.

[21 octobre 1896] [1]

Ma chère petite Maman

Il pleut averse. Je n'ai pas eu d'asthme cette nuit. Et c'est seulement t[t] à l'heure après avoir beaucoup éternué que j'ai dû fumer un peu. Je ne suis pas très dégagé depuis ce moment-là parce que je suis très mal couché. En effet mon bon côté est du côté du mur. Sans compter qu'à cause de nombreux ciels de lit, rideaux etc. (impossibles à enlever parce qu'ils tiennent au mur) cela, en me forçant à être toujours du côté

de la maison où demeuraient les Proust : *Sandford et Merton* est le titre d'un roman anglais de Thomas Day (1748-1789), traduit par Arnaud Berquin.

1. Lettre publiée dans *Les Temps modernes* de janvier 1950, 5e année, n° 51, p. 1172, 1173, où elle est datée sans explication : « Vers la fin de [la] douzième année » de Marcel Proust. Mais cette lettre ne saurait en aucune façon être antérieure au printemps de 1894, époque où Proust fit la connaissance de Reynaldo Hahn, qui le présenta aux Daudet. À n'en point douter, la lettre date du séjour à Fontainebleau, comme le prouvent les allusions à Léon Daudet, à Nemours, à Marlotte, au récit du téléphone destiné au roman (voir la note suivante), à Reynaldo Hahn. Or, Proust arriva à Fontainebleau le lundi 19 octobre 1896 (Proust avait alors vingt-cinq ans). Cette lettre porte la date du « Mercredi matin, 9 h. 1/2 » ; elle date donc du mercredi 21 octobre 1896 (*cf.* les notes 1 et 2, p. 105 et les deux lettres suivantes).

du mur m'est très incommode, toutes les choses dont j'ai besoin mon café, ma tisane, ma bougie, ma plume, mes allumettes etc. etc. sont à ma droite c'est-à-dire qu'il me faut toujours me mettre sur mauvais côté. etc. J'ai eu la poitrine très libre hier toute la matinée, journée, soirée (excepté au moment de me coucher comme toujours) et nuit. (C'est maintenant que je suis le plus gêné). Mais je ne fais pas des nuits énormes comme à Paris, ou du moins comme ces temps-ci à Paris. Et une fois réveillé au lieu d'être bien dans mon lit je n'aspire qu'à en sortir ce qui n'est pas bon signe quoi que tu en penses. Hier la pluie n'a commencé qu'à 4 heures de sorte que j'avais pu marcher. Ce que j'ai vu ne m'a pas plu. La simple lisière de bois que j'ai vue est toute verte. La ville n'a aucun caractère. Je ne peux pas te dire l'heure épouvantable que j'ai passée hier de 4 h. à 6 h. (moment que j'ai rétroplacé avant le téléphone dans le petit récit que je t'ai envoyé et que je te prie de *garder* et en sachant où tu le gardes car il sera dans mon roman)[1]. Jamais je crois aucune

1. Il s'agit de *Jean Santeuil.* L'épisode « rétroplacé avant le téléphone dans le petit récit » ne peut être autre que le chapitre intitulé dans le manuscrit original : « Jean à Begmeil/I. Le téléphonage à sa mère », sur 6 feuilles de papier rayé, arrachées d'un cahier et cousues ensemble, et que nous retrouvons dans *Jean Santeuil,* tome II, p. 174-181. (Voir ci-dessus, note 2, p. 97.) Les « ciels de lit, rideaux etc. (impossibles à enlever parce qu'ils tiennent au mur) » se retrouvent, en effet, dans la chambre d'hôtel du roman, où Jean est frappé par « un lit énorme qui étouffait sous un ciel de lit rabattu de tous côtés (on ne pourrait pas les [*sic*] enlever, ils tenaient au mur et au plafond) ». Jean y ajoute :

« Il se voyait dedans ne pouvant dormir, pensant à sa mère, gardé loin d'elle par les couvertures muettes et trop bordées, sentant la palpitation infinie de son cœur grandir dans le silence de la nuit, l'irrévocable de l'absence, l'immobilité du repos, l'angoisse de

de mes angoisses d'aucun genre n'a atteint à ce degré. Je ne peux pas essayer de te le raconter. Pour avoir [à parler] [1] à q.q. j'ai été à onze heures attendre à la gare Léon Daudet qui revenait de Paris. Il veut absolument prendre ses repas avec moi. D'où pension va s'imposer avec Jean. L'Hôtel est certainement remarquable. Mais personne n'y veut causer avec moi. Sans doute parce que les domestiques n'ont jamais été que chez un Doudeauville q.conque « Je me porte bien ». Aussi je ne puis leur dire « Je me porte mal » et leur expliquer ni avoir ces bonnes intimités à la Renvoyzé, à la Fermont [2]. etc etc etc. Tu as vu le prix. Je crois

la solitude et de l'insomnie. La chambre c'était la prison, mais le lit c'était la tombe. » *Cf.* le commentaire de ce récit dans la lettre suivante de Mme Proust. L'incident du téléphone sera repris sous une autre forme dans « Journées de lecture », article paru dans *Le Figaro* du 20 mars 1907, et reproduit dans les *Chroniques*, p. 83-91. Proust s'en servira dans *Le Côté de Guermantes*, tome I, p. 119 et suivantes. *Cf.* aussi une lettre de Proust à Antoine Bibesco, écrite en novembre 1902, et publiée dans *Au bal avec Marcel Proust*, p. 74-75, et dans les *Lettres à Bibesco*, p. 65 :

« Je me rappelle que quand maman a perdu ses parents, ce qui a été pour elle une douleur après laquelle je me demande encore comment elle a pu vivre, j'avais eu beau la voir tous les jours et toutes les heures, chaque jour, une fois que j'étais allé à Fontainebleau où je lui ai téléphoné, et dans le téléphone tout d'un coup m'est arrivée sa pauvre voix brisée, meurtrie à jamais, une autre que celle que j'avais toujours connue, pleine de fêlures et de brisures, et c'est en recueillant dans le récepteur les morceaux saignants et brisés que j'ai eu pour la première fois la sensation atroce de tout ce qui s'était à jamais brisé en elle... »

1. Par *lapsus*, Proust écrit : « Pour avoir reparlé... ; » mais il veut dire qu'il est allé à la gare, à cause de sa solitude, pour rencontrer Léon Daudet, afin d'avoir quelqu'un à qui parler.

2. C'est chez Mme Renvoyzé (ou Ranvoyzé) que Marcel Proust avait une chambre, à Orléans, dans le faubourg Bannier, pendant son année de volontariat. Il en parle, sans changer le nom, dans *Jean Santeuil*, II, 316. – L'Hôtel Fermont se trouvait à Begmeil (Finistère).

qu'il sera encore grossi par les feux que je suis obligé de me faire faire et la lampe car à cause de la saison il n'y a pas de salon d'allumé le soir, on n'a que sa chambre. Je n'ai rien à lire et me demande si Reynaldo a oublié mes livres. Si ce n'était pas une telle affaire de changer de chambre, j'en changerais bien pour avoir un lit tourné à l'inverse. Je t'embrasse tendrement. Ai encore une lettre de Reynaldo ce matin que je te garde parce qu'elle t'amusera.

Ton petit Marcel

P-S. Je viens de parler à la femme de chambre, elle va me mettre mon lit autrement, tête au mur (parce qu'on ne peut ôter les ciels de lit), mais le lit au milieu de la chambre, je crois que ce sera plus commode pour moi. La pluie redouble. Quel temps ! Je suis étonné que tu ne me parles pas du prix de l'hôtel. Si c'est exorbitant ne ferais-je pas mieux de revenir. Et de Paris je pourrais tous les jours aller à Versailles travailler.

2° P. S. Léon Daudet voudrait que nous allions habiter à Marlotte hôtel meilleur marché, [connaissant] un asthmatique qui s'y trouve bien. Mais, je

C'est là l'hôtel rustique « où les pommes normandes mûrissent presque sur les rochers, mêlant l'odeur du cidre au parfum des goémons », et où Proust et Reynaldo Hahn séjournèrent du début de septembre jusqu'au 26 octobre 1895. (*Cf. Correspondance générale*, I, p. 58 ; R. de Billy, *Lettres et Conversations*, p. 96 ; et lettres inédites à P. Lavallée.) C'est le séjour dont il est question dans l'introduction de *Jean Santeuil*, tome I, p. 33 et suivantes, et dans les autres parties du roman sur la Bretagne. Nous avons tout lieu de croire, du reste, que Marcel Proust commença son roman sur Jean Santeuil pendant son séjour à Begmeil en 1895. Pour le mot du duc de Doudeauville, *cf.* Flers et Caillavet, *L'Habit vert*, I, scène I.

crois que c'est bien moins près de Paris, moins de trains etc qu'en dis-tu ? Seulement je n'aurais plus Jean Lazard je crois... Demande donc à papa q.q. chose contre mon rire nerveux. J'ai si peur de fâcher Léon Daudet.

3° P. S. Non pas de Trional[1].

4° P. S. Brissaud qui connaît si bien ce pays nous eut comparé Nemours, Marlotte, etc., etc.

LIV

Mercredi 2 hrs [21 octobre 1896][2]

Mon chéri

Ce matin j'ai reçu ton petit mot puis ton manuscrit. Comme je tenais à te parler au téléphone et que je n'étais sûre de toi que le matin j'ai laissé les pages sous enveloppe et viens seulement de les lire. Elles sont bien douces mais bien tristes, mon pauvre loup. Elles me font souffrir en pensant à la tristesse que tu as éprouvée. Mais le récit d'une arrivée à l'Île du Salut par un déporté ne doit pas être plus navré[3] !

1. Marcel répond à la question que lui pose Mme Proust vers la fin de la lettre LII, *cf.* p. 100.

2. Lettre sur papier de grand deuil, écrite pendant le séjour de Proust à Fontainebleau en octobre 1896. Elle suit les lettres LII (voir la note 2, p. 106) et LIII (voir les notes 3 ci-dessous et 1, p. 106) ; elle précède la lettre LV (*cf.* la question de Mme Proust à propos de Versailles, et la réponse de Marcel dans la lettre LV, p. 108).

3. Il s'agit du « petit récit » dont l'envoi est annoncé dans la lettre précédente (*cf.* la note 1, p. 102), épisode de *Jean Santeuil* où il est question du départ précipité de Jean, puis de son arrivée à l'hôtel, de son angoisse de se sentir loin de sa mère, et du téléphonage à sa mère.

Moi qui n'aime pas les secs, me voici réduite à te souhaiter tel plutôt que de te voir te laisser envahir ainsi par une mélancolie trop tendre

« Monsieur ne pourriez-vous pas la rendre muette ? » – pas ta mélancolie – parce qu'elle « s'exprime très bien » – mais toi, qui as besoin de te faire un cœur « moins facile et moins tendre ».

Tu m'as annoncé (par notre cher petit téléphone) – une lettre ministre à laquelle je devrai répondre de point en point – elle n'est pas encore arrivée [1].

Ton père désire toujours beaucoup savoir comment Versailles te réussirait. Si tu t'y trouvais bien c'est là que j'irais chercher une maison et l'installer d'avance.

Je fais tambouriner ton parapluie de tous côtés [2] – j'ai peine à me résigner pour celui-ci qui n'a même pas vécu l'espace d'un matin. Dick est dans des dispositions et effectuation de travail qui lui ouvrent à deux battants le cœur de son père. Mais Dick réserve le second battant à Abel [Desjardins] qui est tout son objectif actuel, et c'est sur lui qu'il veut que ton père déverse sa tendresse. Dick était présent à l'arrivée de ta dépêche hier soir. Il est bien tendre pour toi.

J'aurais bien écrit à Yeatman pour qu'il allât te voir mais j'ai craint de mal faire. J'aime mieux te laisser rédiger tes décrets de Fontainebleau.

Quant au téléphone il vaudra toujours bien mieux que ce soit moi qui t'y appelle cela se passe

1. Allusion à la lettre du « Mercredi matin, 9 h. 1/2 [21 octobre 1896] », où Marcel pose de nombreuses questions. Venant d'achever sa lettre lorsque Mme Proust le fit appeler au téléphone, il a dû la lui annoncer.

2. *Cf.* la lettre du « Mardi soir 7 heures [20 octobre 1896] » : « Où réclamer ton parapluie pour te l'envoyer. »

actuellement bien plus vite mais il est impossible de rien fixer souvent il y a trop de monde.

Que de pardons tu lui dois pour tes blasphèmes passés. Quels remords d'avoir méprisé dédaigné, éloigné un tel bienfaiteur ! Entendre la *voix* du pauvre loup – le pauvre loup entendre la mienne ! Rien que ton hallo ! « Cet hallo est admirable et j'aime mieux avoir fait cet hallo qu'un poème épique [1]. » Tu vois mon loup que les classiques ne perdent pas leur droit en ton absence.

Mille tendres baisers cher petit

Sans signature

LV

[Fontainebleau, jeudi matin 22 octobre 1896] [2]

Ma chère petite Maman

Je suis redescendu comme asthme au niveau de Paris (je veux dire que je n'en ai pas plus qu'à Paris, du moins je le crois). Je dors bien moins (au

1. *Cf.* Molière, *Les Précieuses ridicules*, scène IX.

2. Lettre écrite de Fontainebleau ; date du séjour d'octobre 1896, et se classe après les lettres du « Mercredi matin, 9 h. 1/2 » (allusions aux repas avec Léon Daudet, et aux livres que Reynaldo devait envoyer) et du « Mercredi 2 hrs [21 octobre 1896] » (voir la note suivante) ; et avant les lettres du « Jeudi 5 h 1/2 [22 octobre 1896] » (la liste des livres redemandés ensuite par téléphone), du « Jeudi onze heures du soir » (voir la note 2, p. 110), et du « Vendredi soir 7 hs [23 octobre 1896] » (voir la note 1, p. 109). C'est ici la lettre dont il est question dans celle où Mme Proust écrit, le vendredi 23 : « Je n'ai pas eu de lettre de toi hier, elle n'est venue que ce matin. » Cette lettre daterait donc du jeudi matin 22 octobre 1896.

moins qu'à Paris ces temps-ci). Malgré tout il y a un peu de bruit et cela me gêne beaucoup. Je suis bien ennuyé de ne pas pouvoir te réconforter par le récit de plaisirs quelconques. Mais jusqu'ici je n'ai pas eu la plus petite minute d'allégresse quelconque et de rêverie, même de bien-être. Mais peut-être est-ce seulement les commencements qui avec moi sont très longs. Hier j'ai été marcher deux heures dans la forêt, dans la pluie. Mais cela ne m'a pas fait mal. En rentrant j'avais si sommeil que sans pouvoir pour cela dormir, il m'a été impossible de travailler. Léon Daudet m'ayant après dîner jusqu'à minuit 1/4 emmené promener en voiture dans la forêt je n'ai pas été trop triste (excepté de 5 à 7) mais il tient à prendre ses repas avec moi. Cela fait beaucoup parler en mangeant, chose que je déteste. Je n'ai toujours pas reçu les livres que Reynaldo devait me faire envoyer de sorte que je n'ai toujours rien à lire. J'en suis quitte pour reprendre de temps en temps la Du Barry. Mais comme je l'avais (par erreur) en chemin de fer elle garde pour moi dans l'odeur du wagon l'amertume du départ. Tu n'as pas été la même hier au téléphone. « Ce n'est plus ta voix. » Non je ne m'installerai plus à Versailles ni nulle part[1]. Si je ne reste pas à Fontainebleau je reviendrai à Paris et n'en bougerai plus que quand on ne pourra pas faire autrement, quand nous nous déplacerons tous. Mais je prendrai une chambre aux Réservoirs ou peut-être dans un hôtel moins luxueux

1. Réponse à la lettre LIV du 21 octobre, où Mme Proust écrit : « Ton père désire toujours beaucoup savoir comment Versailles te réussirait. Si tu t'y trouvais bien c'est là que j'irais chercher une maison et l'installer d'avance. »

d'un endroit moins beau, et tous les jours j'irai y travailler. Mais je n'ai plus confiance dans les villégiatures [1]. Ici du moins je puis aisément revenir et je serais soigné si j'étais malade. Si je ne t'avais pas téléphoné aujourd'hui à tout hasard, voici des livres que tu pourrais m'envoyer mais *illico* [2]. Balzac le *Curé de Village*, le *Ménage de Garçon*, la *Vieille Fille*, les *Chouans*. – . Shakespeare ceux de mes volumes où il y a *Jules César* et *Antoine et Cléopâtre*. Ier volume de *Wilhelm Meister* et *Middlemarch* de G. Eliot. Je t'embrasse de tout mon cœur, j'ai un peu dans la poitrine de ce que papa appelle douleur intercostale (mais pas du tout avec gêne respiratoire, je ne suis pas du tout comme au Mt Dore ou à Paris q^{d} je souffrais et t^{te} la journée je respire parfaitement). Il fait toujours le même temps, ce qui n'empêche pas qu'hier il y a eu une g^{de} chasse qu'on entendait au loin. Si Courteline vient dîner avec Léon Daudet un soir faut-il prévenir Robert. Léon Daudet a trouvé Jean Lazard charmant. Moi je suis de l'avis de papa, au moins.

Mille baisers

Marcel

Je n'ai plus pris de trional, car n'ayant pas de consolation toute prête je ne veux pas me payer le luxe d'être triste le soir suivant, mais je n'en dors pas plus pour cela. Figure-toi que cet hôtel (l'ancien hôtel du

1. *Cf.* la lettre LIX, où Mme Proust commente cette attitude.
2. On voit, d'après la lettre suivante, que Marcel a en effet téléphoné à Mme Proust pour lui demander *Le Curé de village* et *Jules César*.

duc d'Aiguillon je crois est très joli [1]. C'est peut-être cela qui en chasse le plaisir). – Je me fais faire du feu t^{te} la journée et j'ai peur de la note. Mais surtout je suis bouleversé à la pensée de ce qui a pu filer hier par ma poche de pantalon percée [2].

LVI

Jeudi 5 h 1/2 [22 octobre 1896] [3]

Mon chéri

Mille tendres baisers hâtifs – Je n'ai pas encore ta lettre, qui viendra à 7 hs – mais ton court bulletin au téléphone – ne fait que m'engager plus à ton retour ton séjour ne me semble jusqu'ici bienfaisant que pour tes propriétaires.

1. *Cf. Jean Santeuil*, II, 276 : « … Jean prit une chambre à l'hôtel d'Angleterre. Le nom n'y faisait rien. C'était une belle demeure française du XVIIIe siècle, l'ancien hôtel des Chevreuse, sur la place d'Armes, en face du château. » Quoique ce chapitre se situe à Provins, Proust pense évidemment à Fontainebleau, où il avait séjourné à l'Hôtel de France et d'Angleterre. Il n'y a ni place d'Armes ni château à Provins, tandis qu'à Fontainebleau, la place d'Armes se trouve en effet devant le château. Du reste, dans le manuscrit Proust avait d'abord écrit, puis barré, le nom « Fontainebleau », au-dessus duquel sont griffonnés « St Cloud », puis « Versailles », ce dernier s'accordant avec le détail de la place d'Armes.

2. *Cf.* le début de la lettre LVII : Marcel s'aperçoit par la suite que l'argent n'était pas dans la poche percée.

3. Lettre sur papier de grand deuil ; se place entre les lettres LV et LVII, qui datent du même jeudi 22 octobre 1896 (*cf.* allusions à la visite de Lucien Daudet à Fontainebleau, au *Curé de village* et à *Jules César* demandés dans la lettre LV et redemandés par téléphone le même matin).

Lucien Daudet était parti dès une heure. Jean a donc rapporté (« *Gros Jean* » court devant) les 2 volumes du *Curé de Campagne*. J'en étais bien aise car ils auraient bien embarrassé le pauvre Daudet – Je pense que ton plus court maintenant serait de les louer là-bas.

Quant à ce que tu m'as demandé d'autre était-ce *Jules César* ? Il y avait un tapage insupportable au téléph et je n'entendais que très mal (J'attends des ordres pour expédier).

As-tu travaillé ? À quelle heure te lèves-tu ? et couché ?

Sois bien prudent avec leurs cuisinages et chauffages du soir. J'y pense chaque soir.

Mille tendres baisers mon chéri

J. P.

LVII

[Fontainebleau] Jeudi onze heures du soir
[22 octobre 1896] [1]

Ma chère petite Maman

Je t'écris dans une mélancolie bien grande. D'abord cet argent perdu (et j'en ai le soupçon volé car je me suis rendu compte qu'il n'était pas dans la poche percée)

1. Lettre écrite pendant le séjour à Fontainebleau ; se place après les lettres LV (argent perdu) et LVI (visite de Lucien Daudet) et avant les deux lettres de Mme Proust du vendredi 23 octobre 1896 (demande d'argent, mélancolie, etc.). C'est la lettre arrivée à « *6 heures 1/2* » du vendredi soir, et où Marcel avait « l'air si triste » que Mme Proust se sentit le besoin de lui récrire (voir le début de la lettre LIX).

qui m'avait d'abord ennuyé prend des proportions fantastiques. Ce soir à travers le mal d'estomac, la soirée etc cela me poursuit comme un crime, envers vous, je ne sais. Enfin je comprends les gens qui se tuent pour un rien. Plus de trente francs ! Et à ce propos la chose la plus pressée à m'envoyer est de l'argent (envoie m'en beaucoup trop et je tremble que ce ne soit pas assez) car sans cela je ne pourrais pas revenir si je m'y décidais. Je crois que la si mauvaise mine dont je te parlais ce matin [1] vient un peu de l'estomac c'est-à-dire de l'iodure accrue et peut'être aussi de manger inattentivement. Je vais faire attention. Je n'ai pas encore pu travailler aujourd'hui, Lucien étant venu et il a d'abord été très gentil mais la soirée a mal fini. Nous nous sommes quittés en froid. Je te demande pardon de ne pas t'écrire une lettre plus folâtre mais à quoi cela servirait-il que je l'écrive si ce n'était pas pour tout te dire et ce soir, courant comme le père Grandet après mon argent, je suis exténué par le remords, harcelé par le scrupule, écrasé par la mélancolie. Je vais me coucher. Je vais voir demain comment va aller Fontainebleau. Si je ne suis pas encore revenu c'est que je sens bien que cet essai sera le dernier et que je ne voudrais pas en finir sans être « sûr de mon fait ». Or réellement je ne me trouve guère plus oppressé qu'à Paris malgré que je m'expose beaucoup plus à l'air vif etc. Il y a des gens polis. J'avais appris que Mme Benedetti était absente de Fontainebleau et j'en avais profité pour lui mettre une carte que j'aurais dû lui mettre depuis longtemps à Paris. Elle *m'écrit* (elle ne me connaît pour ainsi dire pas) pour me dire qu'elle a regretté de manquer ma visite et qu'elle m'attendra aujourd'hui après 5 h. (mais

1. Au téléphone ; *cf.* la lettre précédente.

j'avais Lucien) et demain avant 3 heures. Mille tendres baisers, mille tendres remerciements pour tes lettres

Ton petit Marcel

P. S. Je te remets un petit mot après ma fumigation parce que j'ai peur que tout cela ne t'ennuie et mes remords deviennent mon remords. Je voudrais ne pas avoir écrit cette lettre et ne l'enverrai peut-être pas.

Au crayon

9 h 1/2 du matin j'ai fait une bonne nuit, je suis très reposé mais aussi très oppressé. Seulement je crois que c'est comme à Paris le changement de temps. Car on prétend qu'il n'a pas plu quoique tout me semble bien mouillé. Je t'embrasse tendrement ma chère petite Maman.

LVIII

Vendredi [23 octobre 1896] [1]

(Le téléphone étant inabordable)

Mon chéri

Je t'envoie inclus cent francs. –

Ainsi que je te l'ai télégraphié je ne fais rien pour

1. Lettre sur papier de grand deuil, écrite pendant le séjour à Fontainebleau ; elle accompagne l'envoi d'argent demandé par Marcel et précède la lettre du vendredi soir 23 octobre 1896, où Mme Proust ajoute, après avoir reçu la lettre LVII : « Je crains d'après ta lettre que mon envoi ait été insuffisant. » *Cf.* l'allusion à l'envoi des volumes de Balzac, Shakespeare et Goethe demandé dans la lettre LV.

de Flers pour vous laisser correspondre directement sans complication intermédiaire.

Il m'avait dit vouloir venir du Samedi au Lundi (je lui avais dit que tu l'invitais mais chambre et hospitalité à lui offrir)

Il devait t'écrire. Tu n'as qu'à télégraph[ier] pour lui dire que tu l'attends et le prier de te répondre par dépêche. Je n'ai pas eu de lettre de toi hier, elle n'est venue que ce matin[1]. Je continue à trouver que Fontainebleau n'a de supérieur à Paris que la dépense et te verrai bien contente revenir.

Je viens de t'expédier un colis postal conten[an]t
Curé de Camp[*agne*]
Chouans
Ménage [*de*] *garçon*
Jules César
1 vol *Wil*[*helm*] *Meister*
le tout en cab lec – prends bien garde *de tout rapporter*. Nous n'avons plus revu Dick.

Je t'embrasse mille fois avec toute la tendresse accumulée de la semaine. Gouverne-toi bien cher petit

J. P.

1. Il s'agit de la lettre LV écrite le jeudi matin 22.

LIX

Vendredi soir 7 hs [23 octobre 1896] [1]

Mon chéri

Ta lettre m'est arrivée tout à l'heure à *6 h 1/2*. Je te le dis tout de suite puisque tu me demandes de te dire l'heure. Et puis j'éprouve le besoin de te récrire mon chéri après avoir lu cette lettre où tu as l'air si triste que *jacasse* etc *bien nécessaire* pour *combattre notre timoserie* [2]. Aie donc mon chéri un *tout petit peu* d'ordre et évite-toi ces tourments que tu te crées. L'ordre te serait plus précieux qu'à tout autre parce qu'il t'épargnerait tant de fatigue ! Je comprends ce que tu me dis que tu veux t'être rendu certain de l'influence de ta villégiature avant d'y renoncer. Mais quant à conclure parce qu'elle ne t'aurait pas réussi à les abandonner toutes [3] – c'est comme le renoncement aux femmes de Lelio dans Marivaux à cause de la trahison de la Marquise [4]. Mais de même qu'aux Français tout peut se voir parce que tout est si bien joué, cette année aucune campagne n'est salutaire ou agréable parce que la pluie les abîme toutes. Ton père m'a fait lui lire hier 8 colonnes de Parville qui m'ont appris que toutes les fois qu'il fait mauvais temps, ce

1. Lettre sur papier de grand deuil ; datée par l'allusion au feuilleton de Parville (voir la note 1, p. 116).

2. *Cf.* le latin *timos*, qui signifie *craintif, inquiète.* Il s'agit de la lettre LVII, écrite le « Jeudi onze heures du soir » ; *cf.* l'allusion à l'envoi d'argent.

3. Ici Mme Proust fait allusion à la lettre du jeudi matin ; la phrase précédente se rapporte à la lettre du jeudi soir. Les deux lettres ont dû parvenir à leur destination en même temps.

4. La pièce de Marivaux dont il s'agit est *La Surprise de l'amour* ; l'héroïne est une comtesse plutôt qu'une marquise.

n'est pas sans raison [1] ! Je crains d'après ta lettre que mon envoi ait été insuffisant – dis-moi *de suite* si je dois le renouveler afin de ne pas *t'agiter et t'énerver* par les attentes. Si tu pouvais être là-bas florissant je trouverais les prix *bien trop doux !* Mille tendres baisers cher petit ne sois plus timos et gouverne ta personne et ton estomac d'après les gds principes. Mille tendresses.

Sans signature

LX

Jeudi soir [1897 ?] [2]

Mon cher petit

Ta lettre me fait du bien – ton père et moi étions restés sous une impression bien

1. Allusion au feuilleton paru dans le *Journal des débats* du 22 octobre 1896, « Revue des sciences : Prévision du Temps », d'Henri de Parville. *Cf.* : les préoccupations météorologiques attribuées au père du narrateur dans *Du côté de chez Swann*, tome I, p. 22, 135 ; tome II, p. 251.

2. Lettre sur papier de grand deuil ; serait donc postérieure à la mort soit de la mère de Mme Proust (2 janvier 1890), soit de son père (fin juin 1896). Or, il s'agit ici de la querelle dont la narration si peu transposée se trouve dans *Jean Santeuil* (voir la note 1, p. 117), où justement Jean parle de la mort de M. Sandré, père de sa mère (I, p. 310). Le papier de deuil prouve que cette querelle est réellement survenue pendant une période de grand deuil pour Mme Proust.

Il semble donc vraisemblable que ce soit le deuil pour le père de Mme Proust. Sa lettre daterait donc du second semestre de 1896 ou de 1897. On est presque tenté d'aller plus loin. Car Jean parle d'un « petit fusain qu'il voulait achever pour la fête de sa mère » (I, p. 300). Comme la fête de Jeanne Proust tombe le 30 mai, la

pénible [1]. Sache que je n'avais pas songé un instant à dire quoi que ce soit devant Jean et que si cela a été c'est absolument à mon insu. Ne repensons plus et ne reparlons plus de cela. Le verre cassé ne sera plus que ce qu'il est au temple – le symbole de l'indissoluble union [2].

Ton père te souhaite une bonne nuit et je t'embrasse tendrement.

J. P.

Je suis pourtant obligée de revenir sur le sujet en te recommandant de ne marcher que *chaussé* dans la salle à manger à cause du verre.

lettre daterait du mois de mai 1897 ; et comme elle porte la date du « Jeudi soir », elle daterait – mais sans aucune certitude – du jeudi soir 27 mai 1897.

1. Mme Proust fait allusion ici à une querelle dont Marcel Proust a donné une description peu transposée dans *Jean Santeuil*, I, p. 299-315. Voici les principaux points où la « Querelle de Jean avec ses parents » s'accorde avec celle à laquelle la lettre de Mme Proust fait suite : 1° la querelle a lieu le soir ; 2° les reproches de la mère sont faits devant un domestique ; 3° dans le roman, Jean en sortant frappe la porte dont le verre appliqué au bois se casse ; ici Mme Proust recommande à Marcel de ne marcher que chaussé dans la salle à manger à cause du verre ; 4° dans le roman, Jean casse accidentellement un verre de Venise que sa mère lui avait donné ; ici il est également question d'un verre cassé (*cf.* 7° ci-après) ; 5° la colère du fils est suivie de remords et d'excuses, faites oralement dans le roman, et par lettre dans la vie ; 6° la mère a perdu son père (*cf.* la note 2, p. 116) ; 7° le mot de la lettre de Mme Proust à propos du verre cassé est transcrit presque littéralement dans le roman : « Ce sera comme au temple le symbole de l'indestructible union. »

2. Allusion à la cérémonie israélite du mariage, où l'on casse un verre dans lequel les deux mariés ont bu.

LXI

Carte-lettre

Monsieur Marcel Proust
9, Boulevard Malesherbes
Paris

Trouville s/Mer Calvados

Mardi 6 hs soir [11 octobre 1898] [1]

Mon chéri

Je ne t'avais pas écrit ce matin attendant la nouvelle de ton départ pour la Hollande[2]. J'ai reçu ta dépêche « Suis à Paris » (que Gabrielle nous a apportée sur la plage). Je saurai par ta lettre de demain ce qui t'a fait abandonner – cela devait pourtant te tenter. Quel a été l'obstacle ? Ta lettre était bien gentille mon chéri ce matin – ton père n'en a pas perdu une syllabe – quant à ta maman elle la relit. Je vais *admirablement*[3], peux-tu lire ? Ton père dit que les variations d'un 10e de thermomètre sont sans conséquence. Quant à Dick – non seulement celui-ci divague, mais il faut en avoir 2 [degrés] entiers.

Mille tendres baisers.

Je te ferai la concession de ne t'écrire qu'une fois chaque jour.

Sans signature

1. Date du cachet postal. Au dos, date de l'arrivée à Paris : « 12 Oct 98 ».

2. Le seul voyage de Proust en Hollande dont nous ayons connaissance se fit en octobre 1902. Voir la lettre XCVII.

3. Écrit en gros caractères.

Mme Proust était en convalescence depuis l'opération qu'elle subit au mois de juillet 1898.

LXII

[Évian] *Dimanche 1 h 1/2*

[10 septembre 1899] [1]

Ma chère petite Maman,

Une 1/2 heure après t'avoir quittée (et moi déjà consolé) nous avons vu l'arrêt honteux affiché au Casino à la grande joie de tous les employés du Casino [2]. Puis nous sommes allés dîner à la villa Bassaraba. Comme j'entrais dans le pavillon de Constantin pour fumer avant le dîner j'ai entendu des gémissements. C'était la petite Noailles (la poétesse) qui passait en sanglotant de toutes ses forces, en gémissant d'une voix entrecoupée, « comment ont-ils pu faire cela, comment ont-ils osé venir le lui dire, et pour les étrangers, pour le monde, comment a-t-on pu ? » Elle pleurait avec tant de violence que c'était attendrissant et que cela me l'a réhabilitée. Le Prince de Polignac qui tutoie Galliffet dit qu'il est incapable d'une malhonnêteté d'argent – . Le temps est tout à fait changé, froid, légèrement venteux, un temps de Toussaint. Cela a un peu influé sur mes entrailles, mais j'ai eu une bonne nuit. Je fais suivre une lettre à Papa. Je vais aller à Maugny tantôt mais reviendrai coucher. Ne t'attriste pas trop de l'arrêt. Il est triste pour l'armée,

1. Lettre écrite au lendemain de l'arrêt du 9 septembre 1899. Voir la note 2 ci-après.

2. L'arrêt du conseil de guerre de Rennes, condamnant le capitaine Dreyfus à dix ans de détention et à la dégradation militaire, avec « circonstances atténuantes », fut annoncé un peu avant cinq heures le samedi soir 9 septembre 1899. Voir les journaux de l'époque, et J. Reinach, *Histoire de l'affaire Dreyfus*, Fasquelle, 1901-1911 ; tome V, p. 534, 182.

pour la France, pour les juges qui ont eu la cruauté de demander à Dreyfus épuisé de refaire l'effort d'avoir de nouveau du courage. Mais ce supplice physique d'un appel à la force morale quand on est déjà brisé sera le seul qu'il endurera et c'est déjà fini. Et rien ne peut plus aller que bien pour lui, moralement dans l'estime du monde, physiquement dans la liberté qui je suppose lui est rendue à l'heure qu'il est. Quant à l'arrêt même il sera cassé juridiquement. Moralement c'est fait. La Princesse Brancovan et tout le monde d'ailleurs a été charmant pour moi. – Mme de Polignac avait eu l'après-midi à Coppet l'imprudence de dire à Mme d'Haussonville que j'étais à Évian. Celle-ci a demandé où, des détails, a dit qu'elle était très liée avec moi (?) Je crains une invitation à déjeuner… d'autant plus qu'elle a dit à Mme de Polignac sur l'Affaire : « Je comprends très bien que des étrangers comme vous pensent ainsi. » Monsieur de Noailles a télégraphié le verdict à ses sœurs Mesdames de Virieu et Henri de Montesquiou en ajoutant : « Aussi incompréhensible que triste. » Il est vrai que « circonstances atténuantes » pour un traître est singulier. Mais ce n'est pas incompréhensible. C'est de la part des juges le clair et scélérat aveu de leurs doutes. Dans l'hôtel et dans le pays le calme le plus absolu règne. J'ai déjeuné à midi 1/2 (ayant dîné de 9 1/4 à 10 heures 1/4, car les Brancovan restaient à causer de l'Affaire je m'étais couché même heure.) Conseille le calme à Robert. Qu'il songe que tout encouragement au trouble causerait un embarras extrême au gouvernement qui serait obligé de frapper ses amis. Il vaut mieux que Millerand n'ait pas à faire arrêter Jaurès et qu'on laisse le temps à ces ministres imprévoyants mais que du moins, au lendemain de l'arrêt, on est heureux de sentir au pouvoir, de prendre des mesures de compensation [1].

Mille tendres baisers au père, au frère et à toi mille tendres baisers.

Marcel

LXIII

Splendide Hôtel & Gd Hôtel des Bains
Évian-les-Bains

Lundi 2 h 1/2 [11 septembre 1899] [2]

Ma chère petite Maman

Hier, cette nuit, ce matin pluie et froid. Depuis midi le soleil a paru. Le baromètre remonte. – . Hier M. Cottin a été très malade. Il prend presque tous les soirs des narcotiques, étant très nerveux. Il s'est trompé de dose et son pharmacien aussi. Et il a perdu connaissance au point qu'il a pris un lavement et que le médecin est venu le voir sans qu'il en ait eu conscience et qu'il en ait gardé le souvenir. Mais ce qui est prodigieux c'est que cela a eu lieu hier matin, qu'à midi il a parfaitement déjeuné tout de même,

1. Étienne Alexandre Millerand (1859-1943), député socialiste collectiviste de la Seine, était alors ministre du Commerce dans le cabinet Waldeck-Rousseau (23 juin 1899 au 7 juin 1902).

2. Suit la lettre du dimanche 10 septembre 1899 : nouvelles allusions au procès de Rennes (« circonstances atténuantes », les deux juges votant l'acquittement, commentaire dans *Le Gaulois* du 10, etc.). *Cf.* le rappel de cette lettre, à propos de Kreuznach, dans la lettre du jeudi 14. Le séjour de Mme Proust et de Marcel à Kreuznach eut lieu en juillet 1895.

qu'hier soir étonné de leur absence et étant monté savoir de leurs nouvelles (je suis poli pour les amis de mes parents), je l'ai trouvé dans sa chambre habillé, bonne mine et gai. Et aujourd'hui il est en bas et rien n'y paraît. – . Mme Cottin voulait que je prenne une chambre au 1er disant qu'en Septembre les pièces d'en bas sont trop froides et humides. Mais ladite chambre est occupée car il y a eu des arrivées je crois. Du reste je ne veux pas changer mon charmant et commode appartement où d'ailleurs ni les papiers du mur, ni rien ne porte trace d'humidité. À ce propos questions et d'autres questions qui n'ont pas de rapport.

De ma chambre à Creusnach, ici, au Mont-Dore, laquelle crois-tu la moins humide et la plus ?

Quand je suis arrivé à Creusnach ne faisait-il pas beau et sec et dans les derniers jours où je n'avais plus d'asthme ne faisait-il pas froid et pluvieux.

Si je changeais et changeais ainsi de serviteur que devrais-je donner à ceux d'en bas, femme de chambre et valet de chambre ? Si le garçon qui m'apporte le café le matin s'en va avant la clôture que dois-je lui donner ?

Eugénie avait-elle mis des épingles de cravate dans les valises ? Si comme je crois, c'est non, qu'elle ne m'en envoie pas, et des cravates blanches ? (cela est inutile aussi, j'en trouverais je pense une ici en cas d'improbable besoin).

J'ai oublié de te dire que je n'avais toujours pas d'éponges. Faut-il en acheter ?

Ta réponse à ma question sous-entendue : « Avez-vous bien dormi » est digne du Général Roget « aussitôt installés, dîné – après lecture de Demange » puis un peu de chocolat, puis un peu de Balzac – un somme (j'avais lu : en somme) une série de spectacles coupés (?) jusqu'au vrai sommeil. Enfin je pense enfin savoir mais non ! Au lieu de : de telle heure à telle heure, tu dis : « nuit fraîche, nous sommes descendus du wagon tout reposés. » Cela ressemble terriblement à : « On avait dit au Colonel Henry qu'il devrait m'en référer. Je le vis quelques jours après pour le besoin du service. L'archiviste Gribelin pourrait vous renseigner sur ce point. M. Du Breuil vous a montré Dreyfus dînant chez des personnes interlopes avec des agents étrangers. En mon âme et conscience je jure et c'est incontestable que Dreyfus pouvait leur livrer des documents. » Hélas il ne faut pas en rire puisque nous voyons le résultat.

Dans ma visite aux Cottin j'ai demandé s'il y avait des dépêches. Mme Cottin m'a dit : « Oui que ce malheureux va être dégradé. J'avoue que je trouve cela bien cruel et qu'on aurait dû le lui épargner. » D'autant plus a ajouté M. Cottin que dans ces choses-là il peut toujours y avoir des doutes. « Même, a-t-il ajouté naïvement, probablement dans l'esprit des juges. » Après cette ritournelle d'orchestre j'ai chanté mon grand air et suis venu « défendre l'innocence que l'on accuse injustement. » Ils ne se sont pas compromis mais il est clair qu'ils sont anti. D'ailleurs ils connaissent si peu l'Affaire que Mme Cottin croyait que les circonstances atténuantes avaient été données « parce qu'en 94 on l'avait condamné sur le faux Henry et que depuis on avait reconnu que « ce n'était pas de *lui !* » J'ai parlé de l'attendrissement de la jeune Comtesse (qui a d'ailleurs été très passager) et M. Cottin a dit que « c'était très respectable [1] ». Bon,

1. Allusion à l'émotion de Mme de Noailles lorsqu'elle apprit la nouvelle de l'arrêt du conseil de Rennes, scène décrite dans la lettre précédente.

bon, bon. Hier été Maugny, après dîner Brancovan, mais dîner hôtel parce que trop mouillé [1]. Pas autant dormi que l'autre nuit et pas de crise du tout mais par la faute de l'humidité peut-être un tout petit peu d'infimes râles ce matin. C'est tout à fait passé. [...] Toujours pas de trional etc.

On disait que le *Matin* tournait et M. de Polignac qui paraît m'apprécier avec exagération m'a dit : « Eh bien et ce vieux syndicat qu'est-ce qu'il fait donc. » La « question » chez les Brancovan est de savoir les noms des 2. Ils parient pour Beauvais et Brogniard [2]. – . Meyer dit dans le *Gaulois* qu'il ne reste plus à la France qu'à retrouver son Dieu (lequel ?) [3]. Je dois dire du reste que le *Gaulois* avait demandé l'acquittement à la minorité de faveur. Je vais parfaitement bien. Mille tendres baisers

Marcel

Couché un peu plus tôt. Déjeuné 1 heure moins 1/4

J'ai fait la commission à Mme Richtenberger partie aujourd'hui je crois. Elle ne m'a rien demandé pour Paris de sorte que je n'ai rien eu à dire sur tes jours etc. – Je n'ai pas vu Mme Oulif.

1. *Sic.* Marcel veut dire qu'il avait été au château de Lausenette, à Thonon, chez son ami Clément de Maugny ; après, invité à dîner chez les Brancovan, mais étant mouillé par la pluie, il a préféré rentrer dîner au Splendide Hôtel à Évian.

2. Ils auraient perdu leur pari, puisque les deux juges du Conseil de guerre qui votèrent l'acquittement de Dreyfus furent le colonel Albert Jouaust et le commandant de Bréon. Voir J. Reinach, *op. cit.*, V, p. 533, 582.

3. *Le Gaulois* du dimanche 10 septembre 1899, « La Délivrance » : « La France a retrouvé sa foi dans l'armée. Encore un effort, elle retrouvera son Dieu. »

LXIV

Splendide Hôtel & G[d] Hôtel des Bains
Évian-les-Bains

Mardi 2 heures [12 septembre 1899] [1]

Ma chère petite Maman

Je viens de payer 10 francs 50 d'*Union Morale*[2] qui a envoyé ici sans enveloppe (pas sous enveloppe – *sans* enveloppe) une traite comme si j'étais un malfaiteur. Tu serais bien gentille d'écrire un mot à cette Revue pour lui dire que je ne m'abonne plus. Sans cela il n'y a pas de raison pour que cela finisse. À moins que cela n'ait l'air d'être pour l'affaire où ils ont été très bien et à cause de l'arrêt, enfin vois.) – .

Hier la rencontre successive du Dr Cottet, de M. de Polignac, puis de Mme de Polignac a été cause (parce que Mme de Polignac était perdue sur la route etc) que j'ai marché énormément. Et tout en allant merveilleusement et sans oppression j'ai si peu dormi que, ayant peu dormi la veille et ayant eu à cause de cela un fou rire qui m'a beaucoup ennuyé devant la princesse Brancovan, j'ai pris ce matin pour ne pas trop refumer etc, un peu de trional qui a été suivi d'un sommeil réparateur et m'a très bien réussi, ce qui n'arrive pas toujours. Ai-je besoin de te dire que c'est une exception et que « nous ne retombons pas dans les médicaments ». D'ailleurs tu sais bien qu'il y avait 12 jours que je n'en avais pris. Et ce matin le roulage de l'omnibus

1. Voir la note 2, p. 128, et la note 1, p. 129.

2. *L'Union pour l'action morale*, revue bimensuelle fondée en 1892 par Paul Desjardins.

à 6 heures 1/2 est aussi une chose exceptionnelle. Je ne suis pas allé hier chez les Brancovan (c'est sur la route qu'a eu lieu ce fou rire, il faut dire que la princesse Brancovan le donnerait à n'importe qui par la folie de ses manières. C'est une âme toute de bonté et de distinction morale mais Mme Tirman est une personne calme à côté d'elle et c'est un composé d'impulsion nerveuse et d'extravagance orientale qui fait sourire dédaigneusement M. de Noailles disant : que voulez-vous elle est nerveuse. Et le soir j'ai préféré me promener seul après dîner jusqu'au casino (où je n'entre pas) et revenir. Je sais maintenant que si le P^ce^ de Chimay n'est pas à la villa, c'est surtout à cause de l'Affaire, il ne pense pas comme le reste de la famille quoique très modéré et on lui ferait la vie impossible [1]. C'est aussi à cause de la chasse mais je ne crois pas qu'il trouve un gibier qui vaille sa femme [2] – M. de Polignac m'a raconté qu'il (lui, Polignac) avait fait une campagne boulangiste avec Barrès et Paul Adam pour tâcher de se faire nommer député. Il faisait des discours dans les réunions publiques et il plaisante lui-même très finement l'insincérité de l'attitude qu'il prenait. « Un ouvrier m'ayant demandé si j'étais socialiste, j'ai répondu : mais voyons, comment avez-vous pu en douter un instant ! » – .

– . Je crois que je ne bougerai pas tantôt. Le temps reste à la pluie. Je ferai quelques pas mais pas trop.

1. *Cf.* le prince de Guermantes.

2. La princesse de Chimay, née princesse Hélène Brancovan, était une personne d'un charme et d'une distinction rares, que sa sœur, la comtesse de Noailles et Marcel Proust, aimaient et admiraient particulièrement. (S. M.-P.)

Quant au soir une dépêche de Maugny m'annonce qu'il viendra dîner avec moi. Je n'ai pas le moyen de le décommander, ni les moyens de le recevoir ainsi. Je lui dirai que si jamais il vient je préfère le déjeuner (4 et 4 = 8 – 7 et 7 = 14).

Ci-joint cette lettre de Poupetière. Parle à Robert pour la ligue des Droits de l'Homme *et dis-moi sa réponse, celle d'Abel.* C'est très pressé. Sans cela je profiterai peut-être de la présence de Mr de Kertanguy, l'ami de Maugny à Thonon, pour voir pour les Assurances Générales. D'autre part (je ne lui ai rien donné depuis des mois) la situation me paraît si grave que je crois que tu devrais lui envoyer en *ton nom* 25 francs en lui disant d'attendre à Renaison que je lui écrive (c'est Renaison Loire M. Pierre Poupetière). Enfin pour Mlle Bailby tu ne me dis rien. Je ne sais quand elle se marie, n'ose écrire[1]. Je t'en prie, vois, et que nos lettres ne se croisent pas dans le vague mais *se répondent* les unes aux autres. Les tiennes me font un plaisir infini. Écourte-les pour ne pas te fatiguer. À chaque instant je te remercie mentalement de penser ainsi à moi et de me faire la vie si facile et qui serait si douce si j'étais tout à fait bien. Je le suis aujourd'hui à peu près. Embrasse Papa et Robert pour moi. Dis bien des choses à Eugénie et aux Gustave et que je ne les ai pas trompés dans l'Affaire, que si Dreyfus était un traître ces juges si hostiles ne seraient pas revenus sur la condamnation de 94 en abrégeant de tant d'années sa captivité et en la rendant plus douce et

1. Jeanne Bailby devait épouser Victor Dupont, avocat à la cour d'appel, le jeudi 21 septembre 1899. Voir *La Presse* du mardi 19 septembre 1899.

moins étroite – et que deux n'auraient pas voulu sa réhabilitation [1]. M. de Polignac m'a dit que le *Petit Bleu* à Bruxelles avait paru encadré de noir. Chevilly m'écrit que dans un château près de Lyon où il était on a voulu boire du champagne et illuminer pour fêter la condamnation mais on a fait observer qu'elle était trop légère pour pouvoir triompher. As-tu vu le Forain ? Dans le même *Écho* il y a un Lemaître bien troublant comme d'ailleurs le Barrès du verdict aussi médiocre que celui que je t'avais donné était beau, mais d'une apparente sincérité, d'une conviction qui me désole [2]. Si tu apprends des détails dis-les-moi. Il paraît que Chauvelot [?] est plus violent que les plus violents dreyfusards. M. Pina m'a demandé de vos nouvelles. J'ai frémi en pensant combien tu avais dû te livrer devant Antoine quand il t'a annoncé la nouvelle. J'ai vu avec plaisir que Jaurès avait dit à un de ses amis qui voulait lui parler de la condamnation : pas un

1. Voir ci-dessus, fin de la lettre LXIII et la note 2, p. 124.

2. Allusion à *L'Écho de Paris* du mardi 12 septembre 1899, où parut une caricature de Forain sous la rubrique « Doux Pays » : « "L'Affaire" », tragi-comédie en deux années », figurant un homme ressemblant à Joseph Reinach (?) sous lequel on lit les mots : « Portrait de l'auteur ». Dans le même numéro parut un article de Jules Lemaître, « Le Verdict », justification ardente du jugement du conseil de guerre de Rennes, disant que les circonstances atténuantes n'étaient illogiques que parce qu'elles étaient humaines, et qualifiant ce verdict « un échec pour la puissance insolente de l'argent, pour l'anarchie, pour l'étranger – et pour le ministère ». L'article de Barrès, paru dans *Le Journal* du 11 septembre, claironnait ainsi : « Ne nous souvenons plus du traître que pour aimer ceux qui le châtièrent… Que le parti de l'étranger se méfie, car si on irrite chez des hommes leurs fonds héréditaires, leurs parties les plus profondes, leurs instincts sous-jacents, on détermine assez rapidement et nécessairement les plus terribles phénomènes. »

mot dehors, quand nous serons chez nous. J'ai vu chez M. Cottet la *P^te^ République* dont la manchette excellente portait à peu près : Arrêt de lâcheté, pourquoi des circonstances atténuantes [1].

Mme Deslandes vient d'être très malade et en profite pour demander que je lui écrive longuement [2].

Reporte-toi à la page 2 de ma lettre. À une ligne de distance tu verras Polignac écrit 3 fois et avec 2 *P* différents. (dédié aux graphologues et à Bertillon, dirait un journal). Et pourtant ma lettre n'est pas un document forgé. À propos de Bertillon dans un jeu de petits papiers chez les Brancovan on a demandé des détails circonstanciés sur Bertillon (je n'y étais pas mais c'est Constantin qui me l'a raconté). Mme de Noailles a répondu « je ne sais pas, je n'ai jamais koutché avec lui ». Le mari voit cela, le frère le raconte. Évidemment cela ne se passerait ni chez les Gomel ni chez le père de Waru. Il est vrai que le verdict n'y serait pas accueilli par des sanglots [3].

Mille tendres baisers

Marcel

1. *La Petite République* du lundi 11 septembre 1899 porte en effet la manchette suivante : « Sentence de lâcheté ! Pourquoi des circonstances atténuantes ? Sauvetage des faussaires ! Divulgation imminente des pièces du bordereau. »

2. Baronne Madeleine Vivier-Deslandes (1866-1929), femme divorcée du comte N. Fleury, plus tard princesse R. de Broglie, écrivait des romans signés « Ossit ».

3. *Cf.* la page 123 de la lettre précédente. Alphonse Bertillon (1853-1914), chef du service de l'identification à la préfecture de police, et créateur d'un service anthropométrique. Il semble avoir été prévenu contre Dreyfus ; son système fut discrédité par Appel, Darboux et Henri Poincaré.

LXV

Splendide Hôtel, Évian-les-Bains

Mercredi 1 heure [13 septembre 1899] [1]

Ma chère petite Maman

Je ne t'écris pas très longuement aujourd'hui parce que je vais aller à Genève. Le temps est complètement changé. Il fait un vent d'une extrême violence. Le ciel est absolument pur, et le lac a autant de moutons que la mer les jours de grand vent. Est-ce ce changement de temps mais j'ai très peu dormi. J'espère que mes nuits vont devenir meilleures, parce que pour le fumage cela empêche de le diminuer comme je voudrais. Je ne crois pas que ce soit l'oppression qui me réveille, mais le réveil m'oppresse ce qui revient au même puisqu'il faut fumer pour me reposer. Toujours est-il que je vais très bien malgré cela et en particulier l'estomac en parfait état. Je mange moins que quand vous étiez là et pourrais manger dix fois plus. C'était peut-être le ruminage après les repas plus copieux quand vous étiez là qui me faisait mieux dormir. Enfin je te le répète je vais admirablement et je crois que ce changement de temps va m'être très favorable. Maugny est venu dîner hier et a couché à l'hôtel cette nuit. Il avait le N° 2 et a donc couché dans le lit de Papa. Comme il prenait le train de 9 heures moins dix ce matin je ne devais pas lui dire au revoir. Mais ayant très peu dormi j'ai sonné à 8 heures pour qu'il vienne me dire au revoir. J'ai aussi déjeuné un peu

1. Suit la lettre du mardi 12 septembre 1899 : allusions à Maugny venu dîner à l'hôtel ; au trional ; aux deux officiers votant l'acquittement de Dreyfus ; à Mme Deslandes et à Mlle Bailby.

plus tôt, m'embêtant au lit. Je ne suis pas retourné chez les Brancovan pour amortir le dîner de Maugny ce qui est fait et bien au-delà tant les voitures coûtent cher. La princesse m'avait écrit pour venir dîner ce soir mais comme je vais à Genève je ne pourrai pas. J'irai en Seconde parce que dans ce pays cela me paraît très suffisant. Je ne suis pas autrement fâché d'avoir peu dormi cette nuit (ce qui est d'autant plus fort que j'étais trionalisé de la veille) parce que n'ayant pas mis hier le pied dans une voiture, ni un bateau etc je ne peux pas accuser injustement l'un de ces modes. Cela devait tenir au vent. J'ai entendu hier une scène (que je voulais te raconter dans ma carte-lettre mais je n'avais pas la place). Le Général Rebillot a rencontré à l'établissement le comte d'Eu. Saluts etc. Le général sourd lui-même, gueulait pour se faire entendre et dès les premiers mots a pris tout naturellement, ayant à crier, le ton du commandement. De sorte qu'on aurait entendu à des lieues « Monseigneur a-t-il vu combien les journaux suisses ont été abominables pour nous dans cette affreuse affaire » – « Qu'est-ce que Monseigneur entend dire » « Mais j'entends peu de chose, d'abord parce que j'ai mal aux oreilles » – « le Gal Mercier a été admirable c'est lui qu'il faut féliciter » « Mais il me semble qu'il s'en est très bien tiré » a répondu « le Prince » comme dirait Mad^{e} Picot. Que Papa tâche de savoir par Pozzi si Dreyfus est vraiment mourant, ce qu'il a, s'il (Pozzi) est toujours convaincu de son innocence et les noms des deux officiers qui ont voté l'acquittement [1]. Tâche d'envoyer savoir (ou fais téléphoner des nouvelles de Mme Deslandes en disant que j'ai écrit qu'on en prenne pour me les don-

1. Voir ci-dessus la note 2, p. 124.

ner). *Et Mlle Bailby ?* Donne-moi des renseignements sanitaires sur l'Italie

Mille tendres baisers

Marcel

LXVI

[Évian] Jeudi 1 heure 1/2 [14 septembre 1899] [1]

Ma chère petite Maman

Le soleil est revenu, et le temps bleu, mais pas chaud, avec du vent et le lac moutonné. En même temps je suis redevenu très bien. J'ai été encore réveillé très tôt mais par la fatigue de la nuit de la veille je me suis rendormi par petits sommes et sans fumer. Le coucher plus tôt. Quant au déjeuner je ne sais ce qui te fait croire cela. Je déjeune au contraire plus tôt que quand vous étiez là entre 1/4 d'heure et 1/2 heure plus tôt. Je regrette de ne pas t'avoir écrit avant le déjeuner car ce beau temps m'a mis en si bon état que des flots de santé coulaient en moi et je suis sûr que ce bien-être eût passé dans ma lettre et de là en ma petite Maman. Je suis toujours très bien seulement j'ai mis un tricot et des chaussettes à demi humides (parce qu'il n'y en avait pas de mieux) chaussettes cela ne fait encore trop rien mais tricot cela fait beaucoup et je suis un peu serré de froid au lieu d'être expansif comme en m'habillant. Mais le soleil remettra tout à sa place. Je

1. Suit les lettres des 10, 12, 13 septembre (nouvelles allusions au procès de Rennes) ; précède la lettre du vendredi 15 septembre (préoccupations pour Reynaldo). *Cf.* l'allusion au *Gaulois* du 11 septembre 1899.

n'ai toujours pas revu les Brancovan qui m'accablent des télégrammes les plus aimables et les plus invitants. Tu es trop gentille en ce que tu me dis pour les dîners je n'ai besoin de personne. Du reste ta lettre m'a empli de reconnaissance pour toute la gentillesse et l'exclusif souci de moi qu'elle respire. J'aime mieux cela que le griffonnage d'hier où j'ai mérité un prix des Inscriptions pour avoir, je n'oserai pas dire lu mais deviné, qu'il s'agissait d'une soirée à l'Opéra. Ce matin vers dix heures 1/2 réveillé depuis longtemps mais ne sonnant pas encore, j'ai entendu battre les portes de la remise, les ébranler et, toupet suprême, frapper à mes volets. J'ai sonné pour mon café et le chasseur est entré, s'accusant de la tentative parce qu'un monsieur qui « avait fait 6 kilomètres pour venir » était entré en fureur qu'il n'aille pas me réveiller. C'était Chefdebien qui partant demain et n'étant pas encore venu me voir me faisait cette politesse. « Je reconnus son sang à cette ardeur si prompte » et me rappelai le jour où il vint éveiller le concierge à 3 heures du matin pour savoir si je n'avais pas pris par erreur son porte-cigarettes ou autre chose je ne sais plus. L'optimisme de mon bon état de santé, quoique j'eusse un peu plus fumé en me couchant (largement compensé par le non-fumage du matin) et le fait de n'avoir pas été réveillé et l'assurance que partant demain il ne pourrait récidiver m'ont donné une certaine indulgence et je ne l'ai pas trop injurié. Il est reparti presque aussitôt pour chez lui ayant « le curé » à déjeuner. Bon, bon, bon. À ce propos j'ai vu dans les déplacements et villégiatures : « la générale Zurlinden à Valmont [1]. » « cela m'en dit assez pour me tirer d'erreur » et je te demanderai si tu ne vois pas

1. *Le Gaulois* du lundi 11 septembre 1899.

comme moi là-dedans un millier de mots. – Devise [1] faite par le père Maugny sur les Pateck, épateurs de Thonon, enrichis dans l'horlogerie et comtes depuis peu : une montre, avec au-dessous

« Pour et par la montre. »

Ai-je besoin de te faire remarquer que montre est pris dans deux sens différents. Les « Eu » ont l'air de bonnes gens très simples. Bien que j'affecte le chapeau sur la tête et l'immobilité en leur présence « Brouillés depuis Rennes » [2] m'étant trouvé avec le vieux devant une porte à avoir passer l'un ou l'autre le premier, je me suis effacé, sans d'ailleurs toucher mon chapeau, c'est-à-dire ce que je fais ici même pour des gens de mon âge. Et il est passé mais en ôtant son chapeau avec un grand salut pas du tout condescendant ni d'Haussonville mais de vieux brave homme très poli, salut que je n'ai encore eu d'aucune des personnes devant qui je m'efface de même, qui sont de « simples bourgeois » et passent raides comme des princes. À ce propos ce Comte d'Eu glisse sur les parquets au lieu de marcher, comme on patine. Mais je n'ose en reconstituer à la Cuvier que c'étaient là les bonnes manières ne sachant pas s'il faut reconnaître dans cette glissade les atteintes de la goutte ou les souvenirs de la cour. Ne pas montrer cette lettre à mon ange de frère qui est un ange mais aussi un juge, un juge sévère et qui induirait de mes remarques sur le Comte d'Eu un snobisme ou une frivolité bien éloignés de mon cœur au lieu de la nécessité qui me fait te dire ce dont nous causerions et

1. Le mot *épigraphe* est biffé.

2. Allusion au titre d'une vieille comédie *Brouillés depuis Wagram*, de Grangé et Thiboust, qu'on devait reprendre le 8 octobre 1899 au Théâtre de la République.

les remarques qui peuvent nous amuser. – Mr Joubert ayant eu le tort d'accepter de son ami Fontanes grand maître de l'Université, les fonctions d'Inspecteur achève de ruiner sa santé si délicate. Il doit garder le lit la plus grande partie du jour. « Mais ses amis privés de ses visites ne voulurent pas renoncer au charme de son entretien et son lit était assidûment entouré par les hommes les plus spirituels et les femmes les plus aimables. Mr de Chateaubriand et les duchesses de Duras et de Lévis étaient particulièrement exactes à venir jouir de sa conversation [1]. » J'espère que nous sommes assez en communion d'idées pour que tu ne penses pas que j'entends conclure qu'il faut rester couché etc. etc. Je te transcris cela en riant, *cum grano salis*, à cause de l'analogie, excepté en ce qui touche les duchesses. Je comprends Robert pour l'histoire étant en ce moment tourné vers l'Abdication de Charles-Quint, un Casimir Périer qui avait plus de génie et au fond plus d'orgueil, mais qui parlait de lui avec moins d'emphase, après la démission. « *Solve senescentem* » – . Je ne prétendais nullement que l'humidité de Creusnach me fut bonne. Tu ne m'as pas compris [2]. Je te demandais cela pour savoir si le temps humide et le rez-de-chaussée étaient compatibles pour moi avec les bonnes nuits. Mais le temps est remis.

Mille tendres baisers

Marcel

1. Paraphrase d'un passage de la préface (p. 6) de *Les Correspondants de J. Joubert 1785-1822. Lettres inédites de M. de Fontanes – Mme de Beaumont – M. et Mme de Chateaubriand – M. Molé – Mme de Guitaut – M. Frisell – Mlle de Chastenay*, publiées par Paul de Raynal, Paris, Calmann-Lévy, 1883. Proust devait se servir de ce volume en écrivant son article pour *La Presse* du 12 octobre 1899. Voir ci-dessous, note 2, p. 159.
2. Allusion à la lettre du lundi 11, p. 122.

P. S. En somme vois comme on a tort de « s'épater ». Tu vois que Chefdebien a été sur le lac pendant tout notre séjour, que même il a eu de moi, par le fait de Mme Bartholoni (tu te souviens) une visite provocatrice. Eh bien je l'ai vu *en tout une* fois, ce matin. Et il part demain. Et dire que rien que parce qu'il était sur le lac tu songeais à m'en éloigner. – .

Reynaldo ne m'a pas écrit. Pourquoi dis-tu *ce pauvre* Reynaldo ? En y repensant je comprends de moins en moins cette expression qui se rapporte peut-être à quelque chose que je n'aurais pas pu lire dans ta lettre d'hier. Pourvu que ce ne soit pas quelque malheur. Mais non, tu m'en aurais parlé aujourd'hui.

LXVII

Vendredi 3 heures

[15 septembre 1899] [1]

Ma chère petite Maman

Je ne te mets qu'un petit mot parce que j'ai dû faire longue visite aux Cottin, M. Cottin qui ne m'avait pas vu depuis plusieurs jours étant venu me voir (parce que j'avais été beaucoup par monts et par vaux). Il m'a annoncé en riant la prochaine arrivée à Évian du Général Mercier car il sait que je ne le porte pas dans mon cœur. Mais naturellement je ne

1. Précède immédiatement la lettre du samedi 16 septembre 1899 : allusions au chapeau, à la dépêche de Flers, à la lettre de Mme Proust pour Poupetière.

manifesterai en rien mon antipathie, ne le connaissant pas. D'ailleurs je ne sais si c'est vrai qu'il doive venir. Je n'ose plus bouger, épouvanté de la rapidité avec laquelle l'argent file. Chaque personne qu'on va voir cela coûte de 10 à 20 frs. Le mauvais état de la Romania [1] est à ce point devenu funeste, si toutefois c'est vrai. J'ai été hier à Coudrée et pour avoir moins de voiture je ne l'ai prise que de Thonon [2]. Les Bartholoni sont étonnés que étant leur voisin du lac cette année je ne vienne pas plus souvent les voir. Mais en réalité c'est terriblement coûteux. Ce que j'ai de plus près, ne connaissant personne à Évian ce sont les Brancovan et c'est encore très loin et nécessite la voiture. Avec la ouate, l'*Union morale* etc. tout cela file vite. Aussi je mets le frein pour amortir car les premiers jours je ne comptais pas. J'ai dormi suffisamment et sans bruit le matin d'où pas de fumages et pas du tout d'oppression. Je ne peux pas te dire combien tes lettres m'enchantent et m'amusent. Pour le chapeau je ferai comme tu voudras mais la pluie a redressé et remis à neuf la paille. De sorte que c'est le cœur navré que je vais encore dépenser des francs dont je ne tirerai aucun plaisir pour avoir un chapeau médiocre. Mlle Kiki est comme toi [3]. Elle voudrait que je sois mieux mis et s'étonne qu'avec Eppler

1. Le yacht des Brancovan. Leur propriété, la villa Bassaraba, se trouvait à Amphion.

2. Le château de Coudrée, à Thonon, était la propriété des Bartholoni. Mme Anatole Bartholoni, née Frasier-Frisel, la filleule de Chateaubriand, avait été une beauté célèbre sous le second Empire.

3. La plus jeune fille de Mme Bartholoni, Kiki (1873-195) épousa en 1901 Octave Deschamps. Eppler était un tailleur pour hommes établi alors, en effet, au 9, bd Malesherbes. Voir le *Paris-Hachette* de 1900, p. 737.

dans la maison je n'y parvienne pas ! – . Je suis allé voir Chevilly dont le père m'a dit : Il doit y avoir beaucoup de juifs au Splendide. Comme c'est un vieillard abruti par la *Libre Parole* j'ai pensé que je rendrais service à sa famille qui le déteste en n'entamant pas de polémique et j'ai répondu : Je ne sais pas du tout qui il y a à l'Hôtel car on y vit chacun chez soi. Néanmoins il m'a exhorté à aller de préférence l'année prochaine à Thonon où la société « est plus française, moins cosmopolite ». Tu comprends que comme Chevilly est malade de l'arrêt, est devenu un succédané de Gohier et de Gérault Richard [1] et dit à tout moment le nom de Reinach, son père n'apprécie pas beaucoup cet état d'esprit. Et j'avoue qu'en voyant le fou brutal qu'il a pour père j'admire qu'il ait eu le courage de confesser sa foi. Robert de Flers m'a envoyé une dépêche à garder à cause de l'adaptation du télégraphe à enregistrer des formules littéraires et m'a obligé ce qui est pire à télégraphier pareillement à Bailby. Madame Cottin est amie de la mère de Marcel Habert (bon, bon, bon,) qui lui a dit quand il a été emprisonné [2] : « quel bonheur ! au moins pendant ce temps-là il ne fera pas de bêtises ».

1. Urbain Degoulet-Gohier (1862- ?), avocat et journaliste, dreyfusard et auteur d'un livre, *L'Armée contre la Nation*, qui fut l'objet de poursuites judiciaires en 1898. Alfred-Léon Gérault-Richard (1860-1911), député et journaliste, convaincu de l'innocence de Dreyfus, était rédacteur en chef de *La Petite République*.

2. Marcel Habert, jeune avocat à la cour d'appel et député nationaliste, membre de la Ligue des Patriotes, avait fait avec Paul Déroulède une tentative de coup de force militaire, en février 1899, au moment des obsèques du président Faure. Le 18 septembre, le Sénat se réunissait pour se constituer en Haute Cour de justice afin de juger les fauteurs de l'attentat, de complexion nationaliste, royaliste, antisémite.

L'Abbé des Cottin perd à être vu de près. Il n'ouvre pas la bouche et a un rire bête. Il est vrai que je l'ai vu 10 minutes et que c'est moi qui ai fait les frais de la conversation. Pardon de t'avoir inutilement télégraphié, mais je n'étais pas tranquille et je craignais s'il avait perdu l'un des siens, de paraître manquer de sollicitude [1].

Du reste je dois te dire que je t'ai télégraphié hier jeudi à deux heures et que ta dépêche est arrivée ce matin Vendredi à Midi… Aurait-elle été égarée ou oubliée ici…

J'ai dîné hier chez les Brancovan me trouvant à la station d'Amphion d'où j'ai été à pied chez eux. Ce qui m'a fait une voiture au lieu de deux. Et au moins dîner supprime le dîner. Je suis de nouveau bien avec les Noailles. Les Cottin te font faire bien des amitiés.

Mille tendres baisers,

Marcel

Je vais envoyer ta lettre à Poupetière.

Oublié de te dire que depuis ton départ je n'ai pas eu une fois fièvre ou malaise de ce genre.

1. Il s'agit de Reynaldo Hahn. *Cf.* le post-scriptum de la lettre précédente.

LXVIII

Samedi 3 heures

(à cause de la visite à Mme Cottin)

[16 septembre 1899]

Ma chère petite maman,

En effet pas de lettre ce matin de toi. Je me suis couché sensiblement plus tôt hier et j'ai passé une bonne nuit. Le temps est de nouveau bouleversé, vent, ciel gris. Je viens de faire une longue visite aux Cottin. C'est fatigant ces visites où on parle tant. Mais du moins ils ont raconté un voyage de grand-père à Dieppe où il était reparti le soir même pour ne pas coucher qui me fait penser à son petit-fils. Il se prépare ici un mariage Vitta pour Lundi qui va amener ce soir à l'hôtel une nuée de Constant Halphen etc. qui ne m'agrée pas [1]. Est-ce vrai que tu es liée avec cette Mme Constant Halphen comme le dit Mme Cottin. J'étais invité à déjeuner ce matin chez Mme Pinard, Chefdebien ne partant que demain, écrit-il. J'ai refusé au grand étonnement des Cottin qui ont pour Mme Pinard une vénération particulière [2]. Et Mme Cottin voulait que je commande une voiture pour y aller après déjeuner parce qu'elle croit

1. Le mariage de Fanny Victorine Vitta, fille du baron Joseph Vitta, avec l'explorateur Aron François *Édouard* Foa, eut lieu à la villa La Sapinière près d'Évian, le lundi 18 septembre 1899. Voir *Le Gaulois* du 20 et *Le Figaro* du 21 septembre 1899.

2. Mme Alphonse Pinard avait une villa à Amphion ainsi qu'un château en Seine-et-Oise. Le *Paris-Hachette* de 1900 donne une adresse différente pour Alphonse Pinard, maître de forges. Mme A. Dubois de Chefdebien était née Pinard.

que je m'ennuie beaucoup, en quoi elle se trompe absolument. Alors devant ma résistance elle voulait m'y emmener demain faire visite mais j'ai refusé aussi pensant que tu verrais là un réchauffage peu à ton goût. Mme Cottin m'a prêté un livre de *Portraits de femmes* de Deschanel parce que je cherchais des choses sur Mme de Staël pour mieux goûter Coppet [1].

Je n'ai pas bougé hier et n'ai dépensé en tout que 30 centimes d'eau phéniquée. Je ne compte pas bouger aujourd'hui non plus.

Nous nous saluons avec un des jeunes Biedermann mais malheureusement cela n'a pas été jusqu'à ce qu'il me demande de me joindre à leurs jeux qui me seraient une occupation. Ils jouent avec un M. Galard. Je ne sais pas qui c'est. Mais je suis décidé à rester avec qui que ce soit sur la défensive. Quand je ne vais pas chez les Brancovan ils se manifestent par des lettres mais pas par des visites. D'ailleurs j'aime autant cela. Quant à Maugny je ne sais où il est. Et Chevilly devait déjeuner ce matin chez Chefdebien. Sa sœur est ravissante. J'irai peut-être Lundi à Coppet. N'étant pas des pompes du mariage Vitta je les fuirai peut-être là-bas. Ces choses, très jolies sur le lac, quand on « en est » sont assommantes quand tout le monde y va et que seul on n'y va pas. Mme Cottin voulait demander à Mme Constant Halphen quand elle serait là ce soir si les Vitta et elle sont en relations

1. *Figures de femmes. Mme Du Deffand, Mme d'Épinay, Mme Necker, Mme de Beaumont, Mme Récamier, etc.*, de Paul Deschanel, Paris, C. Lévy, 1889. Le château de Coppet, en Suisse, était l'ancienne propriété de Necker et de Mme de Staël. Le comte d'Haussonville en était alors le propriétaire.

avec les d'Haussonville pour que je ne risque pas d'y aller pendant qu'ils seraient au mariage. Mais je l'ai instamment priée de n'en rien faire, d'abord parce que je suis certain de la négative où Rome ne serait plus dans Rome et ensuite parce que je n'éprouve nullement le besoin de mêler tant de gens à des projets si simples etc. etc. J'ai à ce point de vue trouvé naïve la proposition d'Anne de Bretagne comme tu appelles admirablement Mme Cottin. Quelle différence entre elle et le petit harmonica de province de la présidente où on sent dans le moulu des mots le mouvement de la manivelle qu'on fait tourner. Il y a dans le ronron de sa voix quelque chose de mécanique et de vulgaire comme dans une machine à moudre le grain. Elle dit souvent « notre ami le Général un tel ». Bon, bon, bon. D'ailleurs depuis votre départ je ne l'ai vu[e] qu'une fois, hier. J'étais agacé du ton littéraire de la dépêche que de Flers m'a fait envoyer à Bailby. Comme j'ai écrit à de Flers il en est des mots comme des objets. Il y en a de précieux qui sont fragiles et à qui il semble que la « grande vitesse » ne convient pas. Ceux-là sont pour les lettres et non pour les dépêches. Je devais prendre ce matin le bateau de midi 15 pour aller à Coppet (bateau – Ouchy – funiculaire Lausanne – Chemin de fer Coppet) seulement c'est toi qui m'as arrêté. Parce que je n'ai toujours pas de chapeau et j'ai pensé que tu serais furieuse que « Pauline »[1] m'ait vu en feutre gris sale, le chapeau de paille ne convenant pas à ce temps. Le docteur Cottet a passé longtemps avec moi hier[2]. Tu peux

1. La comtesse d'Haussonville. Voir ci-dessous la lettre LXXIII note 1, p. 159.

2. Le Dr Jules Cottet était médecin à Évian.

dire à Robert qu'au point de vue littéraire moderne il est d'une culture prodigieuse pour un médecin et qu'il sait par cœur *Maison du Berger* etc. Monsieur de Polignac ayant vu l'autre jour ma bouteille de philogyne m'a dit : « à quelle dangereuse expérience vous vous livrez. » [...] Savais-tu qu'une demoiselle Keller est morte dernièrement d'une méningite, petite sœur des pauvres. J'ai fait un résumé éloquent et exacerbé de ta lettre à Poupetière, mais je ne lui ai pas envoyé l'original à cause de la phrase ironique « Poupetière toujours pratique » j'ai préféré lui dire « Poupetière absurde » ce qui est plus fort mais moins blessant. Robert a-t-il reçu il y a 15 jours une lettre de moi. Mais surtout qu'il n'y réponde pas.

Mille tendres baisers.

Marcel

Je trouve le Kipling du *Figaro* comme je le pensais très médiocre. Robert rirait en voyant la ressemblance des deux premiers feuilletons avec Tom et Maggie dans Eliot[1]. D'ailleurs Tom s'y appelle Dick. Mais quelle distance.

1. *La Lumière qui s'éteint*, roman de Rudyard Kipling traduit de l'anglais par Mme Charles Laurent, parut en feuilleton quotidien dans *Le Figaro* du 14 septembre au 2 novembre 1899. Les deux premiers feuilletons avaient paru le 14 et le 15. Le roman de George Eliot auquel Proust le compare ici est *Le Moulin sur la Floss*.

LXIX

Splendide Hôtel
Évian-les-Bains

[Dimanche 17 septembre 1899] [1]

Ma chère petite Maman,

Je ne t'écris qu'un petit mot, Chevilly étant ici. Certes je ne t'enverrai pas l'heure de coucher d'hier soir. Je n'avais pas de bicarbonate et en avais particulièrement besoin. [...] Cela n'a pas fait des heures à la Paris naturellement, mais tard tout de même. Nuit coupée de bruit, mais avec rendormiages sans avoir besoin de fumer. Il n'y a qu'en me couchant que je fume trop et ai les yeux tirés. Je tâcherai de remédier aussi à cela. Mais je vais bien en somme. Hier soir M. Biedermann s'est approché de moi et m'a dit que nous étions de vieilles connaissances ! Il prétend m'avoir été présenté chez les Finaly. D'ailleurs malgré son insignifiance et sa vulgarité et ses talents littéraires (il écrit toute la journée des articles et des vers pour.......... l'*Évian Programme* et le *Journal de*

1. Lettre écrite avant le mariage Vitta (lundi 18 septembre 1899 ; *cf.* la lettre LXVIII, note 1, p. 140) et avant le départ des Albert de Biedermann, annoncé pour « mardi » (*cf.* la lettre LXXI, écrite après leur départ). D'autre part, la note d'hôtel que Proust dit avoir reçue, « pour 7 jours », doit être celle de la semaine suivant le départ de Mme Proust, qui quitta Évian le 9 septembre, jour de l'arrêt de Rennes (voir la lettre LXII ci-dessus) ; elle correspond donc à la période du samedi soir 9 au vendredi soir 15 septembre, et n'aurait pu être présentée avant le samedi 16. La lettre ne peut pas dater du samedi 16, car Proust s'y excuse de n'écrire qu'un « petit mot » ce jour-là, tandis qu'il a écrit une lettre de 12 pages l'après-midi du samedi 16. Cette lettre daterait, par conséquent, du dimanche 17 septembre 1899.

Thonon) ce serait un être humain pour le soir s'il ne partait mardi. Il est vrai qu'ils vont à Ouchy. Mais il ne peut être tolérable que le soir et le soir bien entendu il ne sera jamais ici. Il aurait pu se décider plus tôt ! Ma note pour 7 jours est de 153 francs. Tout me paraît compté exactement selon ce que tu m'as dit. Il n'y a qu'une chose qui me paraît louche c'est le 11 : note blanchissage 9 courant 10 fr. 90 ! et le 15 note blanchissage 6 fr. 20 ! Dis-moi ce que tu en penses.

Le Cte d'Eu est parti. Par conséquent je ne puis mettre à profit tes conseils [1]. Non je n'avais plus retiré mon chapeau depuis. Mais je ne le retire pour personne. Par conséquent... – . Arrivages de syndicat pour le mariage Vitta. Adolphe Oppenheim que Robert doit connaître et qui avait dit à St Moritz « Mademoiselle se plaît ? » à Mlle d'Harcourt, te souviens-tu ? Léonino non pas « veuve d'Hector » mais veuf d'une Rothschild ce qui lui laisse je suppose aux yeux de tous une marque indélébile et des Alphen au quintal. – J'ai reçu (ne les perds pas) les deux lettres ci-jointes de Jean Lazard, à qui j'avais écrit enfin il y a 3 jours. On peut en tirer bien des conclusions sur le danger que présente la culture intellectuelle trop forte chez des gens qui ne prennent pas une carrière intellectuelle de sorte qu'ils appliquent à la vie qui ne les comporte pas la subtilité de leur esprit et les conduisent [*sic*] à déraisonner ainsi. Pour en être un produit plus innocent il (Jean Lazard) me semble résulter aussi maladivement de cet état d'esprit (appliquer à la vie l'intelligence littéraire) qu'Émile Henry [2]

1. Allusion à une réponse de Mme Proust à la lettre du jeudi 14.
2. Anarchiste de vingt ans, guillotiné le 20 mai 1894 pour avoir lancé une bombe sur la terrasse du café de l'hôtel Terminus.

ou Chambige[1]. Il y a une chose que je n'ai pas comprise c'est la phrase « tu demandes à tes amis ce que je ne puis donner ». Je ne sais ce qu'il entend par là. Mais comme je lui répondrai (une lettre très gentille) je lui demanderai ce que cela veut dire et il me le dira.

Je n'ai pas reçu de costume mais suis bien et proprement mis.

Mille tendres baisers

Marcel

Toujours pas de trional (c'est sous entendu)

Dépêche de Bailby : « mille pardons, dépêche égarée, retélégraphiez les titres etc. [2]. » Pour peu qu'il la perde encore une fois mes 500 fr. y auront passé !

Je devais dîner ce soir chez les Bartholoni mais j'ai dépensé tant d'argent les 8 premiers jours que je renonce à prendre encore les voitures et que je dînerai simplement ici. Si tu étais près de moi tu me répondrais : est-ce moi qui t'ai forcé à dépenser trop d'argent. C'est comme à Orléans où tu ne prenais pas de bain.

1. Henri Chambige (1865 ?-1909) était un jeune intellectuel qui tenta de se suicider et fut condamné aux travaux forcés pour la mort de sa maîtresse. Bourget le prit comme modèle de son personnage, Robert Greslou dans *Le Disciple*. Voir F. Gregh, *L'Âge d'or*, p. 191 ; et J. Claretie, *La Vie à Paris* (1909), Fasquelle, p. 186-191.

2. Les titres des articles qu'il écrivait en collaboration avec Robert de Flers pour *La Presse*, et dont deux y parurent le 19 septembre et le 12 octobre 1899. Voir ci-dessous, note 2, p. 159.

LXX

[18 ou 19 septembre 1899 ?] [1]

Le commencement manque

j'avais pu mieux faire, cela n'aurait pas servi davantage, puisque réussissant enfin je me brisais contre un obstacle venu de lui. Mais ce soulagement n'a été que d'une seconde. Car je sens trop que si je ne suis pas responsable de sa nature qui est d'après ce que tu dis singulière et détraquée, l'inquiète oisiveté, les préoccupations d'argent, d'existence, les alternatives d'espoir et de déception, de gentillesse et de dureté par où je l'ai fait passer malgré moi ont évidemment développé ce que l'aisance, le repos et le bonheur auraient sans doute anéanti. Surtout ne me réponds pas là-dessus pour calmer mes scrupules. Nos lettres sont déjà forcément si courtes qu'il vaut mieux ne pas les remplir d'autre chose que de nous-mêmes et de nouvelles. Car tu te battrais contre des moulins [à vent] [2], ces idées me traversant la tête mais ne me restant pas sur le cœur qui a d'autres choses plus importantes à vouloir. Néanmoins si tu penses à Poupetière (et si quelque secours matériel ou médical lui peut être

1. Ce fragment, écrit sur papier de même qualité, filigrane et format que la lettre LXXIII, que nous datons d'Évian, 24 septembre 1899, date vraisemblablement du séjour de Proust à Évian en septembre-octobre 1899 (*cf.* les allusions à Poupetière, et les lettres LXIV, LXVII, LXVIII, LXXI et LXXII). Du reste, la requête en faveur de celui-ci, proposant « quelque secours matériel ou médical », semble situer cette lettre entre la lettre LXIV, que nous datons du 12 septembre 1899, où Marcel propose un envoi de 25 francs à Poupetière, et la lettre LXXII, que nous datons du 22 septembre, où Marcel écrit : « Pour Poupetière je n'ai plus le temps de te dire ma joie. » Cette lettre date vraisemblablement du 18 ou du 19 septembre 1899.

2. Par *lapsus*, sans doute, Proust écrit « avant » pour *à vent.*

fourni), que ce soit dans un esprit de douceur. Les parents qui ont eu un fils sauvé d'un naufrage ou d'une maladie consacrent q.q. fois une petite somme à la guérison ou au rapatriement de semblables malades ou naufragés. Or il est trop certain que, je ne veux pas dire moi plus qu'un autre, mais tant d'autres nous dont l'esprit est plus agile que le corps, auraient succombé à cette fatigue, à cette mystérieuse tristesse de l'âme s'ils n'avaient pas eu dans le bien-être de la fortune, dans l'indulgence des affections de famille, dans la possibilité d'un repos presque complet et des distractions, une guérison relative ou complète dont les moyens ont manqué au pauvre Poupetière sans argent, loin des siens, sans situation sociale proportionnée à son mérite et à son amour-propre. En le brisant, c'est beaucoup d'entre nous que la vie brise en effigie pour nous montrer

....

La fin manque.

LXXI

Mercredi 2 heures [20 septembre 1899] [1]

Ma chère petite Maman

Bien que je n'aie plus l'ombre de mal au poignet comme il est maintenu par un bandage que m'a fait hier Mr Cottet, écrire ne m'est pas commode (uniquement pas commode puisque je n'ai aucun

1. Lettre de 8 pages datée par les allusions au *Figaro* du 19 septembre 1899 et à l'article de Proust paru dans *La Presse* de la même date. Voir les notes s'y référant.

mal) et tu n'auras pas encore aujourd'hui une longue lettre. Mr Cottet part demain pour Féternes mais c'est tout près d'ici ; plus près même que Thonon. C'est là qu'il résidera, à la campagne, chez ses parents, n'ayant plus de clientèle à cette époque. Il m'avait fait hier sur mon poignet une pulvérisation froide. Je ne me rappelle plus le nom. Il me semble qu'il y a du méthyle là-dedans. Enfin on a la peau froide après. Papa te dira cela. Hier soir, beaucoup mieux inspiré il m'a fait (j'étais allé le voir vers 9 heures 1/2 comme il doit bientôt partir) un petit badigeonnage de teinture d'iode morphinée. Je ne sais si le badigeonnage m'a rien fait mais les linges ont empêché que je fasse en dormant des mouvements qui m'auraient fait mal. Mais cela a aussi fait que l'ayant quitté quand il a eu fini vers 11 heures, j'ai mis très longtemps à me déshabiller et ce matin à m'habiller, n'ayant eu guère qu'une main à ma disposition. Je n'étais pas ravi ces jours-ci de ma santé mais il y a des sautes de temps et de vent si continuelles que cela suffit il me semble à expliquer une tendance à l'oppression, bien infime du reste le matin, et à ne pas énormément dormir. Je suis bien content d'être au Splendid car Mme Oulif m'a dit que le jeune Weisweiller avait eu beaucoup d'asthme à un des hôtels d'en bas et qu'il a disparu comme par enchantement dès qu'il a été au Splendid. Ce qu'il me faudrait c'est une telle abondance d'ouate que je puisse tous les matins et tous les soirs en mettre de la fraîche pour avoir toujours bien chaud. D'ailleurs je n'ai pas eu *une seule fois* l'ombre de douleurs ou quoi que ce soit approchant en dehors de ce poignet qui guérit. En somme très bien. Ménétrez est venu dîner hier à l'hôtel [mais] ne m'a pas reconnu [1]. Les Biedermann sont partis. J'ai bien ri en lisant le nom de Mme de Waru et celui de Mme Porgès disant en somme au Gouvernement : « Ah pour l'amour du chic souffrez qu'on vous renverse [2]. » Un complot pour un bal. Ce n'est pas trop de changer la forme du gouvernement pour qu'en attendant le duc de Luynes reconnaissant aille à ses fêtes. Les complots vont remplacer les œuvres de charité. Du moment que les patronnesses sont chiques on s'affiliera et Mme Porgès doit se faire l'effet de Mme de Longueville [3]. Je t'ajoute d'ailleurs que je trouve ce procès stupide, ce complot grotesque, et ce réquisitoire un néant [4]. Mais (et ceci n'a aucun rapport car des êtres insignifiants peuvent faire des

1. Par *lapsus*, Proust écrit « m'est » au lieu de *mais*. Le colonel Ménétrez avait été officier d'ordonnance du président Félix Faure. Proust reviendra sur cet incident dans la lettre LXXIV.

2. Les noms de Mme Jacques de Waru, née baronne Ward, et de Mme Jules Porgès, née de Wodianer, sont en effet cités comme étant en faveur du complot royaliste, dans *Le Figaro* du mardi 19 septembre 1899, « La Haute Cour : avant l'audience. »

3. Proust développe cette idée à la fin de son second article de *La Presse*, celui paru le 12 octobre 1899. Voir Stanley Jones, « Two unknown articles by Marcel Proust », *French Studies*, July 1950, p. 245, où se trouve reproduit cet article, ainsi que celui paru le 19 septembre 1899.

4. À la séance constitutive de la Haute Cour de justice, le 18 septembre 1899, au Sénat, le procureur général près la cour d'appel de Paris, Octave Bernard, présenta son réquisitoire introductif d'instance. Il s'efforça d'y mettre en relief l'existence d'un attentat et d'un complot. L'attentat, c'était l'acte de Déroulède et de Marcel Habert à la caserne de Reuilly le jour des obsèques du président Félix Faure, le 23 février 1899. Le procureur général tenta de prouver en outre la réalité d'un complot en citant les discours des nationalistes, royalistes et antisémites tels que Déroulède, Marcel Habert, Godefroy, Buffet, de Ramel, Jules Guérin et leurs amis. Voir *L'Année politique* d'André Daniel, XVIe année, Paris, Bibl. Charpentier, 1899, p. 282-291.

choses dangereuses) quand je pense que le petit de Vaux si jeune encore et collégien qu'il me traite en patriarche et, ce qui est plus grave, si nul, passe *devant la Haute-Cour* et qu'anciens ministres s'assemblent pour le juger, cela me fait le même effet que si une incartade du petit Bessière amenait la convocation des Chambres et des incidents diplomatiques [1]. – . Tu serais bien gentille de m'envoyer cette *Presse* où je figure et que je n'ai pas reçue [2]. – . Merci infiniment de t'être si gentiment occupée de Mlle Bailby. – . Je vois que tu as oublié de faire prendre des nouvelles de Mme Deslandes. Tant pis cela ne fait rien. Il faudrait faire prendre chaque jour des nouvelles de France qui vient paraît-il d'être opéré d'un kyste par Pozzi (m'écrit Reynaldo pour que je puisse faire le nécessaire). Pour Poupetière mon avis (d'autant moins suspect que depuis plusieurs mois je lui ai refusé avec dureté jusqu'à 40 sous) est qu'il faut lui envoyer les 25 francs, ne rien dire à son maire et je vais lui écrire une lettre salée.

Mille tendres baisers

Marcel.

1. Le baron de Vaux, royaliste, accusé de contumace avec Marcel Habert et de Lur-Saluces, fut interrogé devant la Haute Cour le 19 novembre 1899. Il semble être question de Gaston Joseph Marie Moisson, baron de Vaux, alors âgé de vingt-trois ans et qui se préparait à une carrière dans la diplomatie. (Voir l'*Annuaire diplomatique* de 1912, p. 248.) Pour « le petit Bessière », il s'agit sans doute du fils d'une cousine germaine de Mme Adrien Proust, Mme Bessière, née Hélène Weill.

2. Il s'agit de l'article de Marcel Proust intitulé « Lettres de Perse et d'ailleurs. Les Comédiens de Salon. Bernard d'Algouvres à Françoise de Breyves », paru dans *La Presse* du mardi 19 septembre 1899. Voir la note 3, p. 150.

Eugénie n'a donc pas envoyé mon livre à Hermant ? D'autre part M. Cottet voudrait le lire. J'ai envie de prier Maugny de lui prêter son exemplaire. Si tu trouves qu'il vaut mieux le lui donner *(mais ce n'est pas mon avis)* commande-le chez Calmann. Mais pour Hermant il le faut.

Mille tendres baisers

Marcel

P. S. Surtout ne va pas croire que même quand j'avais mal au poignet (je ne l'ai plus) je *souffrais !* Simplement désagréable.

LXXII

Splendide Hôtel
Évian-les-Bains

Vendredi 1 heure [22 septembre [1899] [1]

Ma chère petite Maman

Je tâche d'être bref pour ne pas me fatiguer ayant beaucoup à écrire.

Si ma lettre t'arrive à temps dis-moi dans ta réponse ce que je dois donner au garçon qui me sert à déjeuner et à dîner (le pâle Raphael qui sait si peu le français qui vous a servi les derniers jours, lui avez-vous donné

1. Lettre datée par les allusions à la grâce de Dreyfus (19-20 septembre 1899), à l'arrestation de Guérin (20 septembre), à la mention de Marcel Proust dans *Le Figaro* du 21 septembre 1899. *Cf.* aussi les allusions au poignet guéri, et la lettre précédente.

q.q. chose ?) Sans vouloir le transformer en martyre je dois dire par suite de départs qu'il ressert toujours le déjeuner pour moi seul. Si ta lettre m'arrive dimanche matin je pourrai tenir compte de ce que tu me diras (même si elle n'arrive que pour le dîner). Voici le temps tout à fait remis au beau (c'est-à-dire hier et aujourd'hui car avant-hier déluge). Malheureusement toujours pas une nuit assez longue. Je la cherche encore depuis mon arrivée. Je te détaillerai mes maux (ou plutôt mon bien) une autre fois. Quant à l'heure du coucher je suis rentré de Genève fort tard et suis allé directement dire adieu à Cottet qui partait ce matin de sorte que je ne suis rentré qu'à minuit. Je n'ai plus ni lainage au poignet, ni mal. Voici pourquoi j'ai été à Genève. La veille Constantin m'a fait dire qu'il irait s'il faisait beau à Coppet avec Hermant en automobile (l'automobile du Pce de Chimay toujours absent pour la chasse ou à cause de l'Affaire) [1]. Il pleuvait : Nuit agitée : iront-ils, n'iront-ils pas. Dès 7 heures 1/2 debout attendant message et examinant le ciel. Ils sont allés. Pour ne pas m'exposer à la trop gde vivacité de l'air pendant trop longtemps, il a été convenu que j'irais par le chemin de fer à Genève où je les ai retrouvés (et où les dépêches – mais j'avais eu ta lettre trop tard pour l'envoyer d'ici – coûtent 2 sous le mot ce qui m'a fait un joli total car les 2 tiennes n'ont pas été les seules et ils se sont refusés à me laisser retrancher des mots. D'ailleurs si tu essayes d'en ôter *un* dans mes dépêches, tu verras que des confusions naissaient. Essaye). De Genève je suis allé en automobile à Coppet. « Mme la comtesse » était allée déjeuner à Genève. Mais préférant Mme de Staël à

1. *Cf.* ci-dessus la lettre LXIV.

Mme d'Haussonville, j'ai tenu à visiter en grand détail chaque pièce. C'était justement le jour où on visitait. Et c'est probablement pour cela qu'ils étaient partis parce que cela doit être assommant. Il y avait foule. De plus elle est allée chercher à la gare le Duc de Broglie. Comme elle n'a pas de jour nous ne pouvions rien faire. Toujours en automobile allé de Coppet à Prégny et de Prégny à Genève). (à Prégny Mme de Rothschild sortie aussi. J'ai laissé mon nom sur la carte de Constantin à Mme d'Hauss. et à Mme de Rothschild). Arrivé à Genève le temps fraîchissant, le vent s'élevant, j'ai pensé que l'automobile pouvait de Genève à Évian être cause d'une crise et je les ai laissés à Genève où j'ai dîné et d'où j'ai repris le train. Et à ce propos comme ils voulaient me ramener en automobile, Constantin a dit que c'était une imagination de ma part que l'air vif me faisait mal, car Papa disait à tout le monde que je n'avais rien et que mon asthme était purement imaginaire. Je ne sais que trop le matin ici quand je suis réveillé qu'il est bien réel et tu serais bien gentille dans ta lettre de me mettre quelque chose comme ceci : « Ton père était furieux que tu fusses allé en automobile. Tu sais combien peu de choses te sont mauvaises mais rien n'est pire que l'air trop vif pour ton asthme. » Je t'écris très mal parce que ravi et réconforté par ce délicieux soleil, je t'écris sur un banc sur mes genoux, tout chauffé et radieux de cette bonne chaleur, que j'appellerais presque maternelle si l'absence de ma Maman ne me faisait trop sentir la différence et l'impropriété du terme. Naturellement tout en automobile me paraissait étonnant et de chaque manœuvre je voudrais rendre compte à Dick qui me dirait sans doute : « Mais naturellement. » Heureusement pour moi que je ne suis nullement

Linguet ou Deschamps[1] ou autres, car notre arrivée en automobile dans l'antique Coppet et « les ombres effarouchées de Mme de Récamier etc. » seraient pour eux un thème béni dont je ne devine que trop les développements. J'ai appris par ta lettre la grâce de Dreyfus[2] (il a dû dire à ses inflexibles partisans qui ne voulaient pas de la grâce « guenille si l'on veut (ou plutôt loque, puisqu'on dit toujours loque humaine) ma guenille m'est chère » mais c'est sincèrement que je dis « le pauvre homme ») (Dieu qu'Hermann Paul a trouvé pour lui un type qu'on sent vrai et qui est délicieux de sensibilité et même de grâce maladive) et l'arrestation de Guérin (« vous êtes un fier gueux »)[3]. Je ne sais qui a envoyé au *Figaro* mon nom chez les Vitta[4]. C'est eux ou M. Pateck. Je le regrette, cela va signaler ma présence aux mondains du lac que jusqu'ici j'ai tous évités (j'ai toujours reculé même Mme d'Haus. et n'y suis allé qu'à cause de Coppet que j'ai préalablement potassé dans un livre imbécile mais instructif de Paul Deschanel sur Mmes Necker, Récamier, de Beaumont, etc. prêté par Mme Cottin). Je ne te cacherai pas que le Dr Cottet me paraît tout à fait emballé sur mon compte. *Habite-t-il Paris l'hiver ?*

1. Il s'agit apparemment de l'avocat et journaliste Simon Nicolas Henri Linguet (1736-1794), et du poète romantique Émile Deschamps (1791-1871), frère d'Antony Deschamps.

2. La grâce du capitaine Dreyfus, décidée le 19 septembre 1899 en Conseil des ministres, fut annoncée le 20.

3. Jules Guérin, agitateur antisémite, directeur du journal *L'Antijuif*, poursuivi en justice grâce à l'intervention de Millevoye, s'était enfermé au « fort Chabrol ». Il se rendit le 20 septembre 1899. Voir *L'Année politique*, XXVI, p. 379.

4. Il s'agit du compte rendu du mariage Vitta, paru dans *Le Figaro* du 21 septembre 1899 ; le nom de Marcel Proust y figure « au nombre des assistants », ainsi que dans le compte rendu du *Gaulois* paru le 20.

Bien entendu (et je n'ajoute cette remarque stupide qu'à cause de l'imagination de ma mère) je dis emballé dans un bon sens et ne va pas t'imaginer que c'est une mauvaise relation, grand dieu !!!!!! À ce propos envoie-moi donc des cartes pour que j'en mette chez Mme Pinard (Chefdebien est parti depuis longtemps) et chez Mme Vitta. Tu me stupéfies sur le couple Oulif. Je les imaginais comme les Saints des Saints et embêtants à cause de cela. Le mari est d'une politesse ridicule et la femme malgré d'aussi bonnes intentions n'arrive pas à se dépincer. Qu'est-ce que c'est que M. Galard qui sans me connaître s'approche de moi l'autre jour (il est vrai que je connais un peu son fils) : Ce Mr. est bien le Vte de Maugny. Oui Monsieur – C'est le fils du Cte ? – Oui Mr. – « Je connais son père. » Un point c'est tout comme Cordier [1]. Puis avant-hier « Vous êtes le neveu de Mr Weil » d'un air de me démasquer qui m'a fort déplu. – Appelons-le Jugurtha pour que tu puisses m'en faire sans inquiétude une biographie complète. Mme Oulif, Mme Cottin etc m'exaspèrent à me demander de quitter mes chambres qu'elles estiment humides. Cottet ne le croit pas. Et du reste il ne croit pas que j'aie eu du rhumatisme mais de la synovite. – Moi qui voulais te mettre seulement une ligne. Mais avec toi j'ai dans un autre sens « le cœur sur la main » et ne puis m'arrêter. Si tu veux me dire ce que je dois donner à ma femme de chambre, il ne suffit pas d'écrire il faut me télégraphier *aussitôt*. Je comprendrai qu'il s'agit d'elle. Je n'ai plus *l'ombre* de mal au poignet. Mais ne le dis pas car j'en

1. Le Lt-Cel Cordier, sous-chef du bureau des Renseignements, lors de sa déposition à Rennes, fut tellement incohérent qu'on dut renoncer à en obtenir une déclaration « saine et claire ».

profiterai pour les lettres embêtantes. Pour Poupetière je n'ai plus le temps de te dire ma joie « Les grands bonheurs sont muets »

Mille tendres baisers

Marcel

LXXIII

[Évian] Dimanche 1 heure 1/2

[24 septembre 1899] [1]

Ma chère petite Maman,

« Un vent avait causé, un vent calma l'orage. »

Nuit longue, pas de fumage ce matin, pas d'oppression, enfin très bien. Je suis tout retapé. Ciel gris, temps froid. Hier soir dîner servi avec empressement non loin de ma table. Les égards se sont expliqués quand j'ai su qu'il était donné par Mr de Neuflize président des Eaux d'Évian. Ce matin déjeuner des mêmes d'où s'est détaché pour faire la conversation avec moi M. Pierre Girod (époux de Mlle Poirson). J'ai appris par lui que Paul Baignères a de l'asthme à Asnières-sur-Oise et en est embêté. Je le punis involontairement de son ironie en ne lui indiquant pas le Philogyne qui lui ferait du bien mais me ferait du tort. M. Girod ne m'a pas dissimulé que j'avais une mine de déterré, les Cottin et les Oulif me trouvent au contraire beaucoup meilleure mine. *That is the question.* Envoie-moi des

1. Lettre datée par les allusions aux articles paraissant dans *La Presse*, à la note d'hôtel, à la lettre de Mme d'Haussonville ; voir ci-après, les notes s'y référant.

fonds car M. Deferrière doit avoir encore 43 frs. à moi et j'ai une note de 167 à payer [1]. Je n'ai pas bougé hier croyant que Maugny viendrait en quoi je me suis trompé. Et le soir je suis resté à causer avec le fils de M. Galard de Mme Cartier sa tante ou belle-sœur de sa tante. Les jeunes Cartier (bâtonnier) n'y sont plus invités. Quel cœur d'or !

Je ne veux pas me répéter et ne sais si je t'ai dit que la Princesse Brancovan croyant avant-hier l'automobile en retard criait comme une folle : Il est arrivé un malheur, puis apprenant que l'automobile était rentrée a traité le valet de pied d'imbécile comme aurait fait Mme Finaly, puis voyant que le tort était à un autre, lui a fait des excuses. Cette pauvre femme et en cela elle se distingue de Jenny reste distinguée dans ses nerfs et ce qui l'en distingue surtout c'est la grande bienveillance bonté et élévation et la manière de jouer Chopin et Haydn. Mais je crois qu'au lieu de faire ses robes elle les donne. Les petites Finaly sont beaucoup mieux élevées, car sous l'influence de M. de Polignac la maison a pris un ton qui dépasse tout ce que j'ai jamais connu. En revanche les deux jeunes femmes aussi bien mariées que Mary n'ont pas pris dans une famille qui vaut le noble sang des Barbarin un anti-dreyfusisme de bon goût. Je me disais justement l'autre jour en pensant à leur étonnante intelligence et à celle du Pce de Polignac qui est merveilleuse que si elles et lui s'appelaient Oulif, si les Oulif et Feldman s'appelaient Noailles Chimay et Polignac, Robert et Abel auraient mille fois raison de me reprocher de fréquenter plus

1. La note d'hôtel pour la seconde période de sept jours. *Cf.* ci-dessus, la lettre du dimanche 17 septembre, et les lettres LXXIV LXXV LXXVIII et LXXVII ci-après.

volontiers les Noailles Chimay et Polignac (c'est-à-dire les Oulif) que les Oulif (c'est-à-dire les Chimay etc) Je n'ai d'ailleurs pas revu cette société d'une intelligence exceptionnelle et d'une amabilité égale. Ci-joint lettre de Pauline ou les grâces du savoir-vivre [1]. Je te fais remarquer la nuance qu'elle met entre moi et Hermant. J'ai une lettre, lui une ligne et pourtant il est plus vieux et plus connu, et plus homme important que moi. Il est vrai que les d'Haussonv. apprécient peu Hermant qu'ils croient faux m'a-t-on dit, à tort d'ailleurs je crois. Garde la lettre de Mme d'Haussonv. qui m'amusera à garder à cause de la provenance de Coppet. Je me suis couché beaucoup plus tôt et crois que tout va s'arranger. Il est probable que le jour de la fermeture de l'hôtel je me serai senti pour la première fois, plein de santé, plein d'idées ! Je n'ai rien de ce qu'il me faut pour cette stupide collaboration à *La Presse*, j'en suis réduit à faire une sorte de notice sur Mme de Beaumont [2]. Le lecteur la trouvera mauvaise et Bailby aussi.

1. La comtesse d'Haussonville, née Pauline d'Harcourt, propriétaire de la demeure historique de Coppet, où Proust s'était rendu le jeudi précédent en compagnie de Constantin de Brancovan et d'Abel Hermant. (Voir la lettre LXXII ci-dessus.) Mme d'Haussonville a dû répondre par lettre à la carte déposée en son absence par Brancovan, et sur laquelle Proust avait apposé sa signature. Quelques années plus tard, Proust consacra à Mme d'Haussonville un de ses « salons », celui paru dans *Le Figaro* du 4 janvier 1904, et reproduit dans les *Chroniques* aux p. 47-54.

2. *La Presse* des 19 et 20 septembre 1899 venait de publier les deux premières « Lettres » d'une série que devaient écrire Marcel Proust et Robert de Flers. La lettre sur la Ctesse de Beaumont, l'amie de Chateaubriand, dont il est question ici, fut la troisième et dernière de la série, la deuxième de Proust ; elle parut dans *La Presse* du 12 octobre 1899. (*Cf.* ci-dessus, la lettre LXXI, note 3, p. 150.) Pour la partie consacrée à Mme de Beaumont, Proust s'est basé sur les lettres de la Ctesse de Beaumont publiées dans un volume que Proust cite dans sa lettre

D'autant plus que je fais ces choses-là (les lettres à de Flers) très mal. « Même quand l'oiseau marche » est absurde. Il est vrai que je n'ai pas d'ailes. Mais pour quelqu'un qui en aurait, pour un talent véritable, le vers de Baudelaire « Ses ailes de géant l'empêchent de marcher » qui est l'antithèse du premier me semble plus vrai. Les lettres de ma Maman sont si ravissantes que nous les relirons ensemble.

Mille tendres baisers.

Sans signature

J'ai encore presque une vingtaine de frs de blanchissage ! Je me suis fait donner le détail. En effet chaque article est sensiblement plus cher qu'à Paris. Remercie bien Eugénie de sa charmante lettre. Je vais lui répondre.

Tu ne me donnes aucune nouvelle de Papa. Pourvu que les épidémies n'aillent pas lui donner de nouvelles fatigues. « À ce nom seul je tremble. » J'ai lu que Mme Faure et Lucie étaient à Territet [1]. Chut !

du 14 septembre ; voir ci-dessus, note 1, p. 135. – Le morceau sur Mme de Beaumont est précédé par la première version publiée de la belle description des eaux de Saint-Cloud d'après Hubert Robert, description qui réapparaît dans *Sodome et Gomorrhe II*, t. I, p. 38. On trouve également dans cette « lettre » des pensées autour des mouettes « qui passent si vite en battant si lentement de leurs grandes ailes et qui semblent jusque dans les rues au coin des places, chercher, flairer, sentir la mer, comme si leur instinct les avertissait qu'elle était là-dessous et rendait quelque chose de marin à cette ville », idée dont on trouve l'écho dans *Sodome et Gomorrhe II*, t. II, p. 34. À la fin de l'article, Proust reproduit les idées exprimées dans la lettre LXXI ci-dessus, à propos du complot royaliste.

1. *Le Gaulois* du 22 septembre 1899 fait mention de Mme et Mlle Lucie Faure parmi les « derniers arrivés » au Grand Hôtel de Territet.

LXXIV

Splendide Hôtel, Évian-les-Bains

[lundi 25 ? septembre 1899] [1]

Ma chère petite Maman

De nouveau nuit longue (ou plutôt qui l'eût été sans des coups de marteau). Mais enfin à peu près suffisante et bonne, encore pas de fumage le matin, pas d'oppression, couché encore pl. tôt. Enfin satisfaisant. Ce matin une ombre de pouls mais insignifiant. Encore pluie hier soir, aujourd'hui du soleil qui nous regarde à travers les nuages mais n'a pas l'air décidé. Hier un M^r^ très bien s'approche de moi. Il paraît ô ironie qu'il s'appelle Havet. « Monsieur, je suis chargé par mon cousin le C^el^ Ménétrez de l'excuser auprès de vous, il ne vous avait pas reconnu quand vous l'avez salué etc. [2] » Dans ta lettre « à montrer » tu me parles d'un P. S. sur l'automobile mais n'est-ce pas tu ne m'en avais pas mis [3] ? – . Si

1. Lettre sur papier à lettres du Splendide Hôtel d'Évian ; suit la lettre du dimanche 24 septembre 1899 : *cf.* « De nouveau nuit longue… » etc., et le commencement de la lettre précédente ; modification de la demande d'argent (« Si je ne pensais que tes fonds sont déjà en voyage… ») et la demande d'ouate, de cigarettes et du livre de La Sizeranne, dont il sera de nouveau question dans les lettres suivantes ; et l'allusion à la lettre « à montrer » (voir la note 3 ci-après.) *Cf.* aussi les notes ci-après où il est question d'autres allusions portant sur la chronologie de cette lettre.

2. La répercussion de l'incident auquel Proust avait fait allusion dans la lettre LXXI, et que Mme Proust a dû répéter. Voir ci-dessus, la lettre LXXI, p. 149-150.

3. Allusion au mot que Proust avait demandé à Mme Proust, de lui écrire au sujet de l'effet de l'air vif sur son asthme, lettre qu'il voulait montrer à Brancovan ; voir ci-dessus, la lettre du vendredi 22 septembre 1899, p. 154.

nos embrassades sur la terrasse avaient eu Papa en témoin ironique et sévère, devine au contraire qui elles nous ont acquis, et à qui elles ont vraiment plu. Au Président Goujon [1]. Je vois que les Oulif n'ont ni la sympathie des Cottin, ni je ne peux pas dire l'estime, mais la considération des Goujon que pourtant je ne crois à aucun degré antisémites et qui sont m'a-t-on dit de la plus *étroite intimité* avec les Helbronner – . M. de Ferrière pousse la délicatesse jusqu'à commander des voitures pour les départs pour éviter qu'on ne tire les omnibus dans ma remise. Le jeune Galard m'a présenté à 2 MM. Langlois fort laids et se ressemblant à s'y méprendre qui, résolus à ne pas parler de l'Affaire, laissent bouillon[n]er à la surface de la conversation, venues d'un fond qu'on sent extrêmement vaseux des : « Oh ! Forain en a fait de si admirables dans le *Psst.* » « Oh ! Félix Faure celui-là était patriote. Ah ! s'il avait vécu [2] ! » « Ne parlons pas de sténographie ! Quand on a vu cet été celle du *Figaro* où il y avait des mensonges à chaque ligne. » Jonnart [3] sorte de Millevoye (pas

1. François Léon Gougeon (1839-19 ?), premier président de la cour d'appel de Besançon, fils de Jules Gougeon, conseiller à la cour de Metz, et neveu du général baron Gougeon (le *Qui êtes-vous ?* de 1909-1910, p. 225). *Cf.* Marcel Proust *Jean Santeuil*, I, p. 282 : « M. Santeuil admirait combien étaient bien exprimés ici des reproches qu'il avait souvent fait entendre à sa femme sur la puérilité de ses caresses avec Jean. »

2. Le président de la République mourut le 16 février 1899.

3. *Charles* Célestin Auguste Jonnart (1857-1927), député du Pas-de-Calais depuis 1889, ancien ministre des Travaux publics dans le cabinet Casimir-Périer, s'était rangé parmi le groupe républicain progressiste qui avait signé un manifeste protestant contre un projet de dessaisissement de la chambre criminelle dans l'affaire Dreyfus. Le *Qui êtes-vous ?* de 1909-1910, et *L'Année politique*, t. XXVI, p. 68-72. *Cf.* la note 3, p. 163.

le député, le poète *chute des feuilles)*[1] de l'opportunisme me console de ces turpitudes, en le voyant consacrer à des idées si justes (dans les 2 sens du mot juste) les restes d'une voix qui tombe et d'une ardeur qui s'éteint. Si tu écris aux Tirman tâche de lui faire transmettre et exprimer mon admiration[2]. Ne le connaissant pas je recule devant la carte de félicitations. Mais je l'approuve et l'admire.

Les Cottin sont partis hier. Je leur ai promis de leur écrire ce que tu saurais sur Metz et la peste ou choléra. Ils ont été fort tendres et je les ai conduits à la gare. Je préfère de beaucoup la femme au mari. Autant que je peux chercher dans les greniers de ma mémoire les pastels bien effacés de ces figures anciennes Madame Roussel me semble avoir eu en plus l'ampleur et le sourire. Mais la fille est bien tout de même[3]. Je n'ai pas vu les Brancovan depuis plusieurs jours, ni personne n'ayant pas bougé. Les Biedermann m'avaient écrit pour me demander d'aller avec eux aux gorges du Trient et prenant leur désir pour la réalité m'annonçaient qu'ils m'y attendraient. 1re bêtise. La seconde est que ne datant pas leur lettre ils disaient nous serons *demain* ici, aujourd'hui là. Et comme le service postal entre Ouchy et Évian

1. Lucien Millevoye (1850-19 ?), ancien magistrat, journaliste et député de Paris, était le petit-fils du poète Charles Hubert Millevoye (1782-1816), auteur d'élégies dont la plus connue est nommée par Proust.

2. Il s'agit de la famille de Louis Tirman, sénateur et ancien gouverneur général d'Algérie, qui venait de mourir le 2 août 1899. Jonnart avait été son chef de cabinet en Algérie (1885-1888) avant d'être nommé chef du service de l'Algérie au ministère de l'Intérieur, où il a dû rester en étroite liaison avec Tirman.

3. Mme Henri Cottin, née Roussel, épouse du notaire honoraire.

est d'une folle irrégularité, il m'était impossible de savoir si c'était hier aujourd'hui, demain que j'étais attendu aux gorges du Trient où j'aurais eu le plaisir d'attendre peut-être 24 heures. Enfin alors que j'aurais dû pour leur obéir prendre le bateau de midi 25 (car je reconstitue que c'était pour aujourd'hui) j'ai reçu à 1 heure 1/4, c'est-à-dire quand j'aurais dû être en voyage, une dépêche d'eux datée d'Aigle et me contremandant parce que le chemin de fer est supprimé. Comme aurait dit mon oncle ce serait à leur cracher à la figure. Néanmoins cette 3e bêtise n'est pas la dernière car ils ont si mal écrit leur dépêche que le télégraphe a transcrit train Évian au lieu de train Trient. Heureusement que j'ai senti dès la 1re lettre que tout cela n'était pas sérieux et que je les ai laissés faire leurs plans sans avoir eu une seconde l'idée d'y conformer les miens sans cela j'aurais fait une jolie expédition. Je permets ces choses-là à France, à Darlu (dont ils sont les *amis intimes !!*) mais pas aux Biedermann d'autant que plus que moi-même qui me classe résolument dans la 1re catégorie, je me considère toujours comme de la 2e quand j'ai à agir et n'ai pas à me reprocher envers qui que ce soit un rendez-vous manqué, une lettre où je ne redise pas dix fois : demain samedi, aujourd'hui quand vous recevrez ce mot etc etc. Tes lettres continuent à être ravissantes. Si je ne pensais que tes fonds sont déjà en voyage je te dirais de les adresser à M. de Ferrière pour ne pas être réveillé par une lettre chargée. Mais je préviendrai. Comme je dépense beaucoup d'argent en *ouate* peut-être pourrais-tu m'en envoyer un gros paquet ainsi que des cigarettes Espic et le livre de La Sizeranne sur

Ruskin[1] (je demanderai d'abord à d'Oncieu si je ne le lui ai pas prêté).

Mille tendres baisers

Sans signature

Je pense tant à Papa que je crois que je lui écrirai directement pour épancher mes sentiments. Du moins comme dit Mme de Beaumont « ma tête lui écrit ». France ne va pas si bien que cela. Envoie chez lui s. v. p.

LXXV

Splendide Hôtel
Évian-les-Bains

couché à une heure

[Samedi 30 ? septembre 1899][2]

Ma chère petite Maman

Chaque minute depuis deux jours apporte de nouvelles choses à te dire (bien entendu rien de désagréable ! je parle de projets etc.) et cette lettre qui

1. Robert de La Sizeranne, *Ruskin et la religion de la beauté*, Paris, Hachette, 1897.

2. Lettre écrite sur papier du Splendide Hôtel d'Évian, vers les derniers jours de septembre 1899 ; *cf.* les allusions à Cottet (note 1, p. 166) ; aux dépenses, et notamment l'argent reçu « avant-hier », qu'il avait demandé dans sa lettre du dimanche 24 septembre ; à la fermeture imminente de l'hôtel, qu'il croyait ne fermant « que le 15 » (*cf.* les lettres LXXVI, LXXVII et LXXIX) ; et aux 200 francs emprunté à Reynaldo Hahn « pour jusqu'au 1er octobre » et qu'il voudrait rembourser « avec précision ».

devrait avoir 25 pages se trouve bâclée parce que Cottet est venu de Féterne pour me prendre afin d'aller à Thonon voir Chevilly[1]. Je vais donc me résumer de mon mieux – . Je viens d'apprendre que l'hôtel va fermer d'un jour à l'autre. J'ai donc besoin que dans ta *prochaine* lettre tu me dises ce que je dois faire, si je dois revenir directement, si je dois (au cas où je pourrais trouver un compagnon) revenir par les lacs Italiens et Venise *(informe-toi auprès de Reynaldo où est Coco*[2]*)* si je dois (mais je n'approuverais pas) m'installer à l'hôtel de Thonon. Tu dois penser aux Brancovan mais ils sont si au bord du lac que je crains l'asthme et il est moins facile d'en partir immédiatement si j'y suis mal que d'un hôtel. –

Tu m'as envoyé avant-hier matin 300 fr. Avant-hier je n'ai pas dépensé un centime ; hier j'ai dépensé l'aller et retour de Thonon (2 fr 10) et le soir voiture pour les Brancovan (7 fr. pourboire compris). Mais j'ai payé sur ces 300 fr 1° une note de 167 fr. 2° une note de quarante francs pharmacie ouate etc qu'on avait portée sur le livre quoi que je paye les choses moi-même, mais par suite de choses que je t'expliquerai. 3° 10 francs (chiffre indiqué par M. Cottin au garçon qui me montait le matin mon café de la cuisine. 4° 10 francs au chasseur dit de l'ascenseur à cause des nombreuses choses qu'il me faisait – chiffre indiqué par le jeune Galard. J'oublie en ce moment de hâte quelque chose. Mais cela fait déjà si je ne me trompe

1. Le Dr Cottet avait quitté Évian le 22 septembre pour Féterne. Voir les lettres LXXI et LXXII ci-dessus.

2. Frédéric de Madrazo, dit *Coco*, se trouvait à Rome. *Cf.* les deux lettres du lundi 2 octobre 1899 ci-dessous.

167
40
10
10
9,10
236,10

236 francs dix, d'où il devrait donc me rester seulement

300,00
236,10
63,90, si j'ai bien compté 63 francs, 90. –

Quand je t'ai dit que je ferais ainsi le calcul chaque jour, je croyais que l'hôtel ne fermait que le 15 de sorte que c'était simplement pour te montrer ce que je dépensais et pour avoir ton approbation ou tes critiques. Mais depuis que je sais que la fermeture est imminente, cela a également pour objet de te dire de m'envoyer de l'argent. Beaucoup trop n'aura aucun inconvénient, n'ayant pas l'intention d'employer à toute force ce qui sera en surplus, tandis que je serais très ennuyé d'être obligé de rester en compte etc. – Pour ne pas perdre notre temps en choses inutiles, ne me dis pas, tâche de voir si l'on pourrait te garder, même sans prendre tes repas etc. Car c'est pour des raisons, dont l'une m'est assez précieuse, mon désir et si j'avais voulu comprendre leur désir, je partirais dimanche ou lundi. Il se peut que de toute façon je sois obligé de déguerpir mardi. Ils y mettent la plus extrême complaisance. Tu aurais donc tort de leur écrire pour qu'ils tâchent de me garder. Tu sais que je n'aime pas les départs et que je mettrai toute l'ingéniosité du monde à garder mon lit le plus tard que je pourrai. Mais j'aime mieux envisager la chose dans sa probabilité même si elle peut être écartée.

Je ne te parle pas de ma santé qui ne m'a pas satisfait complètement ces temps-ci quoique assez bonne. J'ai fait cette nuit une bonne nuit de 7 heures et même plus, et je suis tout guilleret et admirabl[emen]t bien. Sous ce flot de nouvelles et de demandes je vais au plus pressé Cottet m'attendant.

Envoie-moi donc dans ta lettre mon chèque afin que je puisse le signer (tu me diras la formule) et l'envoyer à Reynaldo (moi, l'envoyer) (je l'enverrai d'ici) afin qu'il puisse aller toucher les 200 francs que je lui dois et je le chargerai pour le surplus de payer mes autres créanciers. Ayant demandé cela pour jusqu'au 1er octobre je serais heureux de faire cela avec précision pour ne pas paraître « un emprunteur » et si je n'avais été si bousculé pour t'écrire, je l'aurais fait plus tôt. Si ma signature n'est pas nécessaire touche-le toi-même et je t'écrirai la répartition. L'heure du train à prendre avec Cottet est venue… Je t'écrirai demain la suite. Tout l'essentiel est dit. À demain la causerie et la tendresse.

Mille tendres baisers.

Marcel

LXXVI

Splendide Hôtel
Évian-les-Bains

[Le 1er octobre ? 1899] [1]

Ma chère petite Maman

Encore une fois je vais avoir peu de temps pour t'écrire. Il est vrai que mes lettres les plus courtes sont encore plus longues que celles que tu m'écris. Et c'est le contraire d'un reproche car chaque page que tu m'écris m'ennuie en pensant à la fatigue que cela a pu te causer. Par suite de déluges etc, j'ai dû fumer cette nuit, de sorte que je ne puis dire d'heures puisque tu veux que cela soit sans relevée. Je t'avais dit hier que j'avais oublié quelque chose dans mes dépenses. C'est 10 francs pour l'œuvre de M. Sigrist. C'est ce que tout le monde a donné, au minimum. Hier j'ai dépensé en tout 2 allers et retours pour Thonon (Cottet et moi) (4 francs 20) une boîte de cigar[ettes] Espic, et de bicarbonate. Cottet a dîné avec moi (1re et seule fois).

Les *Plaisirs et les Jours* attendus par Hermant ne sont jamais venus. S'ils venaient maintenant il faudrait que ce fût pour la Pcesse de Chimay. Mais je n'aurai plus le plaisir de voir leur jugement. La ouate est venue, merci mille fois. – Je ne t'ai pas parlé hier de la rive Suisse

1. Lettre écrite sur papier du Splendide Hôtel d'Évian, vers la fin de septembre ou le 1er octobre 1899, le lendemain de la lettre précédente. *Cf.* les allusions aux dix francs oubliés « hier » dans la liste des dépenses ; au voyage avec Cottet « hier » à Thonon ; à l'exemplaire des *Plaisirs et les Jours* pour Hermant (voir la lettre du 20 septembre ci-dessus) ; à l'ouate demandée dans la lettre du 25 (?) septembre ci-dessus ; à la lettre de Mme d'Haussonville, dont il était question dans celle du 24 septembre.

parce que la saison y commence ; tandis que sur les lacs Italiens elle est finie. Mais d'ailleurs les records seraient pour un seul jour de sorte que l'encombrement y serait insignifiant. – . Crois-tu (réponds-moi sans noms propres) que Mlle Gomel aimerait épouser Maugny, fils d'un ministre Plénipot, membre du Jockey, neveu et enfant chéri de M. de Ludre, du Jockey, marié à Mlle de Maillé, fille du sénateur, neveu de M. H. de Choiseul, Gal de Briey, Beauveau. Beau garçon et *bon* garçon, nullement coureur. Aucune fortune. Je crois. – . Et que possède la demoiselle ?

Le chasseur de l'ascenseur venu me dire adieu hier a dû quitter plus tôt à cause de son dreyfusisme qui lui faisait trop d'ennemis. Je crois que c'est un corréligionaire [*sic*]. – . Les Goujon sont partis m'invitant à Besançon. Je crois que M. Goujon m'adore. – . Je reçois ta lettre seulement le courrier n'étant pas venu ce matin (pas par ta faute, à cause d'un train de Pontarlier qui a manqué la correspondance). Mais oui j'ai été ravi du costume, moins bien cependant que celui que j'avais commandé. As-tu reçu et gardé la lettre de Mme d'Haus[sonville]. – . Tu m'as fichu le trac en m'écrivant « les Georges [1] sont venus au moment où ton père partait pour… illisible ». J'ai cru que c'était une ville où il y avait la peste. J'allais courir te télégraphier pour savoir, quand des lumières supérieures à celles de Bertillon m'ont fait lire subitement : pour l'Opéra. Dieu soit loué ! J'aurais mille choses à te dire sur ma santé (réflexions théoriques) et des petites drôleries à te raconter mais je prends le train de 3 heures pour rejoindre Maugny à qui je me consacre comme il part et m'arrête ici en t'embrassant, Papa et Dick de tout mon cœur. Rien n'est décidé pour

1. Les Georges Weil, frère et belle-sœur de Mme Proust.

la fermeture. Mardi ou mercredi paraissent devoir être la dernière extrémité. Peut-être plus tard…

Mille tendresses

Marcel

Si tu désapprouves lacs Italiens et Venise (les deux) je préfère Venise.

LXXVII

Splendide Hôtel, Évian-les-Bains

Lundi 2 heures

[2 octobre 1899] [1]

Ma chère petite Maman

Cottet est venu dîner hier avec moi et est resté jusqu'à minuit 1/4. En le quittant je me déshabillais à toute vitesse quand je me suis aperçu que je n'avais plus d'allumettes que les soufrées de l'hôtel dont je ne me sers jamais. 1er malheur qui me forçait à aller allumer au loin un papier pour allumer chaque chose : poudre, cigarette, eau pour boule etc. 2° mon valet de chambre avait oublié de fermer les portes de la remise et le loquet était tiré je ne pouvais même pas les mettre contre et étais dans un immense courant d'air. Enfin de 2 à 3

1. Lettre sur papier du Splendide Hôtel d'Évian ; date évidemment du lundi 2 octobre 1899. *Cf.* les allusions à la nouvelle date de fermeture de l'hôtel ; aux projets de retour ; à l'exemplaire des *Plaisirs et les Jours* (*cf.* la lettre précédente) ; au livre de La Sizeranne dont il était déjà question dans la lettre du 25 (?) septembre ; à Coco (*cf.* les lettres LXXV et LXXVII).

des domestiques de l'hôtel rentrant de congé (mais j'ai bien rendormi) ont passé par ma remise les portes étant ouvertes, croyaient les chambres vides et j'ai dû deux fois aller les effrayer de mon apparition. Ceci pour te montrer que si je ne puis te donner d'heures sans relevée ce n'est pas ma faute. M. de Ferrière par des combinaisons inouïes et à la fureur du personnel attendu soit à Nice soit ailleurs me garde jusqu'à Vendredi ou Samedi. Hier je n'ai dépensé que ce tour du lac qui m'a coûté 6 fr. 20. Mais le départ du garçon qui me servait et de l'homme de l'omnibus (celui que tu trouvais bien) et qui depuis ton départ est concierge, le concierge étant parti presque en même temps que toi et me porte le courrier le matin etc. m'ont obligé à 10 à l'un et 10 à l'autre. Si je reviens l'année prochaine je donnerai une somme de tant pour les pourboires de façon à ne pas avoir à renouveler pour les départs. Hier retour ravi de cette jolie promenade et très bien, mais le temps a encore changé. Il fait depuis q.q. temps déjà avec une régularité qui ne s'est pas *une seule fois* démentie, un jour de pluie battante, un jour de soleil et de superbe temps. Je pense avec tendresse à ma Maman et elle me manque beaucoup. Rome et Venise étant les 2 choses que je désire faire en Italie, et n'étant pas en ce moment en « désir de Florence » je crois que je ne ferai rien de ce côté et me contenterai en partant de voir une montagne, soit Zermatt, soit Rochers de Naye, et peut'être le lac Majeur. Et encore pour cela me faudrait-il un compagnon. Si les *Plaisirs et les Jours* peuvent arriver avant jeudi soir expédie-les ainsi « Madame La Princesse Alexandre de Chimay Villa Bassaraba Amphion Haute Savoie ». Et à moi le livre de la Sizeranne sur Ruskin s'il est dans ma bibliothèque pour voir les montagnes avec les yeux de ce grand homme [1]. Sois bien prudente si tu parles désirs matrimoniaux pour moi. Car il paraîtrait que France aurait pensé à moi pour sa fille et comme jamais je ne le ferais il faut être prudent [2]. Je m'en veux de penser que depuis plusieurs jours je ne t'ai rien raconté qui puisse t'intéresser. Mais il faut que j'écrive à Coco etc et je m'arrête ici en t'embrassant de tout mon cœur et en trouvant que cette étreinte à distance commence à devenir bien insuffisante.

Mille tendres baisers

Marcel

LXXVIII

Splendide Hôtel
Évian-les-Bains

Lundi 5 heures

[2 octobre 1899] [3]

Ma chère petite Maman

Comme j'étais un peu refroidi j'étais un peu fatigué et ne t'avais pas écrit longuement [4]. Mais comme cela est passé je te récris un petit mot pour

1. *Cf.* ci-dessus, la lettre LXXIV, p. 164-165.

2. La fille d'Anatole France, Suzanne Thibault (1881-1918), devait épouser le 10 décembre 1901, en premières noces, le capitaine Mollin ; étant divorcée, elle épousa en 1908 Michel Psichari.

3. Lettre sur papier du Splendide Hôtel d'Évian : date du lundi 2 octobre 1899 : de nouvelles allusions à « l'homme de l'omnibus », aux projets de retour, à Coco, et aux dépenses (*cf.* les lettres LXXV, LXXVII et LXXIX).

4. Allusion à la lettre précédente, qui n'a que quatre pages.

que tu n'aies pas demain une trop maigre lettre (je n'ai d'ailleurs pas eu d'oppression.) – . Tout à l'heure s'est passée une scène qui m'a assez ému. L'homme de l'omnibus (celui qui te plaisait) et à qui j'ai donné 10 francs s'est approché de moi avec beaucoup de feu, me disant que depuis qu'il va dans les hôtels il n'a jamais connu quelqu'un d'aussi bon pour les employés (euphémisme charmant) que moi, que tous les « employés » m'adoraient et que cela lui faisait bien de la peine « que je soie si souffrant parce que si quelqu'un ne le méritait pas c'était moi » et finalement il m'a demandé la permission de me serrer la main. Il y avait une telle exagération dans son petit speech que si cela avait été *avant* le pourboire cela m'aurait déplu comme de la flatterie, mais venant après cela m'a touché et j'avais besoin de cette récompense pour compenser (quel français) l'ennui que j'ai quand je me sens débordé par tous ces domestiques qui partent et que je sens que je fais le généreux avec ton argent. Mais réellement, le petit tramway ne marchant presque jamais et voulant éviter les remontages je demande tant de choses à chacun. – . Fatigué tantôt je n'ai pas établi le budget. T'ayant dit les dépenses tu feras facilement le calcul. Il me reste (la note étant payée) 250 francs chez M. de Ferrière et quarante huit francs en poche. Donne-moi des détails précis sur la santé de Rome et de Tivoli, car le plus praticable me paraît Rome y ayant Coco et demande à Papa si c'est malsain même pour 2 ou 3 jours.

Mille tendres baisers

Marcel

LXXIX

[Splendide Hôtel
Évian-les-Bains]

Mercredi [4 octobre 1899] [1]

Couché entre minuit 1/2 et 1 heure

Ma chère petite Maman

Une vraie fatalité raccourcit mes lettres. J'allais t'écrire quand d'assommantes dames (les seules habitantes de l'hôtel) sont venues avec force grimaces pour me dire que la fille de M. de Rainville (le faux Félix Faure que tu as peut-être vu à l'hôtel) n'avait pas osé me demander un autographe de moi mais le désirait tant qu'elle avait laissé une feuille de son album pour cela. J'ai dû faire la conversation pend[t] un temps infini et enrage. Ce soir je conduis Maugny jusqu'à Annemasse car il part. Réponse en q.q. mots à ta lettre.

1° pour le budget.

Permets-moi de te dire que ta manière de compter, pour exacte qu'elle soit, est bien peu instructive pour moi. Quand je paye deux cent francs d'une note antérieure une certaine semaine, cela ne veut pas dire que

1. Lettre dont la première page est une demi-feuille du papier portant le même filigrane que le papier du Splendide Hôtel d'Évian. Date évidemment du mercredi 4 octobre 1899 : de nouvelles allusions au départ de Maugny et à la rive suisse (*cf.* la lettre LXXVI ci-dessus) ; à la note de 40 francs (*cf.* la lettre LXXV ci-dessus) ; aux 250 francs gardés par M. de Ferrière, et au projet de retour par Zermatt ou Chamonix (*cf.* la lettre LXXVIII ci-dessus) ; au changement de temps et à la date de fermeture (*cf.* la lettre LXXVII ci-dessus).

la semaine où je l'ai payée j'ai dépensé $\frac{200}{7}$ = 28 francs et des centimes de plus par jour.

Il est vrai que cette somme n'en a pas moins été dépensée mais elle l'a été à un autre moment antérieur, ce qui prouve que je me suis perfectionné. D'ailleurs la seule *faute* commise a été cette note de 40 fr. qui était même plus forte [1]. Depuis ce moment j'achète moi-même la ouate et mets moi-même les dépêches. M. de Ferrière a encore 250 fr. à moi mais comme je n'ai plus que dix francs et qu'Annemasse et ce soir les Brancovan indispensables me coûteront plus de sorte que je vais entamer ces 250. Et si comme j'en ai l'intention je fais Zermatt, ou à Chamonix (inutile de me recommander d'éviter les imprudences n'ayant pas envie de faire d'ascencions [*sic*] !) il est probable qu'il me restera juste de quoi payer ma note et rien pour revenir si je reviens (et même pas, car j'ai encore pourboires Otto valet de chambre et Brancoch) ou aller si je vais en Italie, où naturellement je n'irais dans aucun Splendid et n'aurais pas d'allées et venues en voiture dans la campagne comme ici (voyage que je ne ferais que si tu l'approuves (à supposer qu'il soit possible) – . Quant à la rive Suisse je n'irai certainement pas et je vais te dire pourquoi.

1° Il ne me reste plus dans le voisinage que les Brancovan et Chevilly les derniers hommes de l'hôtel étant partis, et ne restant que ces 4 dames à fuir. De la rive Suisse la Villa Bassaraba et Thonon seraient impraticables.

2° La saison y commence. Non seulement ce serait la continuation de dépenses énormes mais ce

1. La note de produits pharmaceutiques mentionnée dans la lettre LXXV, ci-dessus.

serait la bousculade, l'impossibilité de dormir etc. Je ne dis pas que Lugano ou Venise ne seraient pas chers aussi, mais au moins il y a une compensation. Si mon coûteux séjour au Splendid avait été dans une ville d'Italie cela aurait eu sa compensation. – À Montreux à part le plaisir d'être entre les Poirson et les Baignères et l'intérêt d'apprendre à supposer que j'y soie bien, que tous les ans je pourrai venir me mêler aux Poirson et aux Baignères, te sentir à 2 heures de distance à Évian, et être hors de portée des Brancovan et de Maugny. C'est peu. Mais s'il y avait chance que j'y soie très bien on pourrait le risquer, avec toi ou un ami, dans une saison tranquille. Or il n'y a rien de tout cela. Et quant à la chance à courir elle me paraît faible. Le beau-frère de Mme Oulif qui est asthmatique avait beaucoup plus d'asthme à Vevey et de plus on dit que Montreux est si infesté de poitrinaires que c'est très malsain. Non si je brave de nouvelles dépenses (si tu l'approuves) la tristesse de la solitude, les fatigues du voyage seul, la mélancolie du dépaysement sans bras ami, je préfère au moins me dire : j'ai vu le lac de Côme, j'ai passé le St Gothard, j'ai vu Venise. – . À propos de Venise Constantin prétend que sanitairement c'est la meilleure saison. Est-ce vrai ? Pardon de te quitter mais je manquerais le train qui ne s'arrête plus maintenant aux bains d'Évian et qu'il faut aller chercher à la gare. Et je désire dire adieu à Maugny dont je regrette le départ. Peut'être dans quelques jours allons-nous nous revoir ma chère petite Maman. « Voici nos gens rejoints » est toujours une chose agréable. Si je le retarde c'est parce que je sais que mes retours sont toujours définitifs. La fatalité de la pluie qui nous noyait un jour sur deux semble écartée et une ère nouvelle de temps à peu près beaux et par moments vraiment ensoleillés semble ouverte. Mais ce qui ne sera pas ouvert c'est l'hôtel dont il faudra déguerpir vendredi ou samedi. Pour l'argent ne t'inquiète pas car je pourrais toujours en demander à Constantin. J'ai idée que tu auras la visite de Maugny qui te dira car c'est une âme naïve que si je ne prenais pas de médicaments j'irais très bien et que je vais bien mieux (ce n'est pas pour cette dernière chose que je dis qu'il est naïf). Cottet au contraire ne peut comprendre que je n'aie pas encore commandé de la philogyne et que j'en prends aussi infiniment peu. En cela je crois que j'ai raison. Mais il a aussi raison de trouver que je devrais m'en précautionner. Tu ferais bien de m'en faire envoyer tout de suite une bouteille que je n'entamerai probablement pas. Mais si dans un endroit quelconque j'avais une crise violente je pourrais être bien heureux de le trouver. Donc fais-le.

Je t'embrasse [de] tout mon cœur ou selon la formule

Mille tendres baisers

Marcel

LXXX

[Évian-les-Bains, le 14 ou le 15 ? août 1900] [1]

La première page manque.

en porter une pour toi au télégraphe pour te dire comme à Pichon de nous télégraphier en clair [2]. À ce moment l'employé me dit « N'êtes-vous pas Mad^e^ Proust ? » – Il y a une dépêche pour vous qu'on allait vous porter. Et il nous tend la dépêche du loup qu'on n'eût pas je crois portée de suite car elle n'était même pas pliée. De ce moment félicité parfaite et ton père qui une demi-heure avant n'était

1. Lettre datant d'un séjour des Proust à Évian-les-Bains, et qui précède de peu de jours la lettre LXXXI : *cf.* les allusions à Pichon, à Ployer, à Nisard et aux Duplay. L'allusion à l'« ambassadeur près du St. Siège Nisard » nous permet de fixer la date de la lettre entre le 23 décembre 1898 et le 22 mai 1904 (voir la note 2, p. 181). L'allusion à « l'ex-président du Conseil Dupuy » indique que la lettre fut écrite après le 22 juin 1899 (voir la note 1, p. 181). Elle daterait donc forcément de l'été de 1900, 1901, 1902 ou 1903. D'ailleurs, l'allusion à Pichon nous permet de dater cette lettre d'août 1900, et peu après le 8 de ce mois (voir la note 2 ci-après). C'est du reste à la même date du 8 août 1900 que *Le Figaro* signale la présence du Dr Proust à Évian. Et comme à deux reprises Mme Proust parle des événements de « dimanche » à Évian, sans dire « hier », elle doit écrire le mardi 14 ou le mercredi 15 août 1900.

2. Allusion à *Stéphen* Jean Marie Pichon (1857-1933), ministre plénipotentiaire et envoyé extraordinaire français à Pékin du 29 décembre 1897 au 18 mars 1901. L'été de 1900, la colonie européenne dans la capitale chinoise était assiégée et terrorisée par des hordes xénophobes et violentes, le ministre d'Allemagne assassiné, le pays environnant inondé, l'impératrice et l'empereur en fuite. D'après certains rapports exagérés, il ne restait plus un seul Européen en vie à Pékin. Pichon et les autres représentants des gouvernements étrangers restaient isolés depuis le 12 juin. *Le Figaro* du 8 août 1900 disait que ceux-ci n'avaient pu faire passer aucune dépêche chiffrée ou en clair. *Cf.* la lettre suivante, la note 2 p. 182.

pas plus confortable que moi s'écriait : « Qu'est-ce que je t'avais dit ? » etc.

De même mon chéri (ce qui me cause moins d'inquiétude) tu n'as pas inclus la carte de Newton Scott dont tu me parles – ceci pour me prémunir contre toute réclamation de ta part.

Qu'est-ce que Lenepveu comme compositeur : Dieu, table ou cuvette ? Je ne sais rien de lui – ma mémoire me dit vaguement Cantate – pour l'arrivée du Czar ? [1] – dis-m'en q.q. chose pour que si je me trouve auprès de lui – et c'est miracle que ce ne soit pas encore arrivé (Il fait partie du groupe Ployer, Silhol, Chauveau etc. –) je puisse dire Est-il rien de plus beau que vos… ? – – –

Nous ne sommes d'ailleurs avec ton père inféodés jusqu'ici à aucun groupe et formons avec les Duplay [2] – le parti républicain indépendant. Quelques poignées de main entre deux verres d'eau avec l'ex-bâtonnier [3] ou les autres, c'est tout. Dimanche un homme gros à nez rouge est venu « taper sur l'épaule » (expression de ton oncle de même que « très poli ») de ton père

1. *Charles* Ferdinand Lenepveu (1840-1910), grand prix de Rome en 1865, professeur au Conservatoire, membre de l'Académie des beaux-arts, ne semble pas avoir composé de la musique pour une visite du tsar. Paul Vidal composa une *Fête russe* à l'occasion du sacre du tsar Nicolas, représentée à l'Opéra, le 24 mai 1896 et reprise en l'honneur du tsar le 6 octobre 1896, jour où il arriva à Paris. Nicolas revint en France en septembre 1901, mais cette deuxième visite ayant un caractère plus strictement militaire, le tsar ne vint pas à Paris.

2. Le Dr *Simon* Emmanuel Duplay (1836-1924), chirurgien des hôpitaux, professeur à la faculté de médecine, membre de l'Académie de médecine.

3. Me Edmond Ployer (1842 ?-1916), antidreyfusard ami des Émile Straus, était ancien bâtonnier de l'ordre des avocats.

c'était l'ex-président du Conseil Dupuy [1]. Il repart aujourd'hui. L'Ambassadeur près du St. Siège Nisard est aussi très aimable mais très sourd [2]. Il n'entend rien de ce qu'on lui dit et comme il parle tout bas on n'entend rien non plus de ce qu'il dit. Nous avons Dimanche eu à dîner M. Salles qui est tout seul ici – pour le consoler de l'absence de sa femme et des affaires de son beau-père [3].
La fin manque.

LXXXI

Évian-les-Bains, le Jeudi

[16 août 1900] [4]

Mon chéri

J'ai reçu ce matin tes 2 lettres d'hier Mercredi toutes deux à 10 1/2. Tu as bien fait pour la dépêche

1. Charles Alexandre Dupuy (1851-1923), ancien professeur de philosophie, ancien député, sénateur de la Haute-Loire, avait été président du Conseil et ministre de l'Intérieur d'avril à décembre 1893 ; de mai 1894 à janvier 1895 ; et du 3 novembre 1898 au 22 juin 1899. Voir le *Larousse du XXe siècle*, t. II., p. 1006 ; le *Qui êtes-vous ?* de 1909-1910 ; et l'*Annuaire de la Presse* des années 1894 à 1900.

2. François Auguste *Armand* Nisard (1841-19 ?) fut ambassadeur près du Saint-Siège du 23 décembre 1898 au 22 mai 1904. Voir l'*Annuaire diplomatique* pour 1911, p. 414. *Le Figaro* du 8 août 1900 signale sa présence à Évian.

3. Il s'agit d'Adolphe Salles (1858- ?), ingénieur civil des mines, administrateur délégué des Établissements Eiffel, gendre de Gustave Eiffel, ingénieur qui avait créé la célèbre tour.

4. Lettre portant seulement la date du « Jeudi » et l'en-tête de la « Source Cachat/Établissement thermal d'Évian-les-Bains/Casino-Théâtre/Évian-les-Bains, le 190 ». Date évidemment du

officielle. Ton père dit seulement qu'à l'avenir tu ne les ouvres pas et donnes l'ordre de suivre, ce qui ne subira – n'ayant pas été ouvert – aucune difficulté.

J'ai oublié de te dire hier que je n'ai aucun Diderot actuellement au Cab. Lec. « Pardon j'ai confondu » il n'y a jamais eu ces de Mazeau. « C'est mal n'est-ce pas ? » Par contre l'autre dessaisisseur Cruppi [1] est à Villeneuve c. à d. sur le lac. Ployer est invisible il doit y avoir quelques aimants qui l'attirent au-dehors. M. Nisard dit que la dépêche de Pichon nous fait honneur puisqu'il se montre préoccupé des 3 000 Chrétiens etc. – avant de parler de lui-même [2].

jeudi 16 août 1900 : allusions à la dépêche de Pichon du 7 août 1900, et à la croix de la Légion d'honneur du Dr Maygrier, annoncée dans *Le Figaro* du 14 août 1900. *Cf.* la note 2 ci-dessous, et la note 1, p. 183.

1. Allusion à la loi de dessaisissement, qui modifia la procédure de révision des procès criminels devant la Cour de cassation. Cette loi, votée en 1899, fut considérée comme un « soufflet à la magistrature républicaine » ; Jean Cruppi (1855-1933), député et futur ministre, apparenté par sa femme, née Louise Crémieux, à Mme Proust, fut membre de la commission chargée d'examiner le projet de la loi de dessaisissement. Cruppi, au lieu de prendre la défense des juges outragés, fut l'un des deux seuls membres de la commission à ne pas rejeter le projet de la loi. Mme Proust fait un jeu de mots ici en parlant de « ces de Mazeau », allusion à Charles Mazeau, premier président de la Cour de cassation et sénateur, qui vota pour la loi de dessaisissement. (Voir J. Reinach, *Histoire de l'affaire Dreyfus*, t. IV, p. 540, t. V, p. 31 ; et *L'Année politique, passim.*)

2. Il s'agit de la première dépêche qu'ait pu faire passer le ministre Pichon à son gouvernement depuis la réclusion forcée de la légation française à Pékin. *Le Figaro* du vendredi 10 août 1900 la reproduisit en entier sous la rubrique : « Les Affaires de Chine ; Une Dépêche de M. Pichon. » Ce télégramme disait en partie : « Je dois vous informer que nous ne pouvons nous éloigner de Pékin que si les forces étrangères viennent nous chercher. Ces forces devraient être en nombre suffisant pour assurer la sécurité d'un convoi de 800 étrangers, dont 200 femmes ou enfants et 50 blessés, et de plus de 3 000 chrétiens

Ton père va on ne peut mieux – les soirs où nous n'allons pas au théâtre nous jouons au domino avec les Duplay qui s'amusent beaucoup de son feu, et de sa joie quand il gagne. Maygrier l'accoucheur est décoré et Georges m'écrit : « Enfin voilà après 8 ans et 1/2 Maygrier justement récompensé pour m'avoir donné une fille [1]. (Laquelle fille m'a écrit 4 lignes rudimentaires en anglais et Amélie ajoute : « C'est la première lettre qu'elle écrit en anglais aussi elle désire ardemment une réponse qu'elle n'ose réclamer [2] !... »

As-tu mon chéri fait le nécessaire pour Madame Higginson ?

Mille tendres baisers

J. P.

LXXXII

[Évian-les-Bains, le vendredi 17 août 1900] [3]

Mon chéri

Ta maman – utilisation en grand – prend un bain tous les 2 jours. Ce matin je l'ai pris à 9 hs et avant

indigènes que nous ne pouvons abandonner au massacre... J'espère que mon télégramme chiffré n° 1, du 3 août, vous a été transmis. » *Cf.* la note 2, p. 179.

1. Il s'agit du Dr Charles Maygrier (1859- ?), accoucheur des hôpitaux de Paris. *Le Figaro* des 14 et 15 août 1900 le mentionne parmi les nouvelles nominations à la Légion d'honneur. À propos de la fille de Georges Weil, *cf.* la lettre XXVIII ci-dessus, la note 2, p. 63.

2. La parenthèse n'est pas fermée.

3. Lettre sur papier à l'en-tête de la Source Cachat, Établissement thermal d'Évian-les-Bains, semblable à celui de la lettre LXXXI. Doit suivre celle-ci à un jour d'intervalle (*cf.* la nouvelle allusion aux « deux

j'ai bu à la source – J'en sors 10 hs – et ai bu un second verre – et enfin je m'assieds à une des tables où sont papier encre etc. – (3e utilisation) et en écrivant à mon fils le 2e verre va avoir le temps de faire place à un 3e. J'ai fait lire ce matin à M. Cottet ton dernier « Fromentin » sur les œuvres de son frère – ; en même temps que ton père appelait toute son attention sur les ombres et les clairs de son urine. Il y a eu toute la nuit – (peut-être suite du retour de la fête pour la Chine) [1] un tapage spécial ; mais en réalité, il y a un bruit extrême toujours et je ne vois pas quand arrivera le moment où tu pourrais y reposer deux heures. Les Cottin attendent paraît-il pour arriver que leur appartement soit libéré par les Weisweil. Or ces derniers retardent chaque jour (Léopold lui est parti hier), on avait dit Lundi, on dit maintenant Mardi ou Mercredi. M. Salles dit qu'à Genève – Territet etc – il y a aussi un encombrement énorme. Nous avons échangé hier soir deux mots avec l'ex-bâtonnier que je n'avais pas vu depuis longtemps – cela a été trop rapide pour l'interviewer sur les Célestin [2]. L'élément sémite est ici représenté outre les Weisw. par les Paul Helbronner [3], les Mayer (Elle va partir ailleurs lui restera) et les Levylier dont paraît-il nous sommes affligés depuis hier soir sans

lettres de mercredi » arrivées le lendemain matin) ; elle doit précéder la lettre LXXXIII, que nous datons du 21 août 1900 (voir la note 2, ci-dessous).

1. Voir ci-dessus, note 2, p. 179, à propos des événements de Chine.

2. Il s'agit de Me Ployer. *Cf.* la lettre LXXXIII ci-après : « J'ai interviewé hier M. Ployer sur Vichy… »

3. *Le Figaro* du 11 août 1900 signale la présence de M. Paul Helbronner à Évian.

que je les aie encore rencontrés. Le temps de défaire les malles mais après !

Mille tendres baisers cher petit

Sans signature

Au crayon

11 hs rien de toi ce matin cela s'explique tout seul tes lettres de mercredi étant parties à 5 1/2 du soir sont arrivées le lendemain matin – tandis que sans doute tu as écrit hier Jeudi le soir cela viendra demain matin à 8 hs c'est sans aucune importance.

LXXXIII

[Évian-les-Bains] Mardi matin 9 hs [21 août 1900] [1]

Mon chéri

J'ai reçu hier ton télégr et j'espère que quand tu n'écris pas c'est que tu fais des expéditions intéressantes ou agréables, ou hygiéniques.

Nous sommes allés hier soir à 2 actes de « Catherine » de Lavedan, cela m'a semblé bien mauvais (et la théorie n'en justifie pas son mariage à lui) [2].

As-tu vu nos honneurs dans la personne de Pontremoli ayant un Grand Prix [3] ? Alice va pouvoir répandre ses lettres et dépêches sur tous les membres de la famille.

1. Lettre portant seulement la date du « Mardi matin » ; datée du mardi 21 août 1900, par les allusions au grand prix de Pontremoli et à la décoration de Devin (voir les notes 3, ci-dessous, et 1, p. 186).

2. *Catherine*, comédie en 4 actes de Henri Lavedan, représentée pour la première fois à la Comédie-Française le 24 janvier 1898.

3. Emmanuel Pontremoli (1865-1956), architecte français, grand prix de Rome en 1890, grand prix d'architecture à l'Exposition de 1900. Ce dernier prix fut annoncé dans *Le Figaro* du 17 août 1900.

Il doit y avoir q.q. mère ou grand-tante Pontremoli ignorée des siens qu'elle découvrira pour la circonstance. J'ai interviewé hier M. Ployer sur Vichy, il a nommé ses auteurs : l'un est l'illustre « Alfred Martin » et l'autre un ingénieur qu'il a nommé à ton père. Il m'a dit avec un fin sourire : « Vous savez que Madame Lemaire va habiter la maison de J. Blanche ? » « Eh bien le propriétaire ira-t-il voir sa locataire ? » « Je ne sais mais dans ce désir il fait toutes les concessions possibles. » On a parlé et plaisanté décorations – sujet brûlant – car il devait y prétendre comme ancien bâtonnier et celle de Devin a dû lui être désagréable [1]. Je t'embrasse mille fois cher petit et te re-embrasserai à 11 hs parce que j'attends l'arrivée du courrier (11 hs) pour fermer cette lettre.

11 hrs. Je reçois ta lettre mon chéri. Je crois que pour Évian tu gagneras à attendre. Ce n'est pas que notre hôtel soit *brillant* mais il est comble et *bru*yant par suite. D'ailleurs tu n'y arriveras vraisemblablement pas trop tard pour ton père qui prolongera sans doute sa saison. Quant à moi au contraire vu les préoccupations locatives je l'abrégerai et nous ne ferions que nous croiser. D'ailleurs je te développerai nos plans demain comptant recevoir demain matin une lettre de la Compagnie qui me tient en suspens [2]

Mille tendresses cher petit

Sans signature

1. Me *Charles* Léon Devin (1843-19 ?), avocat à la cour d'appel de Paris, membre du Conseil de l'ordre, fut bâtonnier de l'ordre des avocats à la cour de 1899 à 1901. Sa nomination à la Légion d'honneur est annoncée dans *Le Figaro* du 8 août 1900 ; *cf.* le *Qui êtes-vous ?* de 1909-1910.

2. Allusion au prochain déménagement de la famille Proust, qui devait quitter l'appartement du 9, boulevard Malesherbes, pour habiter le 45, rue de Courcelles. *Cf.* la *Correspondance générale*, tome I, p. III.

LXXXIV

Madame

Ma chère petite Maman

Une crise d'asthme *d'une violence et d'une ténacité incroyable* voilà le triste bilan de ma nuit qu'elle m'a obligé à passer debout malgré l'heure où je m'étais levé tantôt. Dieu sait la journée que je passerai ! Du moins prenant maintenant vers 7 heures du café au lait bouillant je te prie qu'on n'ouvre rien avant 9 heures 1/2 dix heures car ce serait terrible.

Il y a dans ma chambre je ne sais quelle poussière et de plus une odeur laissée sans doute par le coiffeur qui ne sont pour rien dans cette terrible crise mais qui la ravivent chaque fois que je veux rentrer dans ma chambre. J'ai du moins été distrait par le si intéressant Lenôtre du *Temps*.

Mille tendres baisers

Marcel

P. S. Je tiendrais énormément à avoir aujourd'hui beaucoup de lait de La Ronce.

– Hélas cela continue

7 1/2 je vais seulement prendre mon lait. Donc pas avant 10 h, 10 h 1/2. Avant même le lait par l'excès de la crise ininterrompue j'ai aussi chaud que si j'avais couru pendant 10 heures

[*En travers de la page :*]

Tu peux rester un instant *devant* moi il me semble que cela me fait moins étouffer. Je suis dans un état terrible.

LXXXV

[Paris, 26 août 1901][1]

Ma chère petite Maman

Aujourd'hui je vais *très bien* et regrette de t'écrire si sommairement. Je te réponds à tes diverses questions. Pour la cuisine je n'ai jamais si bien déjeuné que depuis qu'Arthur et Marie s'en occupent. À mon p^t^ de vue l'envoi d'une cuisinière serait donc superflu ou nuisible. J'ai tous les jours un beefstaek [*sic*] où tout est à manger, et qui est immense, des plats de pommes de terre frites, gruyère, fromage à la crème, pèches et bière (le cidre n'était plus buvable). Seulement ne fais pas faire trop de « devants » à Marie parce qu'elle ne pourrait pas faire quoi que ce soit pour moi et Arthur n'y suffirait pas d'autant plus qu'une partie de son temps est occupé à tuer les moustiques qui avaient envahi ma chambre et m'ôtaient tout sommeil. – . Question oppression. Av^t^-hier matin je m'étais senti très bien, un tricot humide avait arrêté cet essor et néanmoins j'avais profité pour aller à la fin de l'après-midi voir les Nathan à Versailles. À mon arrivée à Versailles j'ai été pris d'une crise d'asthme épouvantable, à ne savoir où m'abriter, où me fourrer. Depuis ce moment je reste en crise (je n'ai plus eu de crises mais je veux dire

Sans signature

La lettre continue dans la carte poste suivante
La suite manque.

1. Date du cachet postal. Cette carte-lettre est adressée : « Mme Proust/Hôtel du Mont Corvin/Zermatt Suisse. » Le nom de l'hôtel est barré, avec l'indication au crayon : « H. Zermatt. » Au dos, le cachet postal à l'arrivée : « Zermatt 27. VIII. OI. – 8. »

LXXXVI

[Paris, 30 août 1901] [1]

Le commencement manque.

payer tous les jours des suppléments de lettres et cartes que tu affranchis insuffisamment. Tu dois déjà savoir que la broche était déjà partie, toutes les lettres envois etc. se croisant d'une manière désespérante. J'ai reçu un mot de Félicie qui exprime si faiblement ses sentiments que cela la dessert d'écrire. En revanche lettre remarquable et déjà ancienne d'Eugénie. Je devais aller aujourd'hui à Mantes et peut'être Caen avec de Billy mais devant ma mauvaise nuit je lui ai envoyé un petit bleu que non. Je n'ai plus d'oppression du tout. Je crois que cela aura été absolument accidentel. T'ai-je dit que la petite France épousait un officier d'ordonnance du Gal André [2], et que Mlle Hécart (Fould) épousait un Mr Trisker qu'elle avait refusé avant celui dont elle a divorcé. Serruriers et Arthur font trop de poussière pour mon goût. Mais je ne puis rien dire. Demande à Dick si trop de viande rouge pourrait être cause de mon oppression.

Mille tendres baisers

Sans signature

1. Date du cachet postal. Carte-lettre adressée : « Madame Proust Hôtel de Zermatt/Zermatt Suisse. » Au dos, cachet postal à l'arrivée : « Zermatt/31. VIII OI. – 7. »

2. *Cf.* ci-dessus, lettre LXXVII, note 2, p. 173.

LXXXVII

Samedi [soir 31 août 1901] [1]

Ma chère petite Maman

« Misère des misères ou mystère des mystères ? » C'est le titre d'un chapitre de Dumas qui pourrait s'appliquer à moi en ce moment. Hier après t'avoir écrit j'ai été pris d'asthme et coulage sans interruption m'obligeant à marcher en deux, à allumer des cigarettes à chaque bureau de tabac etc. Et ce qui est pire, je me suis couché bien à minuit, après de longs fumages, et trois ou quatre heures après la vraie crise d'été, fait unique pour moi. Cela ne m'est jamais arrivé en dehors de mes crises. – . La journée d'aujourd'hui a été beaucoup meilleure au p[t] de vue de l'asthme. Cela recommence un tout petit peu ce soir (il est 7 heures 1/2) mais à peine, je n'ai même pas besoin de fumer. Si cela se renouvelait ces nuits-ci je serais momentanément obligé de renoncer à mes heures, parce que ma crise se trouve avoir lieu en pleine nuit, sans personne pour allumer mon bougeoir, me faire q.q. chose de chaud après. Ce n'est plus Pékin qui est le vrai mais Fashoda, et Marchand obligé de quitter

1. Lettre écrite sur le même papier que celle du 8 septembre 1901 ; porte seulement la date du « Samedi » ; date du samedi soir 31 août 1901. Écrite entre le 13 août et le 10 septembre 1901 (*cf.* la note 2, p. 193), elle précède de peu la lettre LXXXVIII, que nous datons du dimanche 8 septembre 1901 : *cf.* les allusions au chauffeur Roche et aux helminthes. Elle est forcément antérieure au jeudi 5 septembre, car Proust demande de l'argent, disant qu'il lui en reste encore ; tandis que dans la lettre du dimanche 8, il dira que son argent avait duré « jusqu'à jeudi (clôturant les 3 semaines) », et il dit avoir reçu l'argent qu'il avait demandé dans la lettre LXXXVII.

contre son gré la position prise[1]. Mais je pense que cette hypothèse ne se réalisera pas et que je vais repasser des bonnes nuits. Bien entendu ce n'est pas à ma nouvelle vie que j'attribue ces incompréhensibles accès. Ils doivent avoir une cause précise mais que j'ignore. Ce n'est pas le bois car après 8 jours j'y avais renoncé et ne faisais avec Roche[2] que des courses. Je me suis demandé si sa voiture avait une odeur q.q. conque mais comme demain est le dernier jour où je l'ai je verrai bien. Marie se demandait si le safran dont elle se sert pour tes devants etc mais je ne le crois pas. Je m'étais demandé sur une page de Brissaud si comme M. Homais je n'avais pas d'helminthes[3]. Et j'ai voulu demander conseil à Bize. Mais il n'a pas répondu au téléphone. Du reste je suis bien ce soir. Tout cela ne m'a pas empêché de faire vers 2 heures 1/2 un repas composé de 2 tournedos dont je n'ai pas laissé une miette, d'un *plat* de pommes de terre frites (à peu près 20 fois ce que Félicie faisait), d'un fromage à la crème, d'un fromage de gruyère, de 2 croissants, d'une bouteille de bière pousset[4] (je ne pense pas que la bière puisse donner de l'albumine ?).

1. Analogie tirée d'événements récents. En 1900, les Français avaient pu résister aux attaques des indigènes contre la colonie européenne à Pékin ; en 1898, les forces françaises à Fachoda commandées par le commandant Marchand avaient reçu l'ordre de se retirer. *Cf.* ci-dessus, lettre LXXX, note 2, p. 179.

2. Cocher.

3. Il est question ici de *L'Hygiène des asthmatiques* d'Édouard Brissaud (Paris, Masson, 1896), p. 188-190, « Asthme vermineux. » Dans la lettre suivante, Proust y revient au sujet du traitement prescrit par Brissaud. Mais le passage cité du livre traite plus particulièrement d'asthme infantile.

4. Le café-brasserie F. Pousset était célèbre pour sa bière.

Je voulais rester à la maison après à me reposer. Mais la Pcesse de Polignac m'avait fait demander d'aller la voir à 6 h 1/2 et comme je n'étais pas rasé je suis sorti vers 5 heures pour ne pas être bousculé. Elle m'a fait penser rétrospectivement à la fatigue que tu prenais ma pauvre petite Maman à Auteuil la nuit près de moi en me racontant les nuits qu'elle passait près de son mari où ils causaient de Mark Twain à 3 heures du matin [1]. Elle avait voulu faire venir une garde anglaise pour le soigner mais elle l'agaçait tellement qu'il la renvoyait tout le temps, de sorte qu'elle avait dû la remplacer par elle-même. Comme il trouvait t[tes] les anglaises pareilles il lui disait quand il voyait la garde avec son petit col blanc etc. « Je n'ai rien à dire à la Pcesse de Galles à trois heures du matin. » Elle m'a dit que quand elle l'avait épousé, tous ceux de ses parents à lui qu'il appelait « les gros rouges » tous ceux qui ne pouvaient pas le comprendre lui avaient dit qu'elle épousait un maniaque insupportable. – et qu'elle n'avait au contraire jamais vu quelqu'un de si facile à vivre, parce qu'il craignait tant de déranger. Aussi son sans-gêne américain à elle le gênait. Pendant sa maladie comme il avait retenu des chambres à Amsterdam (parce que q[d] il avait été dans un hôtel il notait les n[os] des chambres et leur exposition pour être sûr d'avoir les mêmes) elle lui a dit : il faut que je télégraphie à Amsterdam pour dire que vous ne prendrez pas les chambres. Alors

1. Le prince *Edmond* Melchior Jean Marie de Polignac (1834-1901) venait de mourir le 9 août. La princesse de Polignac, étant américaine, connaissait bien l'œuvre de l'écrivain humoristique Mark Twain.

il lui avait dit « c'est cela, vous voulez me donner l'air d'un sauteur. Ils croiront que je n'avais pas l'intention de prendre ces chambres » et il s'était éreinté à écrire huit pages au Directeur de l'Hôtel. – . Ma faible oppression se passe entièrement au cours de cette conversation avec toi ma chère petite Maman, dont j'éprouvais un tendre besoin. Je vais avoir une bonne nuit et villégiaturerai peut'être les premiers jours de la semaine ici ou là. Donne-moi des renseignements sur le degré de plein ou de vide, de l'hôtel. Repasseras-tu q.q. jours à Évian (Mme de Chimay va y revenir m'a dit Mme de Polignac). J'ai trouvé la lettre de Maugny idiote et le parfait modèle de la lettre à ne pas écrire. Je pense que c'est plutôt par Mme Paraf que par la renommée que M. Richelot a su mon prénom [1]. Dis-moi si André Michel a fait un second Amiens [2]. J'ai vu passer M. Barrère qui ne ressemble pas à St François

1. Il s'agit d'un collègue du Dr Proust, Louis Gustave Richelot (1844-1924), professeur à la faculté de médecine, membre de l'Académie de médecine, chirurgien des hôpitaux.

2. André Michel fit paraître dans le *Journal des débats* des 13 août et 10 septembre 1901 deux causeries artistiques sur « la cathédrale d'Amiens ». Marcel Proust s'y intéressait particulièrement puisqu'il avait fait paraître lui-même à ce sujet un article dans le *Mercure de France* d'avril 1900. Il est possible que Proust ait signalé lui-même à André Michel cette publication antérieure. De toute façon, ce dernier y fit effectivement allusion dans sa causerie parue le 10 septembre, mais d'une façon ironique, citant en note l'article de Proust à propos de « ceux qui vont à Amiens moins pour admirer ou étudier la cathédrale que pour accomplir dévotement un pèlerinage ruskinien ». Le critique semble ici faire allusion à l'article de Proust publié sous ce même titre et paru au *Figaro* lors de la mort de Ruskin, article qu'il a dû lire inattentivement. Mais Ruskin lui-même est malmené, puisqu'il est qualifié par André Michel de « bon Baedeker mystique ».

d'Assise[1]. Remercie Dick de sa tendresse qui lui était rendue par anticipation

Mille tendres baisers

Marcel

Tu devrais m'envoyer de l'argent (bien que j'en aie encore) pour si je m'absentais. J'aurai dépensé à peu près 200 fr. en 3 semaines. Je sais que tu m'en avais laissé 300 mais tu sais que j'avais 40 fr de pris d'avance, puis 40 fr à Félicie et un louis dans leurs divers théâtres que je t'expliquerai.

N'accuse pas la constipation de cette fièvre des foins car l'oppression ou toute autre cause fait que depuis q.q. jours je suis au contraire dérangé. Quant au lait je n'en prends presque plus jamais et d'ailleurs en prenais moins de t^tes façons qu'avant, n'ayant plus les cafés au lait ni le potage. J'en prends un peu froid.

LXXXVIII

Dimanche 5 heures

[8 septembre 1901][2]

Ma chère petite Maman,

Ce n'est pas de ne pas penser à toi qui me fait si peu écrire, ni de ne pas chérir les moments où je suis seul avec toi, en t'écrivant. Mais étant toujours en crise,

1. Pierre Eugène *Camille* Barrère (1851-1925), diplomate qui se plaignit plus tard d'avoir été le modèle du marquis de Norpois. Il fut ambassadeur au Quirinal de 1897 à 1925.

2. Lettre portant seulement la date du « Dimanche 5 heures » ; datée par l'allusion à l'article de Filon sur Compiègne (voir la note 2, p. 197).

je préfère donner à mes plaintes des confidents plus indifférents. En ce moment je suis très bien. Je viens de déjeuner et le déjeuner est mon délicieux moment. Il ne tarde pas à être suivi d'une faible tendance à l'oppression mais aujourd'hui au contraire commencé avec un peu d'oppression il paraît l'avoir chassée. Je t'ai télégraphié d'Amiens, m'y étant arrêté pour déjeuner mais en réalité j'étais allé à Abbeville jusqu'où m'a accompagné Yeatman qui allait à Boulogne et qui au lieu d'aller déjeuner à Boulogne comme y comptait sa femme a très gentiment passé son après-midi avec moi jusqu'à 5 heures où il a repris le train de Boulogne. Je suis rentré seul à Abbeville où j'ai un peu travaillé devant l'église. À six heures et demi j'ai repris le train pour Amiens où j'ai dîné au buffet de la gare. Et ayant découvert qu'un rapide passait à 9 heures à une station voisine d'Amiens appelée Longueau j'ai pris à 8 heures 1/2 un train pour Longueau où j'ai cueilli le rapide, ce qui m'a mis à Paris à dix heures trente au lieu de près de minuit. Et j'ai pris de là un funeste gare de l'Est Trocadéro. (Je m'aperçois que le papier sur lequel je t'écris a été préalablement tâché, pardon). La première partie de cette expédition a été insupportable parce que j'étais très souffrant. Mais la 2e a été très agréable. Je n'étais plus trop mal et j'étais content de voir les mines encore intactes de l'été autour de moi. Seulement depuis je n'ai pas eu la bonne nuit qui eut réparé cette fatigue et il en résulte que de l'enbompoint [*sic*] que je désirais tellement te montrer, que la nuit je rêve que je le retiens comme une balle, il ne reste plus grand-chose. Mais ce qui est plus important et me ravit c'est que le tien doit fondre à vue d'œil. Tu ne me le dis pas, mais ta marche de dix heures m'a stupéfié et enchanté. Jusque-là tes renseignements étaient si vagues que je me figurais que tu faisais 1/2 heure de marche autour de l'hôtel. Dick est vraiment une perle morale autant qu'intellectuelle et physique. J'ai reçu le chèque de 400 fr. au moment où je partais pour Amiens et j'en ai accusé immédiatement réception à Papa. À ce propos quelques comptes. De peur d'être pris de court bien que mon argent ait duré jusqu'à jeudi (clôturant les 3 semaines) comme je l'avais prévu j'avais mardi fait demander 100 fr. à Nathan et remets 100 fr. à Arthur comme tu me l'as dit. Il me resterait donc 200 fr. [1] Mais ma journée d'Amiens-Abbeville, y compris le déjeuner pour Yeatman et pour moi, le dîner pour moi m'a coûté 7-0 et je redevais à Arthur sur places de théâtre etc. presque une trentaine de francs de sorte qu'avec les dépenses de ces jours-ci il me reste seulement 150 francs. (places de théâtre signifie *Tour du Monde* et *Guillaume Tell* je pense que je t'ai parlé de cela) [2]. T'ai-je aussi dit que M. Borrel était venu pour voir Papa. En tous cas je ne crois pas t'avoir dit (je ne t'ai pas je crois écrit depuis qu'un pharmacien du nom de Boucher avait écrit à Papa en regrettant son absence car il serait venu le remercier d'avoir tâché de le faire nommer délégué à je ne sais quelle commission d'Assistance publique. Je n'ai plus Roche depuis Mercredi. Et il n'y a pas une seule voiture fermée dehors. Gélon [3] a mis une heure

1. Marcel oublie de compter les 100 francs qu'il a reçus de Nathan.

2. *Le Tour du monde en 80 jours* d'A. Dennery et Jules Verne, repris au théâtre du Châtelet le 1er mai 1901, eut 146 représentations en 1901. *Guillaume Tell*, opéra de Rossini, eut 8 représentations à l'Opéra en 1901. Proust a dû assister à celle du 12 ou à celle du 21 août. Voir l'*Almanach des spectacles* d'A. Soubies, 1901.

3. Concierge du 45, rue de Courcelles.

un quart à m'en trouver une le matin d'Amiens. Il n'y a plus de vent je ne l'accuse donc plus. Mais sa disparition a marqué autant que je puis me reconnaître au milieu de tant de causes apparentes et de coïncidences possibles une cessation d'oppression. Et maintenant elle a peut'être pour cause la fatigue d'Amiens qui a été extrême et les mauvaises nuits, le peu de lit etc etc (pour continuer mes déjeuners d'ailleurs retardés étant donné mes mauvaises nuits je suis obligé de beaucoup réduire le temps de lit). Dis à Robert que pour diverses raisons (je ne veux pas me fatiguer à trop écrire) je me demande si mon asthme ne viendrait pas de vers. Et si je ne devrais pas à tout hasard essayer q.q. chose. Brissaud conseille (dans son livre) les lavements de mercure mais je ne voudrais pas faire cela tout seul. Mais si Robert croit que c'est possible, qu'il fasse un choix entre calomel, lavements d'eau sucrée ou glycérinée et dans ce cas m'envoie une dépêche. S'il croit qu'il n'y a aucune chance pour que j'aie des vers (pardon de tant d'inélégance) qu'il ne me télégraphie pas. Je n'écris pas plus longuement pour ne pas avoir trop chaud (bien que je transpire infiniment moins). Je t'enverrai un Filon qui me semble sympathique sur Compiègne [1].

Mille tendres baisers

Marcel

Mon oppression ne vient toujours pas.

Tu me demandes si j'ai des projets. Oui si je suis bien ! En tous cas Illiers ces jours-ci.

1. « Souvenirs de Compiègne », d'Augustin Filon, parus dans le *Journal des débats* du samedi 7 septembre 1901.

Je rouvre ma lettre parce que je crains que tu ne t'imagines que j'ai mes crises aussi fortes qu'en juin. Pas le moins du monde et d'ailleurs depuis q.q. jours c'est mieux. Je ne me relève plus la nuit. Je suis seulement incommodé. Quant à aujourd'hui depuis déjeuner je n'ai plus rien et voilà déjà assez longtemps. Il est 7 heures (je t'avais écrit vers 5)

LXXXIX

Ma chère petite Maman

De minuit à minuit 1/4 j'ai fait la faction devant ta porte, entendant Papa se moucher mais non lire le journal de sorte que je n'ai pas osé entrer.

Tu serais bien gentille demain matin de me traduire sur des feuilles du format que tu trouveras (plutôt grand) sans écrire au dos, sans laisser aucun blanc, en serrant ce que je t'ai montré des *Sept Lampes*[1]. – – – – – – . Et d'autre part tu me rendrais également service en copiant la page ci-jointe entourée de crayon bleu. (j'avais commencé à entourer de crayon bleu le dos mais cela ne compte pas.) Tu commenceras au 1er mot qui est à notre pensée, finiras au dernier (qui est : pour te rechercher, pour), sans t'occuper que le sens soit interrompu, ne copie rien de ce qui est au dos. Mais garde-moi non seulement ta copie, mais la page ci-jointe dont je me servirai.

1. Marcel Proust lut pour la première fois en octobre 1899 le fragment des *Sept Lampes de l'architecture* de Ruskin, paru dans la *Revue générale* d'octobre 1895, fragment traduit de l'anglais par Olivier Georges Destree. Voir la lettre I à Pierre de Chevilly. *Correspondance générale*, t. V, p. 129-131.

Il me semble que je vais mieux et en tous cas fume infiniment moins. Je me couche vite sans rien prendre. C'est moi qui ai débouché l'eau de Vichy

Mille tendres baisers

Marcel

Si par hasard tu n'avais pas le temps de copier cette page veux-tu envoyer une carte télégr fermée à François d'Oncieu 28 Avenue Friedland lui demandant de ne pas manquer de venir me voir car j'aurais un petit travail à lui donner.

XC

Madame

[vers le printemps 1902 ?] [1]

Ma chère petite Maman

Fais la fin de la *Bible* comme tu sais et au net. Au contraire les prophètes et les mois de l'année en brouillon.

Mais ne t'occupe pas de la 1re page de torts [?] que tu devais recopier. Nous ferons cela ensemble car je

1. La date de cette lettre est incertaine. Il y est question de la traduction de *La Bible d'Amiens* de Ruskin, dont une partie importante parut d'abord dans *La Renaissance latine* du 15 février et du 15 mars 1903. Vers la fin de juin 1902, Proust écrit, dans la lettre III à Mme de Noailles, qu'il fait depuis plusieurs mois de nombreuses recherches dans la Bible pour se documenter en vue de sa traduction de *La Bible d'Amiens* (*Correspondance générale*, tome II, p. 39-40). La lettre en question ici daterait donc peut-être du printemps de 1902. *Cf.* la note 1, p. 200.

ferai des changements. Je te mets tes feuilles près de mon mot. Je laisse tout au salon excepté mon manuscrit copié que j'emporte chez moi pour que les pages ne puissent plus être déplacées.

Un mélange de l'air de chez Mme Lemaire où je suis allé [1], de l'odeur de peinture d'ici, du temps, d'aucune pièce pour fumer, m'a mis en dispositions peu favorables pour la respiration et je circule plus que je ne voudrais (sans souffrir du tout d'ailleurs). Aussi je n'ai rien fait de bon ce soir comme travail de sorte qu'il me reste pour demain ce qui m'exaspère. Je vais très bien à part cela. Si tu trouves dans ton cabinet de toilette le mot de Cari Dreyfus garde-le-moi car je ne l'ai pas lu. T'ayant sorti tes feuilles, ton livre et ton dictionnaire, tu ferais aussi bien de ne pas toucher au fouillis du salon ou de chez Robert, il n'y a pas d'avantage

Mille tendres baisers

Marcel

Pour les prophètes le mieux serait de rapprocher les sujets (2e énumération je crois car c'est fait en deux fois il me semble) des versets qui doit être la 1re version.

1. La dernière réception chez Mme Madeleine Lemaire en 1902 eut lieu le mardi 24 juin, d'après *Le Figaro* du 26 juin 1902.

XCI

Jeudi 4 heures de l'après-midi

[14 août 1902] [1]

Ma chère petite Maman

Tu n'auras aujourd'hui qu'un petit mot. Voici jusqu'ici ce qui s'est passé. J'étais sorti tu te souviens lundi soir ; je suis malgré cela resorti mardi soir, mercredi soir, sans l'ombre d'asthme. Mais cette nuit par suite de trop de feu, j'ai dû ouvrir etc, un infime soupçon d'oppression. *Rien*. Mais enfin je me suis promené et je me suis mis au lit seulement à dix heures du matin (la course sera expliquée dans la prochaine lettre). Mais au moment où je m'y mettais j'ai senti que mon agitation morale était vraiment trop forte et bien que n'ayant pas dormi je me suis habillé, j'ai téléphoné à Vaquez [2] (d'abord à Bize qui ne pouvait pas me recevoir) qui me recevra tout à l'heure. J'ai été déjeuner avec Constantin (Brancovan), Bibesco et un conseiller d'ambassade appelé Descos [3]. Je suis assez abandonné, Fénelon n'ayant pas tenu compte de tes recommandations *(mais surtout ne reviens pas à la*

1. Lettre portant la suscription « Jeudi », et datée par l'allusion à l'article du *Figaro* au sujet du Dr Garnault : voir la note 1, p. 202.

2. Le Dr *Henri* Louis Vaquez (1860-1936), professeur agrégé de clinique thérapeutique à la faculté de médecine de Paris, médecin des hôpitaux, spécialiste en pathologie cardiaque. *Larousse du XXe siècle*, t. VI, p. 911.

3. Léon Eugène Aubin Coullard-Descos (1863- ?), 1er secrétaire d'ambassade depuis quatre ans à Bucarest, où il aura rencontré Brancovan et Bibesco. Il venait d'être rappelé à Paris pour être envoyé à son nouveau poste à Tanger (12 août 1902). *Annuaire diplomatique* pour 1907-1908, t. XXVII, p. 187.

charge, il n'y a plus quoi que ce soit à dire) et Bibesco ayant été pris tous ces soirs-ci par le cumul du cabotinage et de l'amour. J'ai jusqu'ici très bien supporté ma journée dehors. Et pas d'asthme avec ces sorties coup sur coup ! Mais mon pouls par exemple complètement redétraqué depuis mardi. – . Je te donne tous ces détails complaisants et pessimistes pour te donner le sentiment de l'*exactitude*. S'il n'y avait pas les ennuis moraux cela marcherait, mais cela m'empêche de rester couché. Je ne vois vraiment pas que je pourrais aller avec toi quelque part. Il n'y a qu'une chose qui amortit, c'est le monde, et c'est encore à Paris qu'il y a ce qui y ressemble le plus, bien qu'il n'y ait plus personne. Fénelon doit me mener demain voir sa maison de Neuilly. Sauf ce matin j'ai pris jusqu'ici mes repas à la maison. Tu as eu tort de demander que je dîne à 7 heures 1/2. Parce que plus je me lève tard, plus ma soirée est courte et plus ma sortie quotidienne est sans inconvénient, au p^t de vue fatigue et asthme. D'ailleurs ces deux soirs-ci (mardi et mercredi) je n'ai dîné qu'à 9 heures moins 1/4. Aujourd'hui je ne dînerai pas, ayant déjeuné. As-tu lu dans le *Figaro* ce que Doyen a dit du docteur Garnault [1] ! – .

1. Il s'agit d'une interview de *La Presse*, citée sous la rubrique « Journaux et revues : l'Opinion du Dr Doyen », dans *Le Figaro* du mardi 12 août 1902. Le jeune Dr Paul Garnault s'était attiré l'attention du public, depuis le congrès de Londres de 1901, en s'offrant d'abord à être inoculé de tuberculose pour démontrer la validité de la théorie de Koch, d'après laquelle la tuberculose bovine ne serait pas transmissible par le lait aux enfants. Le professeur allemand ayant refusé d'inoculer Garnault, celui-ci s'était attaqué à la théorie de Koch, et avait fini par proclamer ce dernier un « imposteur » (*Le Figaro* du 6 août 1902). Le Dr Nocard ayant également refusé d'inoculer Garnault, celui-ci s'était inoculé lui-même, en ayant soin de tenir les journaux bien au courant de ses expériences. Le Dr Doyen,

J'ai accablé Arthur de courses ces deux jours-ci (courses utiles car j'ai supprimé toutes les courses Fénelon etc. Je m'entends avec eux d'avance). Mais j'avoue que je n'ai pas eu le courage de le faire ressortir pour chercher une voiture (j'ai fait téléphoner à l'Union artistique). Du reste tantôt j'ai regardé partout, il n'y en a pas une seule fermée et j'ai fini par aller moi-même à l'Union artistique.

Mille tendres baisers

Marcel

Je pense tendrement à vous deux mais vous ne me *manquez* pas. Tu comprends que je le dis tendrement. D'ailleurs on ne peut pas avoir tous les jamettismes à la fois.

Je dirai tout simplement à Vaquez que Papa étant absent, je suis venu lui demander conseil. – . J'ai trouvé ta lettre à moi très bien, mais celle à Félicie supérieure. Tout mon monde est fort empressé.

interrogé à ce sujet, trouvait peu sérieuse l'expérience de son collègue, la greffe de tuberculose dans le bras ne signifiant rien. L'annonce, quelques semaines seulement après l'opération, que la tuberculose « a pris » lui semblait « plaisante ». Doyen prétendait qu'il aurait fallu, pour prouver la fausseté de la théorie allemande, s'inoculer sous la plèvre ou sous le péritoine. Alors, ajoutait-il, l'infection intrapéritonéale est suivie de mort deux mois au plus après l'opération. Une telle inoculation, disait-il, un peu malicieusement, « fournirait à coup sûr une solution dans un laps de temps très court par l'autopsie du sujet par exemple ».

XCII

7 heures du soir

[Vendredi 15 août 1902] [1]

Ma chère petite Maman,

Je vais aller dîner (chez Weber je crois) et ne te mets qu'un mot.

Primo – Vaquez m'a assuré que mon cœur est indemne, que je n'ai pas à m'en occuper et que je ferais mieux, même triste de rester couché, mon asthme devant plus fatiguer mon cœur que mon angoisse. Il me déconseille tout médicament dit cardiaque, tout bromure aussi, mais voudrait que je prenne tous les jours un gramme de trional et arrête deux jours au bout de trois jours. Mais je préfère m'en passer. Il nie absolument que mon estomac et mes intestins puissent avoir une part dans mes palpitations et dit au contraire que c'est mon ennui qui m'a donné une entérite [...].

2° En quittant Vaquez j'ai pris une voiture de gare et soit les poussières qu'elle contenait, soit de ne pas avoir été couché un instant la nuit précédente, soit surtout cette 1re sortie en plein jour dès midi j'ai eu une crise pour laquelle il me faut me reporter bien loin comme comparaison (mais très courte). Si Vaquez avait pu me voir une 1/2 heure après que je l'ai eu quitté ! – J'ai encore eu de l'asthme la nuit. Mais tout cela m'avait distrait j'ai été bien moins malheureux.

1. Cette lettre fut écrite le lendemain de celle du jeudi 14 août 1902 : allusions à la consultation avec Vaquez, à la sortie de ce jour-là à midi (déjeuner avec Brancovan, Bibesco et Descos), à la visite à Neuilly annoncée dans la lettre précédente.

Tantôt je me suis levé à 5 heures, tub énergique (Vaquez y est favorable) et je ne me sens pas trop mal ce qui est étonnant avec mon peu de sommeil depuis quelque temps. Vaquez m'a trouvé infiniment meilleure mine que quand il m'avait vu. Je t'écrirai peut-être ce soir, car je sens que tout ceci est bien bref. Mais je suis attendu chez Weber par Fénelon je crois, ou par Brancovan ; ils m'ont écrit spontanément tous deux. Si je vois peu Fénelon, je vois encore moins Bibesco. Il n'est pas venu depuis ton départ ! Et je viens de lui écrire pour le lui reprocher. Je n'ai pas été à Neuilly tantôt.

Mille tendres baisers.

Marcel

XCIII

[Vendredi soir 15 août 1902] [1]

Ma chère petite Maman

Je te mets un petit post-scriptum à ma trop courte lettre. Fénelon et Brancovan (à qui je n'avais demandé ni l'un ni l'autre de dîner avec moi) m'ont également lâché – mais en me prévenant à 8 heures, au moment où je sortais (j'étais déjà en bas) de sorte que je n'ai pas pu remonter me faire faire à dîner (on avait déjà dîné à la cuisine (où on est je crois satisfait que je n'aie dîné ni hier ni aujourd'hui) et je suis allé dîner tout seul

1. Post-scriptum à la lettre précédente ; écrit dans la nuit du 15 au 16 août 1902 : allusions au dîner manqué avec Fénelon et Brancovan ; à la consultation avec Vaquez ; au manque de sommeil et de lavements. Proust avait annoncé ce post-scriptum vers la fin de la lettre précédente.

chez Larue. Tout seul c'est le cas de le dire, car je suis le seul client et peut-être soixante lampes électriques brûlent pour moi (je n'ai pas de scrupules car elles brûlent aussi quand il n'y a personne). Ce qui malheureusement est venu au rendez-vous c'est une crise d'asthme, qui d'ailleurs ne fait que commencer. Je ne sais s'il faut incriminer l'*absence de lit* ou le *manque de lavements*. Quoi qu'il en soit c'est embêtant, sans être terrible ! Le dîner Fénelon Brancovan ne m'a pas distrait par lui-même puisqu'il n'a pas eu lieu, mais parce que j'ai cru qu'il aurait lieu et les préparatifs etc. Vaquez m'a recommandé de ne me laisser aller ni à la morphine (il n'a pas besoin d'avoir peur !) ni à l'alcool qu'il juge également funeste, sous toutes ses formes. Il se demande comment les malades n'ont pas assez de leur maladie et vont encore se fabriquer des maladies, en se rendant malheureux pour des êtres qui n'en valent pas la peine. J'ai admiré ce philosophe, que je crois d'ailleurs collé. Si tu me faisais mille serments-tombeau, je t'écrirais quelque chose de passionnant. Mais puis-je avoir une confiance absolue, *plus que pour le réveil matin*. Je suis infiniment moins triste. Vous continuez à ne pas me manquer.

Mille tendres baisers

Marcel

XCIV

Lundi soir, après dîner 9 heures

salle à manger, 45, rue de Courcelles

18 août 1902[1]

Ma chère petite Maman,

Ne t'ayant pas écrit hier, je vais reprendre où j'en étais. Donc avant-hier soir mes ennuis ont été momentanément calmés. J'en ai profité pour me coucher vers 3 heures, ou même plus tôt (de la nuit) et pour ne pas prendre de trional. J'ai dormi par bribes mais enfin bien (sauf asthme qui me restait) et tout étonné de me réveiller sans apercevoir devant moi la désolation. J'en ai profité pour rester douze heures dans mon lit, mon pouls est tombé de 120 à 76 et j'ai pu hier aller dîner chez Durand avec Brancovan sans avoir de crise ni pendant le dîner, ni après, ni cette nuit, ce qui est une nouveauté depuis mes soirées quotidiennes. Bien plus, moi qui ces jours-ci faisais des ravages de poudre (ayant été repris de mon asthme), j'ai fumé à peine vers 5 heures du matin en me mettant au lit et plus une seule fois jusqu'à huit heures ce soir, c'est-à-dire infiniment moins que quand j'étais couché. J'ai refait

1. Cette lettre, publiée dans *La Revue de Paris* comme faisant partie de la lettre XLIV, que nous datons de septembre 1896 (voir ci-dessus, p. 86, la note 1 à propos de celle-ci), porte la date du « Lundi soir » et l'adresse du « 45, rue de Courcelles », où les Proust emménagèrent en 1900. Elle suit de près les lettres XCI, XCII et XCIII, et date du lundi 18 août 1902 : réponse aux observations de Mme Proust sur la consultation de Vaquez ; allusions à la sortie pour déjeuner le jeudi 14 (voir la note 1 ci-après, p. 209) ; aux lavements « toujours pas repris » ; aux « ennuis » ; et : « Nous sommes au mois d'août. »

douze heures de lit et je me suis levé pour dîner ici vers huit heures, mais mes ennuis sont un peu repris, hélas. – Je n'ai toujours pas repris de lavements ce qui prouve qu'ils ne sont pas si nécessaires. – . Ton absence, même survenue dans une période si désastreuse de ma vie, commence pourtant à porter ses fruits (ne prends pas cela avec susceptibilité comme Mme Roussel !) Ainsi hier soir et ce soir j'ai supprimé pour m'habiller le 2eme caleçon et cette nuit et tantôt, chose infiniment plus difficile, j'ai supprimé dans mon lit, le 2eme tricot des Pyrénées. Comme j'ai pris froid tantôt je ne sais si je pourrai refaire la même chose ce soir, mais enfin cela reste en tout cas acquis et je ne l'espérais plus. Mes nombreux dîners au restaurant ont remis mon estomac à neuf. J'y mange pourtant beaucoup plus. Mais beaucoup plus lentement. Et puis c'est mon Évian, mon déplacement, ma villégiature à moi qui n'en ai pas. Du reste on me trouve très bonne mine. L'asthme me paraissant enrayé, je crois que si mes ennuis pouvaient s'apaiser… mais hélas. – . Tu me dis à cet égard qu'il y a des gens qui en ont autant et qui ont à travailler pour faire vivre leur famille. Je le sais. Bien que les mêmes ennuis, de bien plus grands ennuis, d'infiniment plus grands ennuis, ne signifie pas forcément les mêmes souffrances. Car il y a en tout ceci deux choses : la matérialité du fait qui fait souffrir. Et la capacité de la personne – dûe à sa nature – à en souffrir. Mais enfin je suis persuadé que bien des gens souffrent autant, et bien plus, et cependant travaillent. Aussi apprenons-nous qu'ils ont eu telle ou telle maladie et qu'on leur a fait abandonner tout travail. Trop tard, et j'ai mieux aimé le faire trop tôt. Et j'ai eu raison. Car il y a travail et travail. Le travail littéraire fait un perpétuel appel à ces sentiments qui sont liés à la souffrance (« quand par tant d'autres nœuds tu tiens à la douleur »). C'est faire un mouvement qui intéresse un organe blessé qu'il faut au contraire laisser immobile. Ce qu'il faudrait au contraire c'est de la frivolité et de la distraction. Mais nous sommes au mois d'août. Et puis malgré tout, cela va mieux, au moins en ce moment. Même aujourd'hui je me trouve heureux ! – Quant à tes critiques elles sont extraordinaires. Tu te plains que prendre mon repas un soir à 9 heures, et le lendemain à 1 heure de l'après-midi est irrégulier [1]. C'est vrai. Mais puisque je faisais l'irrégularité de rester levé ce jour là et de sortir toute la journée, pouvais-je (surtout n'ayant même pas *touché* mon lit) ne pas manger avant 9 heures du soir – . Et ayant, défaillant, mangé à une heure, fallait-il risquer de ne pas me coucher encore la nuit suivante, en remangeant à 9 heures. La vérité c'est qu'on ne devrait jamais rien te dire, car tu juges trop toutes choses « ab uno ». Tu trouves étonnant que je sois allé voir Vaquez et tu dis à ce propos que tous les médecins disent la même chose. Comme ils m'ont tous dit le contraire, je ne suis pas de ton avis. Mais ayant quelque chose que je n'avais jamais eu et qui me forçait à renoncer au traitement qui me faisait du bien, il fallait bien que je consulte à la fois pour mon cœur, et pour mon estomac-intestin (que je croyais un peu cause de mes malaises, à tort). Faisans était absent, Papa parti, Bize occupé, j'ai pensé à Vaquez qui est un bon garçon intelligent et sérieux. Je ne te dis pas que j'y sois allé avec la certitude que si j'avais

1. Allusion au déjeuner avec Brancovan, Bibesco et Descos, « 1re sortie en plein jour dès midi » le jeudi 14 août 1900. *Cf.* les lettres XCI et XCII ci-dessus.

q.q. chose au cœur il me le dirait. Mais du moins du moment qu'il n'y a pas d'indications spéciales, et que je n'ai pas à m'occuper de mon estomac, c'est une grande chose que de le savoir. Pour en finir avec les consultations, demande à Papa ce que signifie avoir une brûlure au moment de faire pipi qui vous force à interrompre, puis à recommencer, cinq six fois en un quart d'heure. Comme j'ai pris ces temps-ci des océans de bière peut-être cela vient-il de là. – .

J'ai demandé un service pour le *Figaro* (pas pour moi, pour Fénelon) à Baya qui a été fort aimable. Je me suis peut-être (tu vois que je m'expose sans peur à la critique) un peu pressé de devancer les désirs de Fénelon en ceci, car il ne tenait pas à cette chose du *Figaro*. D'ailleurs j'ignore encore la fin. – . Je n'ai pas continué le récit de mes nuits. J'ai continué, encore calme, à ne plus prendre de trional, et j'ai refait, demi heures par demi heures [*sic*], une nuit suffisante et j'ai été vraiment excessivement bien. À ce propos Arthur me parle de

La fin manque.

XCV

Lundi [1er septembre 1902] [1]

Ma chère petite Maman

Je crois que tu en es restée après le dîner de Noailles. La nuit suivante (Samedi à Dimanche) j'ai

1. L'allusion à Jouvenel situe cette lettre entre le 7 juin 1902 et le 18 janvier 1905 (voir la note 1, p. 212) ; l'allusion à la consultation avec Vaquez la place après la lettre XCI datée du 14 août 1902 (*cf.* aussi les « ennuis » ; et le « serment tombeau » auquel Proust faisait

eu une crise un peu pénible. Comme il a plu toute la journée du Dimanche [1], peut'être était-ce sa préparation. Il a plu sans discontinuer de sorte que j'ai dû renoncer à aller à Versailles avec Billy et c'est lui qui a dîné chez moi. Mais pour soulager mon monde, je les ai, malgré leurs protestations fait dîner à 6 h 1/2 et Billy et moi à 7 h 1/4 ou 7 h 1/2, de sorte qu'à 9 heures 1/2 ils étaient tous montés. Nous avons eu un dîner très simple, œufs, poulet rôti et pommes de terre. Mais c'est plus que je n'ai encore pris chez M. Mirabaud. Demain 2e et vraisemblablement dernier grand dîner de la saison au 45 [2]. J'ai comme convives, Mr et Mme de Noailles, Pcesse de Chimay, Hermant, Bibesco et Fénelon – (Gregh et Boncour pressentis sont en voyage). Le pauvre Arthur, quoique bien toussant juge Laguigné ou Baptiste inutile. Ce n'était pas l'avis de Félicie. Mais je me suis rangé à celui d'Arthur. Ce soir j'ai dîné chez moi et suis ensuite sorti avec d'Oncieu. Fénelon « ne pouvait pas me voir » (il ne dit jamais pourquoi). Bibesco traitait les Le Bargy, Hermant, et Bernstein. – . As-tu souvenir d'avoir connu chez des gens dont le nom ressemble à Bernstein, qui demeuraient rue de Londres, une dame du nom

allusion dans la lettre XCIII, datée du 15 août 1902). L'allusion à la pluie « toute la journée du dimanche » ne peut donc se rapporter qu'au dimanche 31 août 1902 (voir la note 1 ci-après). Comme cette lettre porte la date du « Lundi », elle date du lundi 1er septembre 1902.

1. Le *Journal officiel* ne signale pas de pluie pour aucun dimanche de la période où pouvait être écrite cette lettre, sauf le dimanche 31 août 1902. *Cf. Le Figaro* du lundi 1er septembre 1902 : « Hier à Paris, la pluie n'a pas cessé de tomber pendant toute la journée, rendant les rues désertes et jetant ainsi une grande tristesse sur la capitale, toujours si animée, le dimanche, quand le temps est beau. »

2. Numéro de l'immeuble, rue de Courcelles, où demeuraient les Proust.

de Gebhart, aujourd'hui B[ne] Demonts, que connaît d'Oncieu, ce qui n'est pas un certificat. – Quant à ta dame à nom de défaite je ne pense pas que ce soit encore l'intimité de Mme de Brantes. Elle avait une fille qui faisait beaucoup d'effet et que les Arthur Baignères protégeaient on n'a jamais su pourquoi. Je m'imagine que cela doit être parent de ce Jouvenel de 22 ans que M. Vallé a pris comme chef de cabinet, parce qu'il est agréable et intelligent [1], chose que personne n'aurait jamais faite pour moi, bien que sans orgueil et d'après tout ce qu'on me dit, il ne puisse supporter la comparaison. Je ne dors presque pas et n'en vais pas mieux. Au fond j'ai peut'être eu tort de ne pas écouter Vaquez, qui malgré ce que je lui avais dit des inconvénients multiples du trional pour moi, m'avait dit de m'y mettre résolument, trouvant qu'il fallait avant tout dormir. D'ailleurs mes ennuis, bien que métaphysiquement définitifs mais très adoucis ne me troublent plus comme avant. On se fait à tout et je suis calme. – . Je recule encore devant le serment tombeau à t'écrire et crois que je le garderai pour la vive voix. La lettre de Dick ne disant pas quand il passe à Paris je l'invite à tout hasard pour demain. Mais j'ai peu d'espoir qu'il vienne. Quand je t'écris « je

La fin manque.

1. Il s'agit d'*Henry* Bertrand de Jouvenel (1876-1935), chef du cabinet d'Ernest Vallé, ministre de la Justice sous Combes (7 juin 1902-18 janvier 1905). Le jeune Jouvenel, moins jeune que ne le croyait Marcel Proust, devait en effet être assez « intelligent », puisqu'il devint par la suite directeur du *Matin*, sénateur de la Corrèze, et finalement ambassadeur à Rome ; et assez « agréable » pour devenir le second époux de Mme Colette. Voir l'*Almanach de Gotha*, année 1903, p. 766, et année 1904, p. 763 ; le *Qui êtes-vous ?* de 1924, p. 408 ; le *Larousse mensuel*, tome V, p. 252.

XCVI

[Paris, septembre 1902 ?] [1]

Ma chère petite Maman,

Sans avoir voulu vous en prévenir, je comptais, dans mon grand désir de revoir le beau lac, passer Samedi et Dimanche à Évian. Mais voilà plusieurs jours que par mauvaise organisation j'entre dans mon lit à onze heures du matin et comme je me lève tout de même à la fin de la journée, il en est résulté une fatigue qui me ferait craindre de tomber malade si j'avais cette secousse. Écris-moi donc si vous serez encore à Évian le Dimanche suivant. Sinon je pourrais tenter cela en semaine. Mais étant plus abandonné le Dimanche cela m'irait mieux. – . D'ailleurs pour ce qui est de ton retour que je souhaite le plus tard possible, je ne te demande pas comme les autres années qu'il soit inopiné, mais au contraire à en prévoir vaguement d'avance l'époque approximative, et à en savoir au moins un jour à l'avance ou en tout cas le matin si c'est le soir la date précise, ma vie se trouvant actuellement

1. Cette lettre est antérieure à la mort du père de Proust (26 novembre 1903) : « Écris-moi donc si *vous* serez encore à Évian le Dimanche suivant. » D'autre part, elle serait approximativement de la même période que, ou postérieure à, la lettre du lundi 1er septembre 1902, où Proust parle du « pauvre Arthur, quoique bien toussant… » ; car, ici il écrit : « Le pauvre Arthur ne va pas, sa toux, crachats, etc. a beaucoup augmenté… » Du reste, le papier à filigrane « Au Printemps, etc. » est de la même qualité que celui de la lettre du 1er septembre 1902. Bien que les dimensions n'en soient pas exactement les mêmes (un dixième de centimètre moins long et moins large), l'encre et l'écriture sont les mêmes. Comme le D[r] et Mme Proust sont à Évian à ce moment-là, Proust doit écrire soit vers septembre 1902 soit la seconde quinzaine d'août 1903.

organisée de telle façon que la chose devant moi ne m'agite pas, n'ayant que des choses devant moi, et que la plus grande fatigue serait de ne pouvoir se retourner. Après tout si tu préfères l'inopiné (pourvu que je prévoie vaguement) cela a aussi de grands avantages. Mais enfin, qu'avant midi je sache si tu reviens le soir, tout de même. – . J'avais toujours remis les ouvriers, mais m'étant senti fatigué tantôt, je me suis dit que si je devais jamais être souffrant – (je ne le crois d'ailleurs pas) cela retarderait et que tu serais mécontente, je vais les commander tous pour Samedi et sortirai ce jour-là l'après-midi (je suis sorti ce matin et me suis couché ensuite). Le pauvre Arthur ne va pas, sa toux, crachats etc. a beaucoup augmenté. Il ne dit rien mais Félicie m'a dit qu'il pleurait hier soir. Je l'ai autorisé à sortir tantôt et à ne pas rentrer, il a dû aller voir le Docteur Laffite, car il croit que ses bains ne lui réussissent pas. C'est Marie qui m'a servi mon dîner. La paix et fort affectueuse est revenue entre moi et Félicie et dans ces cas-là je la préfère infiniment à toute autre. Marie plus lettrée est moins littéraire dans son langage. Et surtout l'affection de Félicie est charmante et simple. Maurice Duplay à qui j'avais écrit un mot pour l'album de Mlle de Fénelon [1] m'a écrit une lettre vraiment très remarquable de forme et de fond. – . Je me sens très bien ce soir, malgré ma petite baisse de tantôt.

Mille tendres baisers,

Marcel

1. Il s'agit de la seconde sœur de Bertrand de Salignac-Fénelon, Françoise, qui devait épouser, en mars 1904, le comte Pierre de Ritter-Zahony. L'éloge de Maurice Duplay semble être destiné à être répété à ses parents, qui villégiaturaient sans doute au même endroit que les Proust.

XCVII

Hôtel de l'Europe, Amsterdam,

Vendredi [17 octobre 1902] [1]

Ma chère petite Maman

Je viens de recevoir tes deux petites lettres. Pardon de ne pas t'écrire davantage. Mais je fais ce voyage si consciencieusement – et je peux dire si intelligemment – si complètement que je n'ai pas une minute. Je pars souvent dès neuf heures 1/2, dix heures du matin et ne rentre que fort tard. Avant-hier, j'allais en coche d'eau à Vollendam endroit fort curieux et peu visité je crois ! Aujourd'hui à Haarlem voir les Hals [2]. Je suis seul ici depuis hier ; je suis dans un état sentimental si désastreux que j'ai craint d'empoisonner de ma tristesse le voyage du pauvre Fénelon et je l'ai laissé respirer loin de mes gémissements. Je le verrai demain à la Haye, mais je rentrerai coucher le soir à Amsterdam et reviendrai à Paris soit dimanche soit lundi, bien content d'embrasser ma petite Maman et mon petit Papa après si longtemps. Je n'aurais peut-être pas eu le courage

1. Lettre écrite vers la fin du voyage en Belgique et en Hollande. Le papier à lettre de l'Hôtel de l'Europe, sur lequel est imprimée l'indication : « Amsterdam, … 190 » nous permet de placer cette lettre après 1899. L'allusion au ministre des Finances Rouvier (voir la note 2, p. 216) la situe entre le 7 juin 1902 et le 21 janvier 1905. Il s'agit donc évidemment du voyage d'octobre 1902 (du reste, il est presque certain que Proust n'en fit pas d'autre en Hollande). Or, nous savons par d'autres inédits que Proust a quitté Paris le jeudi 2 octobre 1902 pour Bruges, d'où il se rendit à Anvers. Comme dans sa lettre il parle d'être resté « quinze jours sans vous embrasser », et comme cette lettre porte la date du « Vendredi » il doit écrire le vendredi 17 octobre 1902.

2. Le grand portraitiste flamand Frans Hals, né vers 1580 à Malines, mourut à Haarlem en 1666.

d'une si longue séparation si je l'avais décidée toute entière. Mais je l'ai prolongée presque jour par jour. J'ai cru quinze fois vous embrasser le lendemain. Jamais je n'ai cru rester quinze jours sans vous embrasser. Ceci s'applique également à mon petit frère, s'il ne trouve pas que sa situation « arrivée » doive le mettre à l'abri de mes intempestives tendresses[1]. J'ai été très malheureux de ce vol, qui te fait de mon voyage une lourde charge. En dehors de cette calamiteuse aventure, je déploie à équilibrer le budget autant d'habileté que M. Rouvier[2]. L'hôtel est si follement cher que Fénelon n'y prenait pas ses repas les deux derniers jours pour ne pas avoir à payer dix francs pour un dîner modeste. Mais à qui la faute ? Et pourquoi l'a-t-il choisi et me l'a-t-il en quelque sorte imposé puisque j'étais à Anvers quand il m'a retenu ma chambre. Et surtout comment cela se fait-il que ce soit sur le conseil des *Yeatman ?* La vérité est qu'il faudra si je revoyage choisir des hôtels de 2e ordre, où l'on est aussi bien, où l'on ne paye pas des prix fous pour une différence de luxe qui ne me charme pas, d'autant plus que comme il n'y a pas un Français dans la ville, on n'a même pas le plaisir d'être « coté ». Car le voyage par lui-même n'est pas une chose chère. Les plus curieuses excursions ne nous ont rien coûté ou presque rien. J'apprécie tes conseils de campagne d'autant plus que le calorifère m'effraye et que je suppose que si je n'ai pas malgré tout *l'ombre d'asthme ici* (car je n'en ai pas) c'est que l'hôtel est chauffé par des

1. Robert Proust avait soutenu sa thèse pour le doctorat en médecine le 15 février 1902.

2. Pierre *Maurice* Rouvier (1842-1911), député de Marseille, ministre des Finances en 1889, et puis dans le cabinet Combes, poste qu'il occupa du 7 juin 1902 au 21 janvier 1905. Voir le *Larousse mensuel*, tome II, p. 191 ; et le *Qui êtes-vous ?* de 1909-1910, p. 448.

conduits d'eau chaude. Mais mon état moral ne me permettrait pas une telle expérience d'où il ne pourrait sortir pour moi que *beaucoup de mal.* Fénelon était *la seule personne* avec qui je pouvais faire une absence. Si je ne craignais de l'ennuyer de ma morosité présente, et si je ne craignais surtout de voir mes ressources finir (c'est la vraie raison et je la dis avec autant moins de gêne que comme tu me verras presque en même temps que cette lettre et ne pourras pas me répondre elle ne peut avoir l'air de préparer un « tapage » ultérieur) je prolongerais de huit jours en Hollande ou Belgique. Mais à Illiers ou ailleurs, en ce moment surtout, ce serait une folie véritable.

Le retour à Paris, même avec Bibesco (s'il n'est pas parti) Reynaldo etc me paraîtra déjà bien dur, comme toute modification de l'ambiance. Mais enfin c'est un endroit connu. Mais Illiers serait atroce et tout autre endroit – *en ce moment.*

Fénelon est tout ce qu'il y a de plus gentil. Tu lui as écrit une lettre charmante, adressée à M. de Fénélon. Cet accent aigu joint au K de BibesKo… n'a aucune importance. As-tu des renseignements sur la vie de Fromentin ? C'est ennuyeux de n'avoir aucun « tuyau » sur quelqu'un avec qui on vient de passer quinze jours à l'hôtel [1].

Mille tendres baisers

Marcel

Je te soupçonne de ne pas lire mes lettres, ce qui serait infect. Celle-ci étant écrite dans un moment de pseudo apaisement, lis-la du moins.

1. Avant de partir en voyage, Marcel Proust avait acheté un exemplaire des *Maîtres d'autrefois* de Fromentin, qu'il a dû emporter avec lui.

XCVIII

[Vers la fin novembre – début décembre 1902] [1]

Ma petite Maman

Puisque je ne peux pas te parler je t'écris pour te dire que je te trouve bien incompréhensible. Tu sais ou devines que je passe toutes mes nuits dès que je suis rentré à pleurer, et non sans cause ; et tu me dis toute la journée des choses comme : « je n'ai pas pu dormir la nuit dernière parce que les domestiques se sont couchés à onze heures. » Je voudrais bien que cela soit ça qui m'empêche de dormir ! Aujourd'hui j'ai eu le tort, étouffant, de sonner (pour avoir à fumer) Marie qui venait de me dire qu'elle avait fini de déjeuner et tu m'en as instantanément puni en faisant, dès que j'ai eu pris mon trional, clouer et crier toute la journée. J'étais par ta faute dans un tel état d'énervement que quand le pauvre Fénelon est venu avec Lauris, à un mot, fort désagréable je dois le dire qu'il m'a dit, je suis tombé sur lui à coups de poing (sur Fénelon, pas sur Lauris)

1. Lettre écrite avant la mort du Dr Proust (26 novembre 1903), et après la première rencontre avec Georges de Lauris (vers l'été de 1902 ? *Cf.* le premier document de Proust à Lauris : carte postale inédite, datée d'Anvers, 9 octobre 1902). Comme Proust écrit que Fénelon et Lauris, pendant la visite qu'ils venaient de faire chez Proust, portaient leur paletot, il doit écrire vers l'hiver de 1902-1903. Or, Fénelon quitta Paris le 8 décembre 1902 pour son nouveau poste comme attaché d'ambassade à Constantinople. Du reste, l'allusion à Vallette (voir la note 1, p. 220) nous permet de situer cette lettre vers la fin de novembre ou les premiers jours de décembre 1902, date indiquée par une allusion aux événements dont il est question ici comme étant arrivés « vers le 1er décembre », dans la lettre C ci-dessous. *Cf.* aussi l'allusion à ces « heures vraiment désespérées » etc. ; et les lettres XCI, XCIV, XCV et XCVII ci-dessus.

et ne sachant plus ce que je faisais j'ai pris le chapeau neuf qu'il venait d'acheter, je l'ai piétiné, mis en pièces et j'ai ensuite arraché l'intérieur [1]. Comme tu pourrais croire que j'exagère je joins à cette lettre un morceau de la coiffe pour que tu vois [*sic*] que c'est vrai. Mais tu ne le jetteras pas parce que je te demanderai de me le rendre pour si cela peut encore lui servir. Bien entendu si tu le voyais pas un mot de ceci. Je suis du reste bien content que cela soit tombé sur un ami. Car si sans doute à ce moment-là Papa ou toi m'aviez dit quelque chose de désagréable, certainement je n'aurais rien fait, mais je ne sais pas ce que j'aurais dit. C'est à la suite de ça que j'ai eu si chaud que je n'ai plus pu m'habiller et que je t'ai fait demander si je devais dîner ou non ici. À ce propos tu crois faire plaisir aux domestiques et me punir à la fois en me faisant mettre en interdit et en disant qu'on ne vienne pas quand je sonne, qu'on ne me serve pas à table etc. Tu te trompes beaucoup. Tu ne sais pas comme ton valet de chambre était gêné ce soir de ne pouvoir me servir. Il a tout mis près de moi et s'est excusé en me disant : « Madame me commande de faire ainsi. Je ne peux pas faire autrement. » – Quant au « meuble » que tu m'as retiré comme un dessert, je ne peux m'en passer. Si tu en as besoin, donne-m'en un autre ou alors j'en achèterai un. J'aimerais mieux me passer de chaises. – Pour ce qui est des domestiques, tu sais que je suis psychologue et que j'ai du flair et je t'assure que tu te trompes du tout au tout. Mais cela ne me regarde pas et je serai toujours content de seconder tes vues à cet égard quand tu m'en auras prévenu car je ne

1. *Cf. Le Côté de Guermantes*, II, 219, où le narrateur, pris de fureur en use de cette façon avec le chapeau neuf du baron de Charlus.

peux deviner que quand Marie a fini de déjeuner je m'expose à la faire renvoyer en lui demandant du feu dans une chambre où Fénelon et Lauris n'ont pu rester malgré leur paletot, et à fumer. Mais je suis affligé – si dans la détresse où je suis, toutes ces petites querelles me laissent bien indifférent – de ne pas trouver dans ces heures vraiment désespérées le réconfort moral sur lequel j'aurais cru pouvoir compter de ta part. La vérité c'est que dès que je vais bien, la vie qui me fait aller bien t'exaspérant, tu démolis tout jusqu'à ce que j'aille de nouveau mal. Ce n'est pas la 1re fois. J'ai pris froid ce soir ; si cela se tourne en asthme qui ne saurait tarder à revenir, dans l'état actuel des choses, je ne doute pas que tu ne seras de nouveau gentille pour moi, quand je serai dans l'état où j'étais l'année dernière à pareille époque. Mais il est triste de ne pouvoir avoir à la fois affection et santé. Si j'avais les deux en ce moment ce ne serait pas de trop pour m'aider à lutter contre un chagrin qui surtout depuis hier soir (mais je ne t'ai pas vue depuis) devient trop fort pour que je puisse continuer à lutter contre lui. Aussi j'ai voulu mais trop tard ravoir ma lettre pour M. Vallette. D'ailleurs je pourrai lui écrire en sens contraire [1]. Nous en reparlerons.

Mille tendres baisers

Marcel

1. Ici Marcel menace de rompre les pourparlers avec Alfred Vallette, directeur de la maison d'éditions du Mercure de France, lesquels aboutirent, en décembre 1902, à la signature d'un contrat pour la traduction de *La Bible d'Amiens* et *Sésame et les Lys* de Ruskin. Sans doute Proust venait-il d'écrire à Vallette pour accepter de faire cette traduction des deux volumes. *Cf.* la lettre C ci-dessous à propos des événements amenant la décision d'entreprendre ce travail ; et une lettre à Antoine Bibesco, que nous datons du samedi 20 décembre 1902, où Proust écrit : « Je dois livrer le 1er février,

XCIX

P. S. Malheureusement mon oppression très légère a repris et ma digestion sans doute par elle retardée m'a obligé d'attendre jusqu'à quatre heures 25 pour me mettre dans mon lit ! Et je ne sais si elle me laissera demain. Ainsi pas de bruit s. v. p. (Je n'ai eu pour me coucher de retard accidentel d'aucune sorte. Rentré à 10 h 1/4 j'avais eu le temps de me préparer ! Non l'attente sur une chaise, en regardant l'heure que mon estomac me permette de me coucher sans étouffer, du moins sans étouffer davantage. – . Comme cela c'est insignifiant. Mais mes heures sont détruites. Et après être resté couché peu la nuit dernière, je suis resté extrêmement levé, et serai encore peu couché demain si je veux regagner.

Mille tendres baisers

Sans signature

C

[Lundi 9 mars 1903] [1]

Ma chère petite Maman,

Avec l'inverse prescience des Mères, tu ne pouvais plus intempestivement que par ta lettre faire avorter

sans un jour de retard possible, mon "Ruskin" au Mercure, en commencer d'ici là un deuxième pour le même Mercure… » *Lettres de Marcel Proust à Bibesco*, Paris-Lausanne, éditions de Clairfontaine, 1949, p. p1.

1. Cette lettre est postérieure de peu au mariage de Robert Proust, auquel Marcel fait allusion (2 février 1903), et antérieure au 25 mars de la même année, date où Proust pense donner un dîner. Du reste,

immédiatement la triple réforme qui devait s'accomplir le lendemain de mon dernier dîner en ville (celui de Jeudi dernier, Pierrebourg) et que mon nouveau refroidissement avait retardé. C'est malheureux car après il sera trop tard. À partir du mois de mai jusqu'à la fin de juillet, même si je m'étais levé avant à cinq heures du matin, je ne me serais levé en aucun cas avant sept heures du soir sachant trop ce qui en résulte pour mon asthme à cette saison. Mais tu devais bien penser que si j'avais l'intention de changer il suffisait de me dire : « change, ou tu n'auras pas ton dîner » pour que je renonce immédiatement à changer – et en ceci me montrant non pas frivole et capricieux, mais grave et raisonnable – et que si je n'avais pas l'intention de changer, ce n'était pas une menace ou une promesse qui me ferait changer, ce qui à mes propres yeux et à tes propres yeux m'aurait donné l'air de quoi ? – . Quant au fait même du dîner que tu appelles avec tant de délicatesse un dîner de cocottes, il aura lieu à une date qui n'est pas encore choisie mais qui sera vraisemblablement le 30 mars, ou peut-être le 25, parce que je ne peux pas faire autrement et qu'il est plus important pour moi qu'il ait lieu avant Pâques [1] que ne pourra être nuisible pour moi la faillite où il va me mettre. Car c'est au restaurant que je le donnerai inévitablement, puisque tu me refuses de le

l'allusion à la prochaine publication du « 2e numéro » de *La Renaissance latine*, où paraît sa traduction de *La Bible d'Amiens*, nous permet de fixer la date de cette lettre entre le 15 février et le 15 mars 1903, dates respectives des deux numéros en question. Et comme Proust écrit qu'il a pris un accès de fièvre « avant-hier » en sortant « malgré le brouillard », il doit faire allusion à la journée « brumeuse et pluvieuse » du samedi 7 mars, signalée dans *Le Figaro* du 8 mars 1903, seule journée de l'époque en question où un temps pareil est indiqué.

1. Pâques, en 1902, tomba le 12 avril.

donner ici. Et je ne me fais aucune illusion : bien que tu dises que tu n'agis pas par représailles, tu ne me donneras pas pour le donner au restaurant une somme représentant ce qu'il t'aurait coûté ici. Tout ceci est d'autant plus singulier que sans parler d'autres raisons peut-être plus graves et dont je n'ai pas à parler ici, Calmettes[1] pour ne prendre que lui, ou Hervieu, sont aussi utiles pour moi que Lyon-Caen pour Papa ou ses chefs pour Robert. Et le désordre dont tu te plains ne t'empêche pas de donner les dîners qu'ils désirent. Et l'état où je peux être ne m'empêche pas si souffrant que je sois ce jour-là d'y venir. Tu me feras donc difficilement croire que s'il ne s'agit pas de représailles, ce qui est possible quand il s'agit d'eux, devienne impossible quand il s'agit de moi. La vérité c'est que j'aurais besoin de 4 ou 5 dîners, un pour Cardane, un pour Vallette en tout cas. Mais je ne peux les avoir avec les gens chics que désire Calmettes, de même que je ne puis avoir Hervieu avec Mme Lemaire, et que je suis obligé de commencer par l'un des deux, pour avoir l'autre ensuite. Je ne comprends donc pas pourquoi ces dîners possibles quand ils sont utiles à Papa ou à Robert, et pour lesquels mon concours, pourtant plus difficile à donner dans mon état de santé que le vôtre, ne vous a jamais fait défaut, deviennent impossibles quand il s'agit de dîners utiles pour moi. Ou plutôt je le comprends, mais en l'interprétant autrement que toi. – . J'ai en ayant beaucoup de fièvre travaillé cette nuit à Ruskin

1. *Sic.* Gaston Calmette, directeur du *Figaro*. Jules Cardon, dit Cardane, mentionné un peu plus loin, en était le secrétaire de la rédaction. Pour Vallette, voir ci-dessus, note 1, p. 220. Proust se sentait dans l'obligation de « remercier » Calmette d'accepter ses « Salons », et le directeur du Mercure de France de vouloir bien publier ses traductions.

et je suis très fatigué qui est surtout le sentiment qui domine chez moi devant tous les obstacles que la vie oppose tour à tour à tous mes essais de la reprendre et je ne t'écris pas plus longuement. Je te disais vers le 1er décembre quand tu te plaignais de mon inactivité intellectuelle que tu étais vraiment bien impossible [1], que devant ma vraie résurrection, au lieu de l'admirer et d'aimer ce qui l'avait rendue possible, il te fallait aussitôt que je me remette au travail. Je l'ai fait cependant et au travail que tu désirais. Si j'avais pu le faire dans un endroit plus sain, et chauffable sans bouches, cela m'aurait-il moins épuisé, je ne sais, et à vrai dire je ne le crois pas. Néanmoins je vis encore à peu près et malgré la dose énorme de travail que j'ai fournie tu me rapportes quotidiennement des témoignages de gens étonnés et heureux de me voir si bien, et j'ai trouvé le moyen quelque écrasant que cela ait été pour moi de participer au mariage de Robert. Tout cela ne te suffit pas ou plutôt ne te compte pour rien et jusqu'au jour où je serai repris comme il y a deux ans, tu trouveras tout mal. Il n'y a pas jusqu'à cette malheureuse *Renaissance Latine !* Tu t'arranges à m'empoisonner les jours où elle paraît. Et tu comprends que dans les dispositions d'esprit où je vais la recevoir je n'aurai pas beaucoup plus de plaisir du 2e numéro, que à cause de toi je n'ai eu du 1er [2]. – Et comme il n'y en aura pas de 3e – Mais je ne prétends pas au plaisir. Il y a longtemps que j'y ai renoncé. Et celui-là était vraiment trop frivole. – Seulement je ne comprends pas qu'au moment où tu me demandes de faire des comptes etc tu me rejettes de nouveau dans le déficit en me faisant donner au restau-

1. *Cf.* la lettre XCVIII ci-dessus.
2. Voir la note 1, p. 221.

rant un dîner qui devait avoir lieu *avant les fiançailles de Robert*, puisque vous m'avez prié de le remettre après le 3 février. J'ai trop attendu, voilà tout. Au lieu de dormir tantôt je t'ai répondu et je suis brisé. Je ne sais encore si je pourrai dîner dans la salle à manger. Tâche qu'il y fasse bien chaud. Avant-hier il y faisait si froid que j'y ai pris froid, fatigué comme je suis en ce moment. Ne pouvant plus y tenir je suis sorti, tu t'en souviens, malgré le brouillard, pour me réchauffer et j'ai repris l'accès de fièvre dont je souffre en ce moment. Tu ne peux, ni n'es sur le chemin de pouvoir, me faire du bien positif. Mais en m'évitant des refroidissements trop fréquents tu m'en feras négativement et beaucoup. Cela compliquera moins une existence que je souhaiterais pour toutes raisons, mener dans une maison distincte. Mais étant donné que je paie mes poudres (ce que tout le monde trouve fantastique et que je trouve tout naturel) peut-être il me faudrait aussi payer mon loyer. Je me résigne donc à la vie telle qu'elle est. La tristesse dans laquelle je vis n'est pas sans donner beaucoup de philosophie. Elle a l'inconvénient de vous faire accepter aussi naturellement presque, la tristesse des autres que la vôtre propre. Mais du moins si je t'attriste c'est par des choses qui ne dépendent pas de moi. Dans toutes les autres je fais toujours ce qui peut te faire plaisir. Je ne peux pas en dire autant de toi. Je me suppose à ta place et ayant à te refuser de donner non pas un, mais cent dîners ! Mais je ne t'en veux pas et te demande seulement de ne plus m'écrire de lettres nécessitant des réponses car je suis brisé et n'aspire qu'au plus complet éloignement de toutes ces fatigues.

Mille tendres baisers.

Marcel

CI

[Nuit du mercredi 18
au jeudi 19 mars 1903] [1]

Ma chère petite Maman

1° Il n'y aura pas de prières à la maison et quelques mots seulement au cimetière.

2° Pour laisser coucher Maurice, j'ai dit malgré le froid noir qu'il faisait que je passerais la nuit. Mais au bout d'une heure Maurice qui n'avait pu s'endormir est revenu et comme ils ne voulaient plus se coucher ni l'un ni l'autre ma présence devenait inutile. Néanmoins je suis resté encore une heure. Je n'ai vu personne que Charles et Maurice sauf Monsieur Léon Lévy [2] qui partait comme j'arrivais et que j'ai pris pour Mr Rabel. J'ai eu en rentrant une crise d'asthme bien forte. Aussi je suis embarrassé car je voudrais que d'Humières vînt dîner demain et j'ai peur d'être bien fatigué [3]. Cependant comme c'est plus raisonnable, si

1. Ayant appris la mort de son cousin Daniel Mayer, par une annonce parue dans *Le Figaro* du mercredi 18 mars 1903, Proust était accouru le soir même. Émile *Daniel* Mayer (1852-1903), ingénieur en chef des ponts et chaussées, directeur des chemins de fer de l'Est algérien, était le fils de Mme Samuel Mayer, née Ernestine Berncastel, sœur de la grand-mère maternelle de Marcel Proust. Les obsèques eurent lieu le jeudi 19.

2. Il s'agit de Charles et Maurice Mayer, fils du défunt, et de son ami *Léon* Alphonse Lévy (1851-1925 ?), ingénieur en chef des mines, directeur des forges de Châtillon et Commentry, officier de la Légion d'honneur. (Voir le *Qui êtes-vous ?* de 1909-1910, p. 317.) Rabel, décédé en 1902, était également un ingénieur, de la même promotion à l'École polytechnique que Daniel Mayer.

3. Dans l'avant-propos à sa traduction de *La Bible d'Amiens*, Proust parle de sa dette envers Robert d'Humières (1868-1915), auteur dramatique et traducteur de Kipling, qu'il consulta pour sa traduction de Ruskin.

cela t'est possible de le recevoir fais porter la lettre ci-jointe mais de très bonne heure pour tâcher d'avoir une réponse, tu tâcheras de me laisser un mot pour que je sache.

Mille tendres baisers

Marcel

Tâche qu'on ne fasse pas trop de bruit. Voilà déjà assez longtemps que je n'ai pris de trional et si je pouvais continuer ainsi ce serait très bien. Je propose dans le mot à d'Humières s'il n'est pas libre demain (c'est-à-dire aujourd'hui) de dîner vendredi. Cela aurait l'avantage de nous permettre de dîner seuls tous les 2, ce que je préfère mille fois ayant toujours le fou rire quand il est là

Mille tendres baisers

CII

[Printemps 1903 ?][1]

Ma chère petite Maman

Ma sortie ne m'a pas oppressé mais j'ai fait la bêtise de rentrer à pied et je suis rentré glacé et etc. Mais j'ai pensé à toi avec tant de tendresse que si je

1. Lettre écrite sur papier « Au Printemps/Paris/Nouveau Papier Français » de même format, qualité, filigrane et encre que la lettre CI, que nous datons du 18-19 mars 1903. L'allusion au « retour de l'asthme et de la fièvre des foins » semble indiquer la saison du printemps, car c'était généralement vers la seconde quinzaine d'avril que Proust commençait à en souffrir. La lettre date donc vraisemblablement du printemps de 1903, moment de dissensions entre Marcel et ses parents : *cf.* les lettres C et CIV.

n'avais craint de te réveiller je serais entré dans ta chambre. Est-ce le retour de l'asthme et de la fièvre des foins, ma vraie nature physique, qui m'a valu cette plénitude de ma vraie nature morale. Je ne sais pas. Mais il y avait longtemps que je n'avais pensé à toi avec ce paroxysme d'effusion. Fatigué en ce moment et n'écrivant plus que du bout des doigts j'ai peur de mal dire ce que je voudrais dire. Que le chagrin rend égoïste et empêche d'être aussi tendre. Mais surtout que depuis quelques années bien des déceptions que tu m'as causées par des mots qui pour être rares n'en ont pas moins fait époque pour moi par leur ironie méprisante, et leur dureté (bien que cela ait l'air paradoxal) m'avait beaucoup détourné de la culture d'une tendresse incomprise. Mais tout cela est absurde, car je suis fatigué, je ne saurais t'exprimer en ce moment tout ce que je pensais tout à l'heure

« et le moins que j'en pourrais dire,
« Si je l'essayais sur ma lyre,
« La briserait comme un roseau

Mille tendres baisers

Marcel

L'heure pour le coiffeur 6 heures vingt, 6 heures 1/4 ou 7 heures 1/2 – . Et il faut me réveiller à 5 heures 1/2.

CIII

Ma chère petite Maman (tu as un mot dans le fumoir)

Veux-tu dire à Félicie que j'avais laissé tomber par terre dans ma chambre un bon poste de 10 f. et un de 2. Je crains qu'elle ne les ait jetés dans la boîte aux ordures. Regarde. – . Dis à Robert (si tu causes avec lui) que si par hasard il ne se sert plus de son automobile, je voudrais bien qu'il me le prête q.q. fois. Je demanderais pour les jours où il me le prêterait un chauffeur à n'importe quelle maison d'automobiles qu'il voudrait et [qui] [1] pourrait lui donner confiance, ou me ferais conduire par Albufera par exemple qui a fait le tour de la France, de la Belgique, de l'Allemagne et de la Suisse en automobile. Cela me permettrait d'aller un peu à la campagne.

Mille tendres baisers

Marcel

CIV

[Vers juillet ? 1903] [2]

Ma chère petite Maman

Merci infiniment de ton petit mot. Il m'a été bien agréable, car j'étais sorti et je rentrais avec le regret

1. *Lui*, sans doute par lapsus.

2. Cette lettre est antérieure à la mort du Dr Proust (26 novembre 1903) ; elle est postérieure de quelques mois au 1er février 1903, date où Proust devait remettre au *Mercure de France* son manuscrit de *La Bible d'Amiens* (voir la note p. 232) puisqu'il en

de n'avoir pu te remercier de ce charmant dîner et en lisant avec reconnaissance ton papier, c'est comme si j'avais un peu causé avec toi. « Cette fête a été charmante » en effet comme tu dis, grâce à ta gentille prévoyance et à tes talents d'organisation. Mais j'ai bien pleuré après le dîner, moins peut'être des désagréments que me cause l'absurde sortie de Bibesco – et de la répartie si injuste de Papa – que de voir qu'on ne peut se fier à personne et que les amis les meilleurs en apparence ont des trous si fantastiques que tout compensé ils valent peut'être encore moins que les autres. J'ai dit cent mille fois à Bibesco combien la fausse interprétation que vous avez adoptée de ma manière de prendre l'existence empoisonne ma vie, et combien, dans la résignation où je suis de ne pouvoir vous prouver qu'elle est erronée vous êtes en ceci pour moi plus un sujet de préoccupation légitime que je ne suis pour vous un sujet de préoccupations gratuites. Par surcroît de précaution, avant le dîner je lui ai rappelé : « pas de plaisanteries sur les pourboires d'une part – de l'autre pas de questions saugrenues à Papa : « Monsieur, croyez-vous que si Marcel se couvrait moins » etc. – Comme il a un reste de nature de sauvage, fâché de ce que j'avais raconté qu'il avait joué « en revenant de la Revue » dans l'église [1] il a cru exercer une vengeance, dont il a protesté depuis qu'il n'avait pas compris la portée, en disant exactement les

attend déjà les épreuves. La lettre serait vraisemblablement antérieure au départ du D^r^ et de Mme Proust, vers les premiers jours d'août 1903, pour la Suisse ; Bibesco aussi devait quitter Paris pour l'Angleterre en août 1903. Cette lettre daterait donc de la fin d'avril, mai, juin ou, plus vraisemblablement, de juillet 1903.

1. D'après le marquis de Lauris, cet incident aurait eu lieu à Saint-Leu-d'Esserent.

choses que je lui avais défendu de dirè (je veux dire le genre de choses, car bien entendu je ne lui avais pas défendu de dire que j'avais donné 60 francs, puisque j'avais donné 50 centimes). Je crois que la vue de mon chagrin, lui a donné des remords. Mais cela m'est égal et j'ai refusé de lui pardonner. Ce n'est pas un enfant, ni un imbécile, et s'il est capable, une fois averti, de grossir démesurément entre Papa et moi des malentendus qu'il n'est plus ensuite en mon pouvoir de dissiper, s'il m'atteint par conséquent dans des affections de famille qui me sont plus chères que mon affection pour mes amis, il est quelqu'un dont il faut autant se méfier que d'un être plein de cœur et de merveilleuses qualités mais qui par moments, par effet alcoolique, ou autre, vous donnerait des coups de couteau. Je sais que je lui fais beaucoup de peine en n'oubliant pas comme il le voudrait – et peut'être comme la sincérité de son repentir le mérite peut'être – sa vilaine action. Mais je ne le puis. Et quelque plaisir que cela puisse être pour moi d'avoir à la maison des amis, et de les sentir si gentiment et si brillamment reçus, je préfère n'en avoir jamais, si les réunions les plus intimes et qui devraient être les plus cordiales dégénèrent ainsi en luttes qui laissent ensuite des traces profondes dans l'esprit de Papa et fortifient des préjugés contre lesquels toute l'évidence du monde ne pourrait lutter.

Bonsoir ma chère petite Maman, je te remercie encore du charmant et gentil dîner, et étant très refroidi je te quitte. Je traiterai une autre fois la question budget, ayant écrit pour ce soir, plus longuement déjà que je ne voulais. Je ne dînerai pas en même temps que vous demain. Car si refroidi je me lèverai un peu plus tard qu'aujourd'hui et vous dînez plus tôt. Et d'un autre côté je ne crois pas que je dînerai sans m'habiller pour ne pas être bloqué toute la soirée. Car je n'aurai pas encore mes épreuves du Mercure, d'après le mot que Vallette m'a écrit ce soir [1]

Mille tendres baisers

Marcel

CV

Ma chère petite Maman

J'ai passé une nuit fatigante parce que je ne voulais pas me mettre sur la chaise longue pour me coucher – et que quand j'ai eu tout fait pour me coucher j'étais encore si oppressé (pas une grande crise du tout, je pense que c'était un peu entretenue par le malaise digestif (?) que je n'ai pu même me mettre sur mon lit. Et c'est seulement maintenant (à 7 heures moins 20) que je peux fumer pour me mettre au lit. Je voudrais dormir sans être réveillé, non pas évidemment pour sortir aujourd'hui (je ne serai pas couché avant 8 heures ou 7 1/2) mais pour ne pas me lever tard et pouvoir dîner pas trop tard et pas trop [tôt] pour

1. Proust a dû recevoir ses premières épreuves de *La Bible d'Amiens* vers l'été de 1903. Le jeudi 3 décembre 1903, huit jours après la mort de son père, Proust écrit à Mme de Noailles (lettre VI, *Correspondance générale*, II, p. 51) : « Voilà que maman apprenant que j'avais renoncé à Ruskin s'est mis en tête que c'était tout ce que papa désirait, qu'il en attendait de jour en jour la publication. Alors j'ai dû donner des ordres contraires et me voilà à recommencer toutes mes épreuves… » Nous savons d'après une lettre à Bibesco citée plus haut, et écrite en décembre 1902, que le manuscrit de *La Bible d'Amiens* était promis pour le 1er février 1903. Les premières épreuves ne pouvaient donc guère être attendues avant avril ou mai.

pouvoir (?) me coucher la nuit-prochaine [1]. D'autre part j'avais cette nuit pris froid très fort. Cela se passe. Mais pourtant veille aux fenêtres ; par ce beau temps on ouvre tout et beaucoup de mes maux viennent de là surtout quand je me couche si tard et suis aéré quand j'ai le plus chaud

Mille tendres baisers

Marcel

CVI

Grand Hôtel Victoria
Interlaken
350 chambres – 20 salons

Mercredi soir 8/2

[12 août 1903] [2]

Mon chéri

Cela te dit-il q.q. chose ? Nous avons aujourd'hui été en ch de fer par la vallée du Gnindelwald à la petite Sheideck et à la station qui est au pied de l'Eigerhorn et revenus – toujours en ch de fer par la vallée de la Lauterbrunnen. Nous avons eu tout le temps la vue de

1. Les points d'interrogation sont de Proust.
2. Lettre portant seulement la date du mercredi soir 8 h 30, datée par les allusions à l'affaire Humbert (voir la note 4, p. 234) au projet de rencontre avec les Duplay au Splendide Hôtel d'Évian ; au séjour de Robert Proust à Aix (*cf.* la lettre CVIII, écrite lors de l'arrivée à Évian où les Proust s'étaient rendus d'Interlaken après un court séjour à Ouchy). *Le Figaro* du 6 août 1903 signale la présence du Dr Proust aux obsèques du Dr Nocard, à Saint-Maurice (Suisse), d'où il a dû se rendre avec Mme Proust à Interlaken.

beaux glaciers, de beaux pics de neige etc. – – Nous avions pour guide le Dr Legrand qui est un montagnard érudit et la journée a été très agréable. Hier soir nous étions fatigués – nous nous sommes couchés tôt et profondément endormis. Seulement « vous m'êtes en dormant un peu triste apparu ». J'ai tout le temps rêvé de mon pauvre loup malheureux et comme je n'avais pas la ressource de l'ami du Monomopata [*sic*] je n'ai pu accourir près de lui et j'ai continué de m'attendrir [1]. Mme Sigrist et Ferrière ne donnent toujours pas signe de vie [2]. Comme je lui ai écrit – et de même à Mad. Duplay – que nous attendions un signal pour venir – nous ne pouvons qu'attendre. J'ai envoyé un télégramme à mon fils défroqué – à Aix – pour lui annoncer notre arrivée ici [3].

Je viens de lire dans la *Gazette de Lausanne* quelques tranches rassises – de l'affaire Humbert. Je n'y ai rien vu – si ce n'est qu'elle a l'indépendance, l'aisance d'un accusé politique qui traite d'égale avec les pouvoirs [4]. – .

Madame Legrand me disait que elle a vu ici trois jeunes gens ou messieurs – qui sont restés 10 jours à

1. Allusion aux amis du Monomotapa, *Les Deux Amis*, dans les *Fables* de La Fontaine, livre VIII, fable XI :

Vous m'êtes, en dormant, un peu triste apparu ;
J'ai craint qu'il ne fût vrai ; je suis vite accouru.
Ce maudit songe en est la cause.

2. La propriétaire et le gérant du Splendide Hôtel à Évian-les-Bains.

3. Voir ci-dessous, la lettre CVIII, note 1, p. 238.

4. Affaire d'escroquerie où Thérèse Humbert jouait un rôle prépondérant. Le procès des époux Humbert fut jugé devant la cour d'assises de la Seine du 8 au 22 août 1903. Humbert et sa femme avaient fait des emprunts considérables en laissant supposer qu'ils attendaient un gros héritage. Humbert était le fils d'un sénateur, ancien garde des Sceaux et premier président à la Cour des comptes.

l'hôtel – tenue de ville irréprochable – ne bougeant pas – parcourant nonchalamment revues et journaux, bâillant dans le rocking-chair etc. – . Quand un jour – transformés, elle les voit en chemise de flanelle, alpenstock à la main, feutre mou d'où s'échappaient quelques rhododendrons des montagnes, des edelweiss. « D'où viennent ces messieurs ? » demande-t-elle étonnée à l'hôtelier. « Oh de nulle part, ces messieurs partent, ils vont prendre le train. »

Ah ma chère la bonne histoire ! Adieu mon chéri j'espère que les nouvelles de mon pauvre petit ne tarderont plus ?

Mille tendresses

J. P.

CVII

Évian-les-Bains, le 18 Août [1903] [1]

Mardi matin

Mon chéri

Il est 10 h 1/2 – nous venons d'arriver à Évian – ton père occupera pour aujourd'hui la chambre du fils Sigrist (Siegfried est une erreur de ta lecture ou de mon écriture) et moi celle de quelqu'un qui partira ce soir ; et demain nous aurons nos vraies chambres (qu'on ne peut encore me montrer).

1. Lettre datée de la main de Mme Proust : « 18 Août », avec l'inscription en dessous : « Mardi *matin.* » Comme le papier d'hôte porte l'inscription : « Évian-les-Bains, le................. 19.... », la lettre ne peut être antérieure à 1900, et daterait de 1903, seule année entre 1896 et la mort de Mme Proust où le 18 août tomba un mardi.

Ce matin à Ouchy, j'ai eu la joie de recevoir avant mon départ deux lettres de mon pauvre loup, l'une la petite demi-feuille – revenue d'Interlaken – et l'autre adressée directement à Ouchy. Veux-tu mon chéri me répondre à mes questions de ménage :

Toutes tes affaires de la tête exclusiv[ement] aux pieds inclusiv. sont-elles en parfait état ? Ce qui était à laver – à nettoyer – à visiter – à ressemeler – à marquer – à repriser – à border – à changer les cols – boutonnières etc. – – En retirant les jours de fête Marie a eu pour cela 6 journées. J'aimerais savoir si elles ont été appliquées utilement – Tâche que toute chose se passe avec un peu d'ordre (Je sais que sans prêcher d'exemple tu es très capable de diriger).

Je crois avoir aperçu M. Ployer – Leneveu – les petits Helbronner (Weisweiler) enfin toujours à peu près les mêmes. L'Hôtel d'Ouchy est à celui-ci ce que la garde-robe de Mme Cahen d'Anvers peut être à la mienne [1].

Je t'embrasse mille fois – mais gantée – ce qui me rend plus illisible

Mille ten[dres] bai[sers]

Sans signature

Heureuse de ta visite rue Greffuhle [*sic*] Laure m'a envoyé un mot pour me donner de tes nouvelles [2]. Elle avait l'air aussi heureuse que possible de ta visite.

1. Il s'agit de la comtesse Louis Cahen d'Anvers, née de Morpurgo, dont il est question dans les lettres de Proust à J.-E. Blanche, *Correspondance générale*, t. III, p. 141-142.

2. Il s'agit de Mme Nathan, qui venait de perdre sa mère. *Cf.* la lettre XX, note 2, p. 52.

Je viens de voir Madame Duplay demandant très tendrement après toi.

– en arrivant en bateau vu Desjardins qui est à St Gingolf avec sa mère.

CVIII

Splendide Hôtel & Grand Hôtel des Bains,

Évian-les-Bains, le 19 Août 19[03] [1]

Mon chéri

Je n'ai pas encore ta lettre aujourd'hui – elle viendra plus tard – Je viens d'apercevoir M. et Mme Armand Brun – Si elle est aussi irréprochable dans sa vie que dans ses costumes c'est une femme de choix.

Léopold Weisweiler est parti ce matin nous en avons donc peu joui. M. Ployer vient de Vittel où il était avec Poincaré et Barbou. Mme Alfon – (fille de Mme Eugène Pereire [2]) est ici avec sa jeune fille – d'environ 15 ans ; à laquelle on offre fleurs, politesses etc. – – – et qui est une enfant qu'elle a prise à la Maison de Refuge et adoptée ! Or comme cette petite ne se souviendra pas des mauvais jours et du miracle de sa destinée, il est probable qu'elle aura un jour ses vapeurs tout comme une autre, trouvera

1. Lettre sur le même papier du Splendide Hôtel d'Évian que les lettres CVII et CIX ; datée du « 19 Août » de la main de Mme Proust. Doit être de 1903 et suivre immédiatement la lettre CVII : allusions à la rencontre avec Desjardins « hier » à l'arrivée à Évian ; à l'installation « dans nos chambres pour tout de bon » (*cf.* la lettre précédente) ; et à Robert Proust séjournant à Aix.

2. Mme Salomon Halfon, née Pereire, était l'épouse de l'administrateur de la Compagnie transatlantique. *Paris-Hachette*, 1900.

que Paris n'est plus habitable, que son mari ne peut garder son tailleur etc. – – Desjardins m'a abordée à la sortie du bateau hier m'a demandé le n° de la rue de la Guette à S. Cloud pour y envoyer à Robert des bonbons. Je crois que c'était une simple malice pour me faire dire qu'il était à Aix – Quoi qu'il en soit – il va à Aix dans 10 jours et puis la chasse – et pourra revenir plein de tuyaux sur les Amiot [1].

Je t'embrasse mille fois mon chéri. On vient de nous installer dans nos chambres pour tout de bon. Nous sommes très bien et ne les quitterons plus.

Mille tendres bais[ers] mon chéri

Sans signature

CIX

Splendide Hôtel & Grand Hôtel des Bains,

Évian-les-Bains, le *Jeudi matin* 10/2

[20 août 1903] [2]

Mon chéri

J'ai reçu ce matin seulement (cela doit arriver tard le soir et c'est distribué en ce cas le matin à 8 h) ta

1. Robert Proust, marié seulement depuis le 2 février 1903, était à Aix chez la famille de sa jeune épouse, née Marthe Dubois-Amiot.

2. Lettre sur le même papier du Splendide Hôtel d'Évian que les lettres CVII et CVIII ; doit être postérieure à 1899, puisque le papier porte l'indication « Évian, le………… 19…. », et antérieure à la mort du Dr Proust (26 novembre 1903). Cette lettre suit évidemment celle du mardi 18 août 1903, et précède celle du samedi 22 août 1903 ; allusions à la garde-robe de Marcel dont Marie devait s'occuper. *Cf.* aussi la question d'un séjour de Marcel à Évian, et les

lettre *sensationnelle*. Je commence à y répondre – et à ce même moment j'en reçois une autre de toi que je vais décacheter – –

– – – – – – –

Mon chéri, J'ai lu la 2e lettre. Pourquoi cette exaltation nerveuse et absurde sur les renseignements envoyés à Georges ? Pourquoi veux-tu que je ne les lui envoie pas ? et pourquoi faut-il que je prête serment – « si non tu télégraphies »... À quoi cela rime-t-il ? Je les lui enverrai de même que je leur ai indiqué le nom du dr Bourget si ils avaient lieu de consulter étant dans ces parages.

Quant à Évian mon chéri si tu y viens – on t'y casera – mais quant au calme *si relatif* que tu puisses t'y résigner – il n'y faut *pas songer*. Moi-même si invulnérable à ce sujet – j'ai mal à la tête aujourd'hui de la répétition de mes réveils. Il n'est pas matériellement possible de le trouver à *aucune heure* à *aucune place* à l'hôtel. Si tu tenais à Évian – il faudrait que je te cherche une chambre le mieux possible en ville – et que tu viennes ici pour les repas. Sinon ta vie ne te serait pas tenable ni supportable. Si la campagne ou la mer t'allaient mieux – je pourrais aller t'y rejoindre (Trouville, Cabourg, t'iraient-ils ?) Si je parle de Cabourg, c'est parce que tu t'y es trouvé bien jadis – mais cela ne veut rien dire). Ton père ne fera pas ici un traitement très long et je pourrais très bien te retrouver vers le 1er 7bre à la mer[1]. Si tu

deux lettres suivantes. La lettre en question ici, datée de la main de Mme Proust : « Jeudi matin », doit, par conséquent, dater du jeudi 20 août 1903, dix heures et demie du matin. Nous trouvons par ailleurs une confirmation de cette date dans l'allusion au duel évité (voir la note 1, p. 240).

1. *Cf.* la lettre CXI ci-dessous, note 3, p. 243.

venais de ces côtés il vaudrait mieux Thonon – qui est plus calme – ou Ouchy parce que l'hôtel quoique très plein – a les bruits moins aigus par le genre de construction. Personnellement – si tu crois que tu peux te plaire à la mer – moi j'irai très volontiers. Mille tendres baisers

Sans signature

Si tu préfères Évian dis-le-moi et je me mettrai aussitôt en quête de ton logement au-dehors – Je ferai ce que tu aimeras le mieux.

P. S. pratique

Ne puis-je donc pas arriver à savoir si toute ta garde-robe a été remise en état irréprochable ?

Quant au champ de bataille – ce que j'y vois de plus beau c'est que tu aies évité à des gens de se battre [1] – Je voudrais qu'on te rendit « muet » et que tu fusses par ta générosité naturelle moins entraîné à être prodigue de toi-même dans tes forces dans ta personne etc – Mais je suis contente que du moins tu en aies eu pour récompense un bon résultat.

1. Il s'agit d'un duel manqué entre André Picard, auteur dramatique, et une autre personne, probablement Jacques Bizet. Voir la lettre XII à G. de Lauris, *Lettres à un ami*, p. 83, lettre qui date du même jour que la lettre de Mme Proust. Il est également question de ce duel dans une lettre inédite à Léon Yeatman, lettre où Proust demande si le destinataire peut faire entrer Albufera aux débats du procès Humbert, et que nous datons du mardi soir 18 août 1903.

CX

[Évian] Samedi 3 hr. [22 août 1903][1]

Mon chéri

J'ai reçu ce matin ta lettre datée Jeudi (lettre incidents Yeatman etc. –) très gentille – et qui ne répond pas encore à ma réponse sur l'hôtel d'Évian. Mais je suis *outrée !* que tu *oses* dire que je ne lis pas tes lettres quand je les lis, relis, regrignote tous les petits coins et puis le soir tâte encore s'il reste q.q. chose de bon à savourer. Je trouve comme toi triste l'effet du procès – et scandaleux ces accusés joués à pile ou face dans le *Matin*[2]. M. Cottin nous a raconté ce matin ceci :

Madame de Hirsh qui était sa cliente avait fait à la caisse philanthropique de je ne sais plus quelle œuvre un don de *deux millions !* à charge de fonder 20 rentes de 3 000″ viagères pour des femmes du monde passées de la prospérité au besoin.

M. Cottin lui a dit : Avez-vous confiance en moi ? Je sollicite une de ces rentes pour une femme qui en est digne etc. etc. etc.

1. Lettre portant la date du « Samedi 3 hr. » ; datée par les allusions au « Concours » du *Matin* (voir la note 2 ci-dessous), à la « réponse sur l'hôtel d'Évian » donnée dans la lettre du 20 août, et aux questions sur la garde-robe de Marcel (*cf.* les lettres CVII et CIX ci-dessus).

2. *Le Matin* avait annoncé, dès le 14 août 1903, un « Concours » auquel ses lecteurs devaient répondre à des questions telles que : « Thérèse Humbert sera-t-elle acquittée ou condamnée ? » *Le Matin* du 21 août annonçait en première page « le Verdict du public » indiquant comme résultat une forte majorité pour la condamnation de Thérèse et Frédéric Humbert. Ce « concours » fut « réprouvé » par l'avocat général Blondel.

Réponse – (après avoir entendu le récit) Mais cela ne se peut – Votre dame a un mari – et ces rentes ne sont applicables qu'aux veuves. Mais du moment que vous vous intéressez etc… « elle a séance tenante signé un chèque de 3 000 ! » (En te le racontant je vois la tête du père Muret enregistreur automatique qui était présent à notre entretien). Il y a ici une Madame de la Ferté Meung – qui paraît s'isoler du peuple – et qui est la belle-mère d'une petite Porgès. Nous attendons (ou plutôt les Cottin attendent) M. et Madame Goujon. Avec nous ils causeront de l'affaire Humbert – M. Goujon ayant été président à Rouen [1] nous éclairera sur Dumont – et entre eux sans nous ils causeront des congrégations et des moyens employés par Keller pour les secourir en gardant les apparences de la légalité. Enfin tu me dis que ta garde-robe est en état : J'avais peur qu'elle ne le fût pas et que Marie ne fût malade – à cause de ton silence. Je suis contente de voir au contraire qu'elle va bien. J'espère que Gabrielle est rétablie dis à Félicie de ne pas se rendre malade à son tour en se trop fatiguant chez elle.

Mille tendres baisers cher petit.

Sans signature

1. Il s'agit du même Gougeon que Marcel Proust avait rencontré à Évian en 1899. Il avait été, en effet, président du tribunal civil de Rouen. Voir ci-dessus, lettre LXXIV, note 1, p. 162, et la lettre LXXVI.

CXI

Carte-lettre

Monsieur Marcel Proust
45, rue de Courcelles
Paris

Évian, Splendide Hôtel

Lundi [24 août 1903][1]

Mon chéri

Ta lettre (le train de Paris avait manqué la correspondance) m'est arrivée trop tard hier pour je puisse rien faire[2]. D'ailleurs il faisait un temps tel que je n'eusse pu mettre le pied dehors. Il a fallu nous résigner à renoncer le soir au théâtre parce qu'il n'était pas sûr que le tramway pût marcher au retour. Aujourd'hui temps rasséréné et je vais chercher les chambres en question et t'écrirai ce que j'aurai vu de mieux. Sais tu seulement car je ne voudrais pas que te donnant tant de fatigue pour nous rejoindre tu eusses de déception, que ton père – trouvant cette année Vichy plus nécessaire qu'Évian ne veut que *13* ou au *maximum* 15 jours de traitement ici et que par conséquent nous en partirons Mardi (il a déjà 8 traitements faits) au plus tard[3]. Mille tendres baisers cher petit. Je vais me mettre en campagne. Pour l'affaire

1. Carte-lettre datée « Lundi » et portant le cachet postal : « Évian-les-Bains (Hte-Savoie) 10 h/24 Août 03. » Au dos, date de l'arrivée à Paris : « 25-8-03. »

2. Mme Proust venait de recevoir une lettre de Marcel annonçant sa décision de la rejoindre à Évian. Elle devait lui trouver un logement en ville.

3. Le *Journal des débats* du 3 septembre 1903 annonce l'arrivée du professeur Proust à Aix-les-Bains. (Dans l'original, la parenthèse n'est pas fermée.)

Humbert toi ou moi voyons à l'envers du bon sens. J'aime mieux croire que c'est moi.

Sans signature

CXII

[Évian-les-Bains] Jeudi 27 [août 1903] [1]

Mon chéri

Aujourd'hui Monsr Duplay est mieux – sa température a baissé depuis l'après-midi d'hier à 37,8 – et ce matin au réveil était de 37,1 – Mais ton père dit qu'elle peut se relever tantôt – et qu'il ne sera tranquille complètement que quand il sera guéri. Ton père a reçu ce matin un mot de Madame Amiot [2]. Robert quitte Aix Dimanche soir et rentre directement à Paris. J'inclus dans ma lettre ton chèque du 1er. Si tu quittais Paris avant – tu pourrais le remettre à Nathan. Je crois qu'il n'y aurait pas d'indiscrétion à le prier de t'en remettre le montant puisque le chèque est fait pour le 1er. Si tu n'as pas quitté Paris arrange-toi à ce qu'Antoine l'ait – acquitté par toi – dès le 30 qui est Dimanche – pour qu'il le touche le *Lundi matin* et *t'apporte l'argent de suite.* Je crois que tu auras peut-être plus d'agrément à l'hôtel qu'en

1. Lettre sur demi-feuille du même papier d'hôtel que celui des lettres CVII, CVIII et CIX, datées d'Évian, août 1903 ; porte la date du « Jeudi 27 » inscrite de la main de Mme Proust. Le 27 août tombant justement un jeudi en 1903, cette lettre ne peut dater que du jeudi 27 août 1903. *Cf.* l'allusion au séjour de Robert Proust à Aix, et les lettres CVI et CVIII ci-dessus ; *cf.* l'allusion au prochain départ de Marcel pour Évian, et les lettres précédentes.

2. Voir ci-dessus, note 1, p. 238.

chambre [1] – d'autant plus que les pluies ont mis un peu d'humidité partout. Maintenant il a fait beau hier – il fait beau aujourd'hui – cela fait pour la première fois deux jours de suite – peut-être est-ce le commencement d'une nouvelle ère ?

Mille tendres baisers cher petit

Sans signature

Bien entendu fais comme tu dis et règle tous comptes avant de partir que ce soit un jour plus tôt ou plus tard (J'ai reçu ta lettre (datée de mardi soir ce matin)

1. Voici une description de l'arrivée de Marcel à Évian cet été-là, et du milieu où il se trouvait, d'après Maurice Duplay, « Souvenirs sur Marcel Proust », *Tel Quel*, 25 juin et 2 juillet 1946. On verra qu'il y a plus d'un rapprochement à faire avec les lettres de Mme Proust :

« Au cours de l'été 1903, M. et Mme Proust se trouvaient à Évian avec mes parents et moi. Nous habitions sur les hauteurs un palace dont la clientèle se composait de financiers, d'opulents rentiers et de snobs. Sur ce fond vulgaire se détachaient… un trio de personnages mornes et guindés qui prétendaient incarner, le premier le barreau, le second la peinture et le troisième la musique. Alors célèbres, ces pontifes sont complètement oubliés aujourd'hui…

« Un soir, vers l'heure du dîner… l'omnibus de la gare amena de nouveaux baigneurs et, parmi eux, emmitouflé dans son plus épais pardessus d'hiver, Marcel Proust. Il venait passer une quinzaine en famille… »

M. Duplay a bien voulu nous autoriser à citer ces souvenirs, tout en nous indiquant qu'ils reparaîtront dans un grand roman sur la bourgeoisie française étudiée de 1900 à 1939 : *Les Princes fainéants*, où des personnages réels alternent avec des personnages fictifs.

CXIII

Monsieur Marcel

6 h 1/2

[vers l'été de 1903 ?] [1]

Mon chéri

Si tu viens dîner n'emporte pas de bière. Si tu dînes ici tu auras ce qu'il te faut – mais la question demi glace ne me paraît guère réalisable. Pour en avoir il faudrait aller jusqu'à un café-glacier des boulevards – et comment la rapporter.

Je n'ai pu malgré mes efforts rien faire à tes épreuves [2] elles sont sur le bureau du fumoir

Tendres baisers

J. P.

CXIV

[Vers décembre 1903] [3]

Ma chère petite Maman je t'écris ce petit mot, pendant qu'il m'est impossible de dormir, pour te dire que je pense à toi. J'aimerais tant, et je veux si absolument,

1. Sur papier de même filigrane, qualité, format et encre que la lettre CIV ci-dessus, qui fut écrite vers juillet 1903, au moment où Proust attendait ses épreuves pour *La Bible d'Amiens.* Il est donc vraisemblable qu'il s'agit ici des mêmes épreuves.

2. *Cf.* la note précédente, et ci-dessus, note 1, p. 232.

3. Lettre sur une demi-feuille de papier de grand deuil « Waterford » ; apparemment écrite peu après la mort du Dr Proust (voir la note 1, p. 247), et daterait de la fin de novembre ou de décembre 1903, ou peu après. *Cf.* la note 2, p. 247.

pouvoir bientôt me lever en même temps que toi, prendre mon café au lait près de toi. Sentir nos sommeils et notre veille répartis sur un même espace de temps aurait, aura pour moi tant de charme. Je m'étais couché à 1 heure 1/2 dans ce but mais ayant eu besoin de me relever il m'a été impossible de retrouver mon épingle anglaise (qui ferme et rétrécit mon caleçon). Autant dire que ma nuit était finie. J'ai cherché à en trouver une autre dans ton cabinet de toilette etc etc et n'ai réussi qu'à attraper un fort rhume dans ces promenades (fort est une plaisanterie) mais d'épingle pas. Je me suis recouché mais sans repos possible. Du moins très bien tout de même je charme la nuit du plan d'existence à ton gré, et plus rapprochée encore de toi matériellement par la vie aux mêmes heures, dans les mêmes pièces, à la même température, d'après les mêmes principes, avec une approbation réciproque, si maintenant la satisfaction nous est hélas interdite[1]. Pardon d'avoir laissé le bureau du fumoir en désordre, j'ai tant travaillé jusqu'au dernier moment[2]. Et quant à cette belle enveloppe, c'est la seule que j'aie sous la main. Fais taire Marie Antoine et laisser fermée la porte de la cuisine qui livre passage à sa voix.

Mille tendres baisers.

Marcel

Je sens que je vais très bien dormir maintenant.

1. Allusion à la mort récente du Dr Adrien Proust, décédé le 26 novembre 1903.

2. Marcel s'était remis à corriger les épreuves de *La Bible d'Amiens* immédiatement après la mort de son père. Il les renvoya à l'éditeur vers la mi-février 1904. *Cf.* la lettre VI à Mme de Noailles, écrite le 3 décembre 1903, que nous citons ci-dessus à propos de la lettre CIV, note 1, p. 232.

CXV

Ma chère petite Maman pour des raisons que je t'expliquerai je dînerai même si je ne dors pas (mais je vais tâcher de dormir un peu) excessivement tard. Comme j'espère que cela ne m'arrivera plus, je serais bien content de penser que tu ne m'attendras pas (9 h. 1/2 à peu près).

Si je pouvais t'embrasser (sans te parler) cela me ferait tant de plaisir. Alors viens vite avant l'extinction des feux. Ne viens pas puisque hélas on a déjà sonné et que tu t'es précipitée vers ma tante avec une ardeur que je n'ai jamais excitée.

CXVI

Ma chère petite Maman

J'ai peur dans la violence de la crise qui m'empêchait d'écrire de n'avoir pas donné à mon mot la forme qui t'aurait plu. Car j'aime mieux avoir des crises et te plaire que te déplaire et n'en pas avoir. En tous cas en ce moment je me contente de t'embrasser car je m'endors à la seconde même. Sans trional donc pas de bruit. Ni de fenêtres. Je suis déjà endormi quand on te donne cela.

CXVII

[Juin 1904] [1]

Ma chère petite Maman

Grande émotion, grande joie, après une si anxieuse attente dont je ne sais te parler – . Et hier soir Robert m'avait dit qu'il saurait tout aujourd'hui mais autant que possible de ne pas te le dire. C'est pourquoi j'ai glissé quand tu as dit qu'il viendrait aujourd'hui. – Et maintenant toujours dans mon incapacité de m'associer à rien de votre vie je vais essayer de dormir car j'ai eu une dure matinée.

Mille tendres baisers

Sans signature

Ne fais pas de feu dans la salle à manger pour ce nouvel agrégé mais laisse les rideaux entrouverts tantôt.

CXVIII

[1904 ?] [2]

Ma chère petite Maman

Aurais-tu la bonté de mettre ces lettres à la poste. Peut'être un pneumatique y sera-t-il joint.

1. Le *Journal officiel* du 22 juin 1904 annonce, parmi les agrégés près de l'université de Paris, M. Proust (Robert Émile Sigismond Léon), en chirurgie.

2. Lettre sur une demi-feuille de papier deuil « Waterford », écrite après la mort du Dr Proust. L'allusion à Merklen semble indiquer qu'elle fut écrite vers l'été de 1904 ou peu après (voir la note 1 ci-après) ; en tout cas elle est antérieure au 26 septembre 1905, date de la mort de Mme Proust, et daterait de 1904 ou de 1905.

D'autre part voici une lettre pour la banque hongroise il faut y joindre un bon poste international de 31 fr. 80 (trente et un 80) en faisant attention de ne pas faire tomber les billets que je leur renvoie. Voici une lettre pour Merklen à faire déposer (pas de réponse)[1]. Tu y joindras les *Plaisirs et les Jours* en ne les laissant pas dans le papier portant le nom de Calmann Lévy de préférence et en les remettant dans la gaine de papier de soie que je n'ai pu faire rentrer. Mais il faudra une enveloppe extérieure plus solide. Enfin si tu sors et si tu as la bonté de t'occuper de tout cela veux-tu faire envoyer au Cte Gabriel de La Rochefoucauld 93 rue de l'Université, en faisant recevoir *chez moi :* le *Dictionnaire de l'œuvre de Balzac* (je ne sais si c'est le titre exact de Cerberr [*sic*] et je ne sais plus qui)[2], le *Cas Étrange du Dr Jekkyl* [*sic*] de Stevenson, *Suicide Club*, du même, (cela s'appelle peut'être les *N^lles^ Mille et une Nuits*, ou peut'être le *Diamant du Rajah*) et le *Dynamiteur* du même[3]. Enfin faire dorer la plume (la plus belle) du papetier. J'ai vraiment un soupçon d'inexplicable grippe. Ce soir à un moment donné j'avais la voix

1. Le Dr Pierre Merklen (1852-1906), médecin de l'hôpital Laënnec à Paris, spécialiste des maladies de poitrine et du cœur. D'après une lettre à Antoine Bibesco, Proust a dû le consulter vers juillet 1904. Merklen lui conseilla d'aller dans un établissement antiasthmatique en Allemagne où on lui ferait « perdre l'habitude » de son asthme, devenu une habitude nerveuse.

2. Cerfberr et Christophe, *Répertoire de la Comédie humaine*, Paris, Calmann Lévy, 1887.

3. Gabriel de La Rochefoucauld a témoigné, lors de la mort de Proust, que celui-ci l'initia aux œuvres de Robert Louis Stevenson. *Hommage à Marcel Proust*, Gallimard, 1923, p. 63.

absolument extincte et un vague torticolis. Pas mal en ce moment du tout.

Mille tendres baisers

Marcel

Les *Plaisirs et les Jours* sont sur une chaise de la salle à manger. Je voudrais que Calmann me renvoie des *Plaisirs et les Jours*. Il faut faire *recommander* la lettre pour la banque Hongroise.

CXIX

Ma chère petite Maman [1]

Ton petit Frédéric (qui n'est autre que ton pauvre Marcel bien que tu les distingues à tort) retousse pas mal et a très mal à la tête. Aussi ne t'écrit-il pas long (il va très bien sans cela mais cela l'ennuie de ravoir de la toux). Veux-tu faire mettre ce pneumatique pour Mme de Noailles. Cependant comme il est très tard, s'il coûtait plus de 20 sous, mets-le en lettre. Exprès je n'ai pas écrit pneumatique sur l'enveloppe, de sorte qu'on n'aura qu'à l'emporter si cela ne dépasse pas 20 sous, et si cela les dépasse on n'aura rien à modifier à l'enveloppe.

Mille tendres baisers

Marcel

1. Lettre sur papier de deuil ; écrite après la mort du père de Proust (26 novembre 1903) et avant celle de sa mère (26 septembre 1905).

CXX

Yacht Hélène

Jeudi [11 août 1904] [1]

Ma chère petite Maman

Je vais répondre avec minutie à toutes les questions que tu me ferais. Voyage en chemin de fer jusqu'au Havre sans aucune crise ni oppression grâce à un courant d'air complet maintenu par moi dans ce but. – À la gare trouvé M. Mirabaud [2]. Allé avec lui en voiture jusqu'au port. À la minute où je pénètre dans le port du Havre, asthme intense (pas de suffocation, pas de crise, asthme) visité le bateau, asthme croissant sans jamais de suffocation. Puis installé chez moi vers 1 h. du matin ou 2 h. Fumigations qui ne servent pas. Impossibilité de me déshabiller, parce que tout froid, humide, etc. Trional vers 3 h et alors essai de dormir. Je m'étends de 3 h 1/2 à 5 h, habillé, à 5 h. je monte sur le pont (5 h. du matin). À 7 h. nous partons. Je suis pas très net [?] de respiration mais enfin très supportable,

1. Proust avait quitté Paris pour Le Havre le mardi 9 août 1904. Voir la lettre XXVIII à Mlle Nordlinger, *Lettres à une amie*, Manchester, 1942, p. 70, lettre écrite le dimanche soir 6 août 1904. *Cf.* l'allusion, dans la lettre à Mme Proust, à la mort de Waldeck-Rousseau (voir la note 1, p. 256).

2. Paul Mirabaud, beau-père de Robert de Billy, et régent de la Banque de France, était le propriétaire du yacht *Hélène* à bord duquel Proust fit sa seule excursion en mer, du mardi soir 9 au dimanche soir 14 août 1904. L'itinéraire comprenait Cherbourg, Ouistreham, l'île de Guernesey, Saint-Malo, le yacht étant ancré deux jours en rade de Dinard, d'où Proust regagna Paris. *Cf.* R. de Billy, *Lettres et Conversations*, p. 143, 146-147 ; lettres XXVIII et XXIX à Mlle Nordlinger, *Lettres à une amie*, p. 70, 71 ; lettre XIX à Mme Straus, *Correspondance générale*, tome VI, p. 22 ; et une lettre inédite à Mme Léon Yeatman.

je prends le petit déjeuner, puis mon asthme se calme, belle mer, beau temps ; grand déjeuner à midi 1/2 l'asthme se calme de plus en plus, l'après-midi est très bonne (toujours pas dormi ni déshabillé). À 7 h. nous arrivons devant Cherbourg. Nous dînons (toujours à bord naturellement) (légèrement) cela ne me donne aucune oppression après dîner mais m'empêche de me coucher. Je reste sur le pont *sans la moindre oppression* (note qu'il faisait depuis 3 h. très froid, tout le monde gelait, moi pas) vraiment excessivement dégagé, t[t] à fait bien (côté asthme). Alors je décide de ne pas partir le lendemain matin – (ce matin). – . À 2 heures 1/2 du matin, 3 heures, je me couche (déshabillé tout à fait couché) (la 1re fois depuis Paris) je dors bien mais je suis réveillé à 7 h par de l'asthme vif. Le temps est devenu pluvieux, il pleuvasse. Mon asthme paraît beaucoup tenir à l'humidité du bord. Je veux partir mais devant l'annonce qu'on ira ce soir à Dinard je renonce à partir et décide de rester deux jours à Dinard. Mais voilà que dans l'intervalle M. Mirabaud n'a pas pu dormir. Alors il reste couché et a demandé que le yacht ne marche pas pour le laisser plus tranquille dormir. On passera la journée au port. Comme il est onze heures du matin il est bien tard pour changer d'avis et partir, je ne prends pas de 1er déjeuner car le dîner si léger qu'il fut d'hier m'en a ôté l'envie et je m'habille. À midi 1/2 je déjeune mais trop légèrement. Après déjeuner un canot à vapeur (steamlanch) [*sic*] nous emmène à Cherbourg. Je demande à y être seul pour écrire et me reposer mais ne trouvant pas d'endroit ni de voiture fermée je marche, je piétine, je m'éreinte, je me mets en nage, il faut reprendre le canot où il y a beaucoup de vent, je recommence à tousser etc. On revient au yacht qui décidément ne bougera pas, M. Mirabaud ayant déjeuné dans son lit et ne se levant que pour l'heure du goûter. On a fait armer une petite yole à voile pour faire un tour, j'y fais l'espace de cent mètres mais me suis fait aussitôt ramener car j'ai un peu peur. Maintenant je suis revenu à bord du yacht (toujours immobile en rade depuis hier soir) et je t'écris. Bien que la jolie traversée d'hier par ce beau temps (il refait du reste beau tantôt mais ce n'est plus le charme de naviguer puisqu'on est arrêté) le non-asthme et le grand charme de solitude hier soir devant Cherbourg m'ait beaucoup plu je crois que je prendrai demain matin le train de Paris en m'arrêtant à Bayeux et à Caen. Mais je ne suis pas entièrement décidé. D'aucune façon ne m'envoie (excepté en cas utile) de dépêche car la tienne d'hier à causé de g[des] complications. M. Mirabaud est tout à fait charmant pour moi et Billy, je dirais si je ne détestais pas les sacrilèges, fraternel. Nous avons également à bord Mme Fortoul née de Bourgoing qui est excessivement aimable pour moi, Mme Jacques Faure très jolie, Mlle Oberkampf et Madame de Billy qui est charmante avec moi et charmante tout court. Le yacht est une merveille. Du reste je n'ai voulu que te renseigner sur ma santé et réserve les récits pour le tête-à-tête. Je n'ai naturellement [pas] touché au sirop d'éther puisque je n'ai pas eu une seule suffocation depuis que je t'ai quittée. Quant au mal de mer je n'y ai même pas songé. Il faut dire que sans avoir une mer unie, elle était si belle et si faiblement agitée qu'il n'y aurait pas eu possibilité. Madame de Billy l'a pourtant eu mais je crois que c'est le canot à vapeur qui le lui a donné. J'ai un petit peu de tendance à l'asthme et je regrette mes bousculades de tantôt mais enfin je n'ai pas du tout d'asthme. Je ne sais quand tu auras cette lettre ; il faut sans doute qu'elle aille à Paris avant de revenir à Étretat. Cela me paraît drôle à moi qui suis blotti dans ton cœur et t'ai perpétuellement à portée de ma pensée et de ma tendresse, qui t'adresse mille fois par minute la parole en imagination et ne t'embrasse pas moins souvent, de penser que il faut que ma lettre aille te chercher si loin et ne t'arrive que longtemps après que je t'ai écrit. Nos cœurs plus avancés ont le téléphone. J'étais très séduit hier par cette vie de yacht, et je me suis informé auprès de Billy de ce que coûte à louer un yacht. Tu ne l'imaginerais pas ! Celui-ci (sans compter bien entendu les sommes énormes qu'il a coûtées) coûte 25 000 (vingt cinq mille frs) d'entretien par *mois* (les mois où il est armé, naturellement). M. Mirabaud est magnifique, un Dieu Saxon immense et fort avec exactement la figure de Madame de Billy, son nez, son teint, ses yeux (plus bleus) ses cheveux, sa manière de parler. Merklen l'a ressuscité et il va très bien. Je crois que c'est une infraction hier au régime (trop de melon) qui l'a empêché de dormir cette nuit et par contrecoup nous de voyager aujourd'hui. Embrasse tendrement Robert et Marthe. Je suis si heureux qu'ils soient pour toi des enfants gentils, plus gentils que moi. Je suis sûr que Diaz serait content de savoir son atelier habité par Marthe qui ressemble tellement au type qu'il a toujours peint avec ses beaux yeux, ses beaux cheveux, sa belle figure. Il aurait sûrement voulu la faire poser si toutefois Robert ne s'y était pas opposé car il peignait généralement des déesses peu vêtues.

Mille tendres baisers.

Marcel

Jamais je ne pourrai t'exprimer à quel point je te regrette ici. La mer que tu aimes tant, des couleurs qui t'enchanteraient, un air qui n'a rien de celui de la salle à manger une température qui fait que chacun est blotti dans les châles (pas dans les chambres par exemple, à côté desquelles la salle à manger est une glacière. Je suis obligé de laisser mon hublot entre-ouvert ce qui m'oppresse le matin à cause de l'humidité, mais on ne peut l'ouvrir à volonté et il faut décider le soir si on veut l'ouvrir). T'ayant vue à la peine de la chaleur, toujours en fuite, ou si tu restes, dormant à poings fermés, j'aimerais te voir ici admirant et respirant. Parle bien à Robert de ta fatigue de l'autre jour et des moindres détails de ta santé. Je ne lui en parle pas parce que je ne veux pas faire d'interventions qui t'agaceraient si tu les savais (et quoique tu ne le saurais pas). Mais songe que je vis à côté de toi les yeux fermés, que tu peux avoir des douleurs, des coliques néphrétiques, que tu as pu avoir ta maladie de cet hiver, sans que je sache rien. Donc au moins donne-moi le repos d'en parler toujours en détail à Robert. Le bonheur et le chagrin ont muri sa nature comme un fruit qui devient doux après avoir été plutôt un peu acide. De sorte que son intelligence et sa gentillesse te conseilleront ensemble. – Je suis désolé de la mort de Waldeck Rousseau et doublement car je sais que tu dois en être triste [1]. Et puis vraiment on sent que ces derniers mois ont dû être si silencieusement cruels, si amers, encore plus déçus et désenchantés de la vie finie qu'anxieux de la

1. Pierre Marie *René* Waldeck-Rousseau (1846-1904), avocat, sénateur, ancien ministre, et président du Conseil des ministres de juin 1899 à juin 1902. Il venait de mourir le 10 août.

mort. J'aurais préféré peut'être un peu moins d'éclat dans la conversion

« Les sentiments chrétiens mon frère que voilà »

Mais c'est très utile de montrer à l'humanité que la religion et la politique n'ont rien à voir ensemble et qu'on peut être sévère au clergé et pieux tout de même. Seulement je crois qu'il ne l'était pas.

Mille tendres baisers, bientôt effectifs

Marcel

Depuis que je t'écris je suis réchauffé je n'ai plus aucun asthme. Comme dans un opéra tu t'es penchée sur moi pendant que j'écrivais et la douceur de notre entretien a effacé les derniers vestiges d'oppression. Je crois que je partirai demain matin. Mais il faudra partir de bonne heure. Or ayant peu déjeuné, il faudra un peu dîner et cela m'empêchera de me coucher de bonne heure. Compliqué !

Mille tendres baisers

Marcel

CXXI

[Paris] Lundi soir [15 août 1904] [1]

Ma chère petite Maman

Je ne t'écrirai pas longuement et surtout pas bien parce que je viens d'écrire une longue lettre à

1. Lettre écrite le soir du jour où Proust rentra de son excursion à bord du yacht *Hélène* ; l'enveloppe, bordée de noir, porte le cachet postal de départ : « Paris Av. Friedland 10* 16-8-04 », ayant été

M. Mirabaud, qui sans cela ne lui serait plus arrivée et je suis fatigué [1]. Je suis arrivé ce matin à Paris à 7 heures. J'ai eu l'ennui de trouver ma chambre ouverte en grand, qui à cause de la pluie qui n'avait cessé de tomber à flots toute la nuit était d'une humidité terrible, il m'aurait été impossible d'y rester. J'ai dû faire faire du feu pour sécher et n'ai pu m'y coucher qu'à onze heures. Je te développerai de vive voix pourquoi et combien tout cela m'a contrarié. [...] La maison sentait très mauvais surtout la salle à manger dont la porte était restée ouverte en permanence « pour donner du jour au couloir » (je te dis tout cela entre nous [2]. Je te raconterai de vive voix mes dernières journées qui par la santé n'ont pas été tout à fait à la hauteur des autres, sans que la mer d'ailleurs en soit le moins du monde cause. En réalité me couchant très tard comme je dînais et me levant tôt comme je déjeunais (vendredi je n'ai pas déjeuné parce que j'avais un peu mal au cœur, mais je n'en étais pas moins sur le pont à dix heures du matin) (le seul jour où je ne me sois pas levé (qu'à 3 heures) est hier, je t'expliquerai pourquoi, je n'avais à beaucoup près, ni assez de lit ni assez de sommeil et cela m'oppresse toujours un peu. Tant que je suis resté à l'air pur

mise à la poste le lendemain mardi matin 16 août 1904. Elle porte l'adresse : « Madame Proust/Hôtel des Roches Blanches/ Étretat/ Seine-Inférieure. » – La lettre VIII à G. de Lauris nous fournit une vérification de la date du retour à Paris (*Lettres à un ami*, p. 74) : « Je suis revenu par hasard à Paris la veille du jour où il a paru », faisant allusion à l'article « La mort des cathédrales » paru dans *Le Figaro* du 16 août 1904.

1. *Cf.* la lettre précédente, note 2, p. 252.
2. La parenthèse n'est pas fermée.

cela est resté à l'état de gêne insensible. Mais étant allé dans la campagne, dans les feuillages, dans la poussière samedi, j'ai eu une crise en elle-même plus que supportable mais que le fait d'avoir fumé sur place à Dinan a prolongée [1]. On est rentré tard je n'ai pas voulu faire trop attendre pour le dîner en fumant par trop longtemps. Ma crise s'est continuée en dînant ; un orage naissant à ce moment-là s'y est joint et je n'ai pu me coucher qu'à 7 heures du matin. Aussi je suis resté couché jusqu'à 3 heures. Dans ces dispositions je craignais fort les huit heures de train. Grâce aux dispositions les plus savantes et surtout grâce à une forte pluie (la nature est plus habile que le plus habile homme du monde) il s'est admirablement passé sans une seconde d'oppression. J'étais ravi, car je m'attendais à toute autre chose et je me voyais déjà obligé de descendre du train à trois heures du matin. Naturellement m'étant couché ce matin à onze heures, ce n'est pas encore aujourd'hui que je me suis reposé. Et n'ayant plus l'air pur, je sens mieux mes fatigues accumulées sous les espèces d'un peu de sifflement. Je ne peux guère faire de projets ni voir clair en moi avant de m'être un peu reposé. Même à bord le peu de sommeil faisait que je ne savais trop ce que je faisais. Je n'ai voulu que t'envoyer un bulletin où selon mon habitude je ne te dis jamais que le plus mal pour que tu saches au-dessous de quelle courbe cela n'a jamais descendu. Quant à tous les beaux spectacles, choses de la nature ou de l'humanité ce sera pour la causerie

1. De Dinan, Proust avait envoyé à Mlle Nordlinger une carte postale inédite avec une vue de la Porte du Pélican, portant ces mots : « Amitié et souvenir de Marcel. Voyage prolongé. »

épanchée, coupée de baisers. Quelque impatience que j'aie à pouvoir t'en donner d'effectifs je crois que la raison serait que tu prolonges encore un peu, même pour moi. Sans être aussi mobile au retour que je pensais, un peu échaudé par ces fatigues, deux jours de repos me mettront peut'être dans des dispositions différentes, et si tu reviens c'est fini de partir. Embrasse bien Robert et Marthe pour moi. Tiens-moi au courant de tes projets, je t'écrirai demain. Je suis si fatigué que je ne sais pas si tu peux sentir à travers ces lignes incohérentes la joie que j'ai de te sentir plus près de moi et de penser que bientôt nous ne ferons plus qu'une personne comme nous ne faisons qu'un cœur

Mille tendres baisers

Marcel

J'ai fait rétablir l'électricité.

CXXII

Ma chère petite Maman

Il serait intéressant comme tu dis (et c'est pour cela que je te le demande tout de suite pendant que tu peux t'en souvenir) de revoir ce qui a été fait aujourd'hui comme pièces, essuyages, pièces ouvertes etc. Car cette crise d'asthme d'une si grande et si profonde violence et si tenace succédant à trois minutes de temps au calme le plus parfait que j'aie jamais eu (je n'avais pas fumé depuis hier 4 h. du soir) ne doit pas il me semble pouvoir venir comme je le croyais, je suis fatigué pour écrire, je m'arrête et t'embrasse tendrement.

Sans signature

CXXIII

[Vers août-septembre 1904 ?][1]

Ma chère petite Maman

Toujours légèrement patraque. J'ai mis dans la soupière le chèque. Retire-le. Et quand tu le pourras touche-le. J'ai laissé tout mon brossage de dents dans la salle à manger. Fais-le enlever par Félicie dès qu'elle se lèvera mais non rapporter chez moi car je dors. D'ailleurs à cause de l'odeur on ne le remettra qu'à mon lever. Je me couche avant 6 heures. Mais moins que brillant. Mets cette lettre à la poste.

Mille tendres baisers

Sans signature

Le médaillon est bien joli et je suis plus heureux avec lui qu'avec la vie. Je vous ai là tous deux réunis. Mais la vie vaut mieux car elle me rend tout mon petit Papa dans ma petite Maman et ne me le rend que là.

1. Lettre écrite après la mort du Dr Proust (26 novembre 1903), et avant celle de sa mère (26 septembre 1905). S'agirait-il du médaillon fait par Mlle Nordlinger et qu'elle devait apporter chez Proust le lundi 8 août 1904 ? Voir la lettre XXVIII à Mlle Nordlinger, *Lettres à une amie*, p. 70. Le buste du Dr Proust devait surmonter sa tombe au cimetière du Père-Lachaise. *Cf.* la lettre CXLIV, p. 308.

CXXIV

[Nuit du vendredi 16 au samedi 17 ? septembre 1904] [1]

Ma chère petite Maman

Plus j'y pense, plus cela s'obscurcit. Le plus pressé serait de faire demander par le téléphone à Radziwill quand est à peu près comme date le mariage de Guiche [2]. – . L'obstacle d'Évian est l'incertitude si je veux revenir pour le contrat ou même seulement le mariage d'Albu, agitation etc. [3] Et si j'y renonce (à

1. Lettre écrite sur trois demi-feuilles dont les deux premières sur papier de deuil ; date de septembre 1904, peu avant le départ de Mme Proust pour Dieppe (20 septembre). Proust hésite à choisir entre Dieppe, Trouville et Évian, ne comptant pas y séjourner plus de quinze jours puisqu'il veut rentrer à Paris avant les prochains mariages Albufera (11 octobre) et Guiche (14 novembre 1904) [*cf.* les notes 2 et 3 ci-après]. Cette lettre précède immédiatement la lettre CXXV, que nous datons du samedi matin 17 septembre 1904 (écrite après la visite d'Albufera à 2 heures du matin) ; car Proust prie sa mère de demander par téléphone à Radziwill la date approximative du mariage Guiche, et il penche pour l'Hôtel Royal à Dieppe ; tandis que, dans la lettre suivante, Albufera l'a rassuré que « Guiche se marie beaucoup plus tard », et, au sujet de l'Hôtel Royal, il se ravise, Albufera ayant déclaré qu'il est « d'un prix fou ». Or, le départ de Mme Proust doit être imminent, car, dans la lettre CXXIV, Proust demande qu'avant son réveil Mme Proust prenne une décision. Comme Proust promet, si sa mère se décide pour Dieppe ou Trouville, de la rejoindre « jeudi ou vendredi ou même plus tôt si tu partais tantôt », sans dire *jeudi prochain*, il écrit vraisemblablement dans la même nuit du vendredi 16 au samedi 17 septembre 1904.

2. Antoine Agénor *Armand*, duc de Guiche, fils du second lit du 11e duc de Gramont et de Marguerite de Rothschild, épousa Marie Joseph *Elaine* Charlotte, fille du comte Greffulhe, le 14 novembre 1904. *Almanach de Gotha*, année 1923, p. 403.

3. *Louis* Joseph Suchet, marquis d'Albufera, épousa *Anna* Victoire Andrée Masséna, fille du 4e prince d'Essling, duc de Rivoli, et de

revenir) hôtels incertains *et surtout* respiration incertaine à Bâle, lacs italiens etc. – . L'obstacle de Dieppe et même Trouville est la tristesse le soir comme à Creusnach le retour à un état nerveux disparu. Ce sera peut'être moins à Trouville à cause des distractions possibles mais cependant je ne le crois guère. Pense, médite, ne ménage pas les petits mots à me laisser. Il faudrait que le téléphonage à Radziwill fût fait de très bonne heure avant qu'il soit sorti. L'avantage de Trouville (ou Dieppe) serait passer huit jours, revenir, repasser un mois, revenir etc.

Voir au dos.

Si je ne me trompe pas avec les indicateurs il reste l'hiver des trains excellents pour Trouville mettant 4 heures au plus et à des heures commodes. Mais si c'est à l'hôtel ce sera fort triste, je le crains et de t^ts^ façons temps triste il me semble à tous égards. Son *seul* avantage : commodité. *Décide.* Il faudrait bien faire prendre le dernier indicateur paru, s'il y en a un depuis le 1er Août. Décide ce que tu veux je vois des avantages à tout et ferai ce que tu voudras. Ne crois-tu pas l'air d'Évian plus pur, plus différent que l'air de Trouville ? Si c'est Dieppe ou Trouville que tu décides je te conseille de préparer ton départ sans retard et je te rejoindrais dans q.q. jours. Si c'est Évian je partirai ce soir ou demain matin. Il faudrait s'informer de la date de fermeture des hôtels Dieppe et Trouville, au besoin si Chalet Bois est libre.

(La proximité à Dieppe de Rouen serait assez agréable, si par ailleurs tu avais plus de facilités pour

Paule duchesse douairière d'Elchingen, née Furtado-Heine, à Paris le 11 octobre 1904. Le contrat de mariage fut signé le 8 octobre. *Almanach de Gotha*, année 1923, p. 288, et *Le Figaro* du 9 octobre 1904.

les hôtels et le prolongement de leur fermeture ce serait à toi de t'informer de tout cela). Je trouvais Dieppe assez bien.

(Si tu décides formellement q.q. chose pour Dieppe ou pour Trouville) inutile de demander à Radziwill quand sera le mariage de Guiche. Tâche qu'à mon réveil je sois en présence d'une solution ! – Mais en est-ce une si la mer (ce qu'il y a de plus commode pour y retourner) est mauvaise et si le prolonger ainsi m'en fait revenir moins bien que je n'y suis parti[1] – – – – – Encore faudrait-il demander si les hôtels sont chauffés (dans les chambres) par des cheminées (bien) ou par un calorifère (mal). N'est-ce pas si tu décides Dieppe ou Trouville ce qui aura au moins l'avantage de te faire du bien je serais content dans la mesure où cela coïnciderait avec ta convenance que tu brusques le plus possible. Je te rejoindrais jeudi ou vendredi ou même plus tôt si tu y partais tantôt. Je crois qu'à Dieppe il faudrait que ce fut l'*Hôtel Royal* et en y étant *bien logé*.

Je crois que tu ferais peut'être bien de téléphoner à l'Hôtel Royal avant de faire prendre les informations pour Évian du train de luxe. – Au fond Dieppe, le mieux, sera peut'être fatigant comme mondanités. Il y a sans doute aux environs M^de^ Mallet et Mme Gunzburg et si je suis trop isolé j'irais peut'être (si elles me reçoivent ce qui est douteux). Mme Straus à ce point de vue me laissera plus à mon aise. Mais je crois Dieppe peut'être tout de même mieux si c'est l'Hôtel Royal. C'est encore à Évian que je serais de beaucoup le plus reposé, le plus chez moi, le plus tranquille. Mais pour

1. Allusion au voyage à bord du yacht *Hélène* ; *cf.* les lettres CXX et CXXI ci-dessus.

si peu de temps ! Comme c'est très habitable on n'a pas besoin d'y chercher sa vie au-dehors. Mais 15 jours ! à moins d'aller te retrouver après Évian au bord de la mer. Mais alors peut'être vaut-il mieux commencer tout de suite par là. – – – – – – – Si à Dieppe ce n'est pas l'Hôtel Royal je suis plus favorable à Trouville, où au moins il y a Mme Straus etc, son auto, Charles Ephrussi [1] q.q. jours. – Après avoir été assez bien cette nuit et t'avoir écrit (une phrase par 5 minutes) tout cela je suis si mal à l'aise que je ne te demande plus trop de brusquer. Car que deviendrons-nous dans un hôtel où on nous recevra par grâce où on ne pourra pas se faire recevoir plus tard etc, etc. il faudra penser à cela, au bruit etc.

Ma chère petite Maman lis ces deux feuilles mais sache que la fin de la dernière n'est nullement barrée. C'est un vague dessin qu'il y avait antérieurement sur elle. Je crois que c'est en allant dans le feu de mes réflexions d'Évian à Dieppe et de Dieppe à Trouville et surtout du chaud au froid sans faire attention que j'ai repris le malaise que j'ai en ce moment et la gorge grosse comme la nuit précédente. Je crois que le Chalet Bois serait peut'être moins bruyant que l'Hôtel Royal qui doit être un passage incessant d'anglais... Si je pensais qu'Évian suffise à me désaltérer d'air en 15 jours et que je puisse partir étant si patraque sans que cela ait des inconvénients (je n'ai plus d'asthme en ce moment) je finirais peut'être par là pour éviter la perspective d'un long séjour à la mer dans un endroit nouveau. Et le 45 rue de Courcelles aurait

1. Charles Ephrussi (1849-1905), directeur de la *Gazette des Beaux-Arts*, critique d'art et auteur de livres sur Dürer, fut l'un des modèles de Charles Swann.

aussi son charme. Et aussi être malade t[t] à f[t] pour en finir. Je me couche à une heure indue avec toutes ces plaisanteries. Et je suis un peu fiévreux, mais je crois ceci par refroidissement surtout.

CXXV

[Samedi matin 17 septembre 1904] [1]

Ma chère petite Maman,

À deux heures du matin, pendant des pensées fort mélancols, sonnette : Albu qui m'en a tiré, sa visite me faisant grand plaisir. C'est le 10 et non le 12 qu'est son mariage (il faudrait donc que la lampe fût prête vers le 2, il n'y a plus longtemps [2]). Il pourrait arriver que la Dsse d'Elchingen (la petite Roussel) meure, dans ce cas remis probablement. Mais elle peut aussi guérir comme l'on croit [3]. Il croit que Guiche se marie beaucoup plus tard [4]. Il dit que l'Hôtel Royal est d'un prix fou, que les Murat ont été obligés de le quitter à cause de cela, au contraire les Roches Noires modérées. Je voudrais que tu demandes de suite à M. Faivre si Brest seul est mauvais et si Quimper, la Pointe du Raz, Roskof, Dinard, Caen, Trouville, Dieppe sont sains. Pour qu'on donne plus sûrement

1. Lettre écrite sur papier de grand deuil « Waterford » ; datée par l'allusion à la mort d'un chasseur chez les Murat (voir la note 1, p. 267), événement qui précède la visite d'Albufera.

2. Voir ci-dessus la note 3, p. 262.

3. Germaine, veuve du comte Le Tonnelier de Breteuil, née Roussel, avait épousé Charles, 5e duc d'Elchingen le 14/15 janvier 1902. Elle ne mourut qu'en 1930.

4. Voir ci-dessus la note 2, p. 262.

l'adresse de Verdé Delisle, on peut dire : quelle est l'adresse de M. *Didier* Verdé Delisle à Chatel Guyon et y reste-t-il encore q.q. jours ? L'heure à laquelle D'Albu est venu tient à ce qu'un Mr est mort tantôt d'une embolie à la chasse chez les Murat, il a dû examiner le corps etc et m'ayant dit qu'il viendrait n'a pas voulu me manquer [1]. Il croit Chamonix humide mais n'en sait rien et Billy le croit sec. Il dit Biskra parfait l'hiver et pas chaud. Mais que deviendrais-je pendant un tel voyage et si j'étouffe là-bas, alors quoi ? (ce n'est pas Albu qui dit cela, c'est moi fort énervé de toutes ces indécisions qui font de tous ces temps-ci une veille de départ indéfiniment prolongée. Ou plutôt non car tant que rien n'est décidé rien n'est agitant. C'étaient les dépêches seules qui m'avaient agité.)

P. S. Comme toutes ces incertitudes m'ont un peu neurasthénié je ne sais si je partirais aussi volontiers sans toi qu'il y a q.q. temps, excepté si cela te va mieux.

Que la lettre pour Mourey soit mise de très bonne heure de façon qu'elle soit distribuée avant 5 h. [2].

Sans signature

1. La mort de Georges Berthelin, secrétaire d'ambassade âgé de cinquante-deux ans, est survenue vers 7 heures le vendredi soir 16 septembre 1904, pendant qu'il chassait à Rosny, propriété du prince d'Essling, parent des princes Murat. Voir *Le Figaro* du 18 septembre 1904.

2. Gabriel Mourey (1865-1945) était le directeur de la revue *Les Arts de la vie*, où devait paraître la traduction de Proust de « Les Trésors des Rois », la première partie de *Sésame et les Lys* de Ruskin. Cette traduction parut dans les numéros de mars, avril et mai 1905 de la revue et fut reproduite dans le volume paru au Mercure de France en 1906.

CXXVI

Hôtel Métropole & des Bains
Dieppe

Mercredi 2 h 1/2

[21 septembre 1904] [1]

Mon chéri

Je crois que j'ai bien fait pour *moi* de venir ici – mais jusqu'à présent – je suis bien aise de ne pas t'y avoir. Je suis gelée. Ce n'est pas ce vent de la mer vous obligeant à une résistance et des luttes grandioses d'où l'on sort ennobli [2]. C'est un ciel clair, une apparence de temps superbe au travers duquel on sent un « homicide acier » un froid trompeur et pénétrant. Il faut dire que j'avais cette nuit une chambre glaciale. J'avais été frappée en la visitant de sa température de cave – et le soir en me couchant mon impression n'avait pas lieu d'être modifiée. Mais j'ai réquisitionné 4 couvertures de supplément – et un édredon (qui devait être doublé intérieurement

1. Lettre sur papier portant l'inscription « Hôtel Métropole & des Bains Dieppe » et datée seulement « Mercredi 2 h 1/2 ». Écrite le lendemain de l'arrivée de Mme Proust seule à Dieppe, elle doit dater du mercredi 21 septembre 1904. *Cf.* la lettre CXXX, également écrite à Dieppe, Hôtel des Bains, et datée du « Dimanche 25 [septembre 1904] » : allusion à l'envoi « le mercredi 21 » de 200 francs à Félicie, envoi que Mme Proust dit avoir fait « de suite » (après l'arrivée) ; *cf.* l'allusion au choix de l'hôtel : « Je n'ai pas choisi l'hôtel il s'imposait à défaut du Royal. » *Cf.* aussi l'allusion au froid et à la « chambre glaciale », et la lettre CXXVIII, où Marcel, écrivant le vendredi 23 septembre, dit qu'il voulait « tantôt te faire expédier des chemises de flanelle ».

2. *Cf. Du côté de chez Swann*, Paris, Édition Gallimard, tome I, p. 22-24.

de quelque atlas de géographie pesant) qui était immuable. J'ai mis 2 chemises de nuit et pour ne pas aller en chemise éteindre l'électricité qui était au bout de la pièce – selon le conseil de la femme de chambre j'ai laissé le bec brûler toute la nuit (c'est te dire que l'éclairage est compris). Et ce matin j'ai remis toutes mes affaires sans faire plus que de « très petites ablutions » tant j'avais peur de prendre du mal. Puis j'ai mis corsage épais manteau etc. et suis sortie toute la matinée. Malheur'ent – bien qu'il fasse très beau – le fond de l'air est trop frais pour que je puisse rester assise et il faut toujours marcher (de petites stations de 10 minutes là où il y a un peu de soleil). Mais pour ces marches hygiéniques (car il est très heureux pour moi d'être *forcée* de marcher) Dieppe est exceptionnellement disposé. Le temps d'arpenter cette immense digue – de gagner la jetée – d'aller à la poste – aux journaux – tout est si loin l'un de l'autre que ma marche est faite. Dans une demi-heure j'aurai ma nouvelle chambre – cette fois au 1er (n° 22) annoncée comme brillante. Je n'ai pu encore y pénétrer. En tout cas je n'aurai plus l'atmosphère exceptionnelle de celle de cette nuit. Les petites tables du repas sont dans la même salle que la table d'hôte – petites et grandes réunies ne font guère plus de 25 personnes peut-être 30 au maximum et il y a [à] cette heure même une

La suite manque.

CXXVII

Mercredi 6 h[eures] de l'après-midi, « du soir » comme dit le vulgaire.

[21 septembre 1904] [1]

Ma chère petite Maman

Lettre aussi jaunette que possible je te préviens. Mais enfin il faut être véridique. Après t'avoir écrit cette nuit j'ai été tellement bien que c'était un véritable délice. Quand m'a retraversé la pensée d'aller voir Dubois [2]. Couché dans grande agitation et je crois conséquence de cette agitation crise d'asthme. Je me suis tout de même endormi mais avec rêves d'oppression et finalement réveil. Jusque-là ce n'était rien et j'aurais été parfaitement après m'être rendormi. Mais je me suis dit du moment que je ne pars pas, je réforme. Et j'ai demandé à dîner (goûter si tu veux, le temps ayant passé il était trois heures 1/2, dans mon lit). À ce moment Marie vient me dire que trop souffrante elle va se coucher (elle avait été hier en voiture découverte chez sa sœur, enfin la pure folie). Comme tu n'aimes pas que Félicie reste et que si je restais couché j'y étais obligé, j'y renonce et comme mon dîner était prêt je me lève, mais cette fois n'ayant ni beaucoup ni peu « fait tomber » [3] puisque je ne croyais

1. Lettre sur papier de grand deuil « Waterford » ; datée par l'allusion au *Journal des débats* (voir la note 1, p. 272).

2. Le Dr Charles *Paul* Dubois (1848-19 ?), professeur de neuropathologie à l'université de Berne, auteur de *L'Influence de l'esprit sur le corps* (1900), des *Psychonévroses et leur traitement moral* (1904), etc. Proust l'appelait « le Sollier bernois », faisant allusion à un neurologiste éminent, le Dr Paul Sollier.

3. Pour éviter de se refroidir en sortant de son lit, Marcel avait l'habitude, avant de se lever, de « faire tomber sa chaleur », expression

pas me lever, je cours dans la salle à manger pour me chauffer. Pas de feu, je ne savais où aller. Le temps que Félicie en allume qui n'a pas pris, enfin je te passe tout cela. Est-ce ce refroidissement, la fatigue de ne pas avoir reposé, enfin a commencé un malaise inexprimable, mal de gorge, désespoir, pas pouvoir faire un mouvement, pouls invraisemblable etc etc. François que j'avais fait venir a dû repartir car je n'aurais pas pu et il l'a très bien vu [1]. Peut-être vais-je me remettre, dans ce cas je sortirai demain. Mais si comme je le crois je suis souffrant je renoncerai momentanément à mes heures pour cette raison : si je dois rester à la maison souffrant, la nuit cela m'est encore relativement égal, j'ai l'habitude d'être là, mais en plein jour en voyant le soleil dehors, tout seul ce serait trop nostalgique. Et alors j'aurai fait cet effort énorme pour rien. Car je vais être couché ce soir à minuit. Rien ne me serait donc si facile que d'être levé demain à midi. Mais si je vois que je suis souffrant, même si je peux me lever sans sortir, je m'arrangerai à rester couché jusqu'à 7 heures (destruction volontaire de ce que j'ai acheté si cher) pour ne pas avoir à être dans la salle à manger de midi à 7 heures, seul, avec la vue du soleil. « Tu me comprends ? ». – . Ma chère petite Maman je sens comme cela doit être assommant d'entendre ainsi parler de ma santé. Je t'assure que quand tu seras là je n'en parlerai jamais plus. Mais il faut bien que

dont il se servait dans la circonstance. Proust fait parler ainsi un neurasthénique dans une maison de santé, dans *Le Côté de Guermantes*, tome I, p. 272.

1. François Maigre (1864-1920) était le coiffeur de Proust. Ici Proust veut dire : je n'aurais pas pu *me laisser couper les cheveux*. *Cf.* p. 277, 287.

je t'explique ce que je fais, ce que je ne fais pas, pourquoi je ne le fais pas.

« La consolation des martyrs est que Dieu pour qui ils souffrent voit leurs plaies. »

Naturellement pas l'ombre d'asthme dans un état si grippé. As-tu lu les *Débats* d'hier soir tout y est à lire, l'article de Filon sur la Nouvelle Zélande, de Welshinger sur H. de Bismark, de Beaunier sur le pôle [1]. C'est tout ce à quoi je pense pour le moment mais il doit y avoir encore des petites choses. Si dans une heure je suis bien je serai bien ennuyé d'avoir gémi ! Dis-toi que cette lettre est l'expression d'une réalité fugitive qui ne sera plus quand tu la liras. Je ne sais si tu achètes le *Figaro*. Il dépasse ce matin les bornes de l'insanité et de l'insipidité [2]. Comme je compte que tu brûleras cette lettre (et que tu es censée ne savoir aucune des nouvelles domestiques que je te donne, de Marie etc.) je te confie un secret

1. Le *Journal des débats* du mercredi 21 septembre 1904 (paru la veille du jour dont il porte la date), contient les articles suivants : « La Démocratie en Nouvelle-Zélande », par Augustin Filon ; « Le Prince Herbert de Bismarck », par Henri Welschinger ; et « On l'a vu ! », sous la rubrique « Au Jour le Jour », d'André Beaunier.

2. Du côté politique, *Le Figaro* du 21 septembre 1904 se préoccupait surtout de l'anticléricalisme du ministère Combes. En première page, un article intitulé « Pas de découragement », signé par « Un Catholique » ; ailleurs se trouve une liste, par départements, des francs-maçons, « à suivre ; » un compte rendu sur *les Catholiques français et leurs difficultés actuelles*, de Léon Chaine, par Ph.-Emm. Glaser ; et l'extrait d'une lettre adressée par Berthelot au Congrès de la Libre pensée. Du côté littéraire, peu de chose : Robert Dieudonné, « Fantaisies parisiennes : l'Auteur dramatique », badinerie sur la confection des pièces de théâtre pendant les vacances ; et, sous la rubrique « Notre enquête sur les Ouvrages de Dames », de prétendues réponses telles que la lettre d'une Suédoise énumérant la liste de ses « ouvrages », c'est-à-dire, des dentelles variées.

que *personne* ne doit savoir mais tu entends qui que ce soit au monde. C'est pour Gabriel de la Rochef[d] que Mme [...] s'est tuée. J'ai eu ton petit mot ce matin. J'aurais voulu que tu me visses cette nuit, alerte et allègre dans ma chambre de 14 degrés, prêt à tous les départs. Je ne peux pas croire que c'est le même homme. Je le redeviendrai sous peu. Mais cette préoccupation de sortir va bien me gêner. Plusieurs fois encore cette nuit j'ai évité le bruit en passant devant ta porte, ne me rappelant qu'après que le « nid était abandonné »[1]. J'aurai ce soir Albu[2] et Bibesco

Mille tendres baisers

Marcel

CXXVIII

Vendredi soir

[23 septembre 1904][3]

Ma chère petite Maman

Le progrès d'heures continue et résiste et s'accentue puisque aujourd'hui j'ai dîné tout prêt (je veux dire habillé) à 5 heures moins 1/4, ce qui me permettra de me coucher tr. tôt. Mais le progrès à rebours du pt de vue santé continue. Après une nuit de malaise, j'ai eu après un réveil détestable cinq minutes de bon

1. Ici une ligne barrée illisible.
2. Albufera.
3. Lettre sur papier de grand deuil « Waterford » ; datée par l'allusion à la lettre de Tristan Bernard dans *Le Figaro* (voir la note 1, p. 286) ; *cf.* aussi les autres notes ci-dessous.

au moment où j'allais me lever. Et comme l'heure s'avançait je n'ai pu laisser tomber ma chaleur et me suis habillé sans une seconde de transition, j'ai recommencé à avoir la peau brûlante, envie de pleurer comme autrefois quand je faisais mes lotions etc etc. Reynaldo venu pour savoir si je dînais le soir à la maison et ne faisant pas de bruit pour ne pas me réveiller a été surpris de me trouver en train de dîner. Après ne pouvant rester en place je suis sorti, n'ai trouvé personne des gens chez qui je suis allé et ayant pris un peu de douleurs j'ai quitté ma voiture pour faire une marche pour tâcher de les guérir, ce qui n'y a pas réussi, et je suis rentré sans aucun asthme. Il est possible que je n'aie pas de crise à cause de l'état un peu fiévreux. Si cela continue je n'aurai pas une riche mine à t'offrir quand tu reviendras. Si mes calculs sont exacts je pense que demain je pourrai me lever vers midi. D'autant plus que je ne vois plus, si souffrant que je puisse être (je veux dire que je puisse devenir car en ce moment je ne suis nullement malade) le moyen de m'arrêter un seul jour au lit, car mon lit se trouverait être l'après-midi et ce serait trop triste. Tout cela trop long à expliquer et d'ailleurs assommant. Au moment où je rentrais j'ai entendu crier d'une voiture : « Bonjour Marcel ! Bonjour Marcel ! Bonjour Monsieur ! ». C'était Léon Daudet et sa femme [1]. Ils ont pu être édifiés de me voir rentrer à 10 heures. Et cela donnera l'idée à Lucien que je sors plus tôt quand c'est « quelqu'un d'autre » qui me le demande. Ce n'était personne ! – . À ce propos je t'avais dit que Madame Daudet, pendant que Lucien était chez son

1. Il s'agit de sa seconde femme, née Marthe Allard, une cousine qu'il épousa à Amboise le 3 août 1903.

curé, était à Londres. J'avais mal lu : c'est à Lourdes. Bon, bon, bon. Peut'être du reste t'ai-je déjà communiqué cette spirituelle remarque. J'ai reçu aujourd'hui deux lettres de toi qui me montrent par leur comparaison que tu as beaucoup moins apprécié la 2e que la 1re bien que la 1re était celle d'un homme qui s'était levé à 9 heures et la seconde celle d'un homme qui s'était levé à 4 [1]. C'est d'ailleurs de là que naissait leur différence de confort. Mais ma chère petite Maman mes lettres n'ont qu'une prétention, celle de te donner l'idée la plus exacte de ce que je fais. Étant parti du mauvais pied c'est-à-dire m'étant chargé souffrant de ces changements que j'aurais retardés si tu avais été là pour me le conseiller toi-même, je ne peux reprendre l'équilibre. En d'autres temps je me serais retapé en allant dîner avec un ami comme j'aime tant faire quand tu n'es pas là. Et ce n'est pas les invitations et les plus pressantes qui m'ont manqué. Mais je refuse tout parce que je me dis si je dîne, mes réformes sont à l'eau, car je ne peux plus me coucher etc etc. Aussi la peur d'être obligé de me reposer me désole [2]. De plus je sens la profonde inutilité de tout cela. Car le but est le repos à l'air, si je devais me consumer ainsi en mouvements, mon ancienne vie était cent fois plus saine. Or je vois qu'il fera trop froid maintenant pour le faire ici. Et si je dois partir dans un air plus doux je me serais à ce moment-là trouvé tout naturellement changer d'heures en continuant ici à me bien porter au lieu de perdre chaque jour ce que j'avais amassé – et à jouir de Paris en

1. Les deux premières lettres écrites depuis le départ de Mme Proust pour Dieppe. La seconde de ces lettres seulement a été retrouvée.
2. Ici une phrase barrée.

dînant avec les uns et avec les autres. Ne crois surtout pas que je te dis cela pour que tu me dises de revenir à la 1re chose. C'est parce que cela me fait tant de plaisir de me plaindre à toi et que je sais que cela n'a aucune importance parce que tu l'interprètes faussement comme l'énervement inséparable d'un changement. Ma chère petite Maman quelle idée sachant que j'étais décidé à venir à Dieppe (et j'y serais déjà si je n'étais souffrant, ce que je ne pouvais prévoir) d'avoir choisi un hôtel où on ne peut chauffer les chambres (où je ne pourrais coucher sans feu) qu'avec des bouches (que je ne pourrais supporter une heure dans une chambre sans étouffer). C'est me mettre dans l'impossibilité de venir t'y rejoindre, autrement que pour passer l'après-midi avec toi et revenir le soir coucher à Paris. J'aurais voulu tantôt te faire expédier des chemises de flanelle que tu avais eu paraît-il un instant la pensée d'emporter. Mais je sais que tu es « assez grande pour faire ce que tu veux » et que tu les aurais demandées. Aussi après réflexion j'attends tes ordres. Nous avons reçu une invitation de mariage (rétrospectif car il n'y a pas eu d'invitation) pour le mariage Lalo [1], Madame Proust, M. Marcel Proust. Je compte mettre 3 cartes une pour Mme Fuchs, une pour le jeune couple (et de toi que faut-il que je mette, réponds-moi dans ta prochaine lettre). Si je n'ai plus de cartes j'ai bien envie de m'en commander d'*autres*. Celles-là sont infectes. 45 rue de Courcelles transparaît à travers la bande noire. Et Marcel Proust est si petit que dans une exposition de cadeaux cela ne pourra se lire ! Mais

1. Le mariage de Pierre Lalo, fils du compositeur, critique musical du *Temps*, avec Noémie Fuchs, eut lieu le 24 septembre 1904. Voir *Le Figaro* du 25 septembre 1904. *Cf.* ci-dessous, note 2, p. 285.

où ? et y a-t-il le temps ? Et s'il n'y a pas le temps où sont les miennes ? Et où est le cadeau, puis-je aller le voir, avec mes nouvelles heures si je ne suis pas t^{r} à f^{t} arrêté[1]. En effet je n'ai pas fait couper mes cheveux, mais je te répète que j'ai enfilé mes affaires de jour à la minute même où je sortais de mon lit pour ne pas retarder les heures déjà tardives à cause de la mauvaise nuit *(sans asthme)* que j'avais passée. Donc pas une minute pour François ni pour la propreté. Ma chère petite Maman je n'ai vu personne aussi je n'ai rien à te raconter, et quant à mes pensées personnelles je t'ai transmis mes gémissements jusqu'au dernier et quant aux *pensées* j'en ai eu d'assez belles, vraiment d'assez belles dirait Shlesinger, hier soir mais je préfère jusqu'à ce que je puisse leur donner une forme adéquate et littéraire ne pas les tirer de la pénombre qui seule peut les garder fraiches, comme les choses qu'on met au frais pour les conserver jusqu'à l'heure de la consommation. Il paraît que Guiche est venu pendant que j'étais sorti, cela tient à ce que je ne peux plus indiquer d'heures à personne étant à la merci du lendemain. Tes lettres sont gentilles mais courtes. Les miennes, remarque-le, sont extrêmement longues et écrites si serré qu'elles le sont encore vingt fois plus. Reynaldo trouve idéal ce mot de Voltaire disant qu'on ne peut pas croire que le Christ aurait eu l'idée de changer l'eau en vin dans un repas où tout le monde devait déjà être à moitié gris. Je laisse à Nuna cette perle qui m'échappe. D'autant plus que dans la légende (heureusement que Lucien ne m'entend pas) il n'y avait que de l'eau, donc on ne pouvait être gris. Heureusement pour Voltaire qu'il en a écrit d'autres. Dans

1. Le cadeau pour le mariage d'Albufera. *Cf.* p. 291.

un article de M. Doumic sur d'Alembert, il essaye d'étonner en prenant le ton tranchant de Faguet et termine ainsi son article : « C'est un spécimen accompli (D'Alembert) de ce que peuvent produire dans l'ordre de la pensée, l'union du savoir, de l'esprit de système et de la niaiserie. » Je ne crois du reste pas d'Alembert un g^{d} homme. Mais cette manière facile d'être original ne me donne pas non plus l'idée que Doumic est un grand critique [1]. Quant à l'article de Roujon je suis moi-même honteux d'avoir lu jusqu'au bout cette stupidité [2]. Dans le *Figaro* d'hier je crois il y avait au Courrier des Théâtres une *charmante* réponse de Tristan Bernard [3]. Marie est allée tantôt au Printemps chercher des choses pour toi et explorer Paris et ses boutiques. Elle avait m'a-t-elle dit beaucoup travaillé ce matin. Je n'ai sonné qu'à mon réveil définitif de sorte que je n'ai dérangé personne. Et à 6 heures du soir, ou plutôt 6 heures moins 20, tout le monde avait fini avec moi et pouvait se coucher si

1. La citation est exacte, mais il s'agit plutôt de Condorcet. Voir la *Revue des Deux Mondes* du 15 septembre 1904, 5e série, t. XXIII, p. 457, « Condorcet et la Révolution ». Doumic s'en prend à Condorcet comme exemple d'une famille d'esprits n'ayant pas disparu, allusion voilée aux anticléricaux du cabinet Combes.

2. Il s'agit de l'article de Roujon paru dans *Le Figaro* du 23 septembre 1904. Voir à propos de la lettre CXXX, note 2, p. 286.

3. Réponse à un questionnaire du « Courrier des Théâtres », rubrique tenue par Serge Basset ; la lettre de Tristan Bernard parut dans *Le Figaro* du jeudi 22 septembre 1904. Elle commence ainsi : « J'étais bien tranquille au bord de la mer, quand votre lettre est survenue il y a quelques semaines et m'a demandé sévèrement à quoi j'employais mes vacances. Alors, pour être en état de vous faire une réponse honorable, je me suis dépêché de finir un roman et de commencer plusieurs pièces. Je vous enverrai les titres, beaucoup de titres. Annoncez, annoncez, il en restera toujours quelque chose. »

bon lui semblait, car je n'ai même pas pu m'asseoir pour reprendre du café. J'ajoute à mes maux un mal d'estomac qui m'empêche d'être entièrement couché[1].

Mille tendres baisers d'un fils que la marche et t'écrire ont réchauffé et mis en assez bon état qu'il est content de te dire Je t'embrasse encore.

Marcel

Vois où à Dieppe je pourrais te retrouver, chambres chauffables par *bois, sans bouches*[2].

Tâche au moins de ne pas revenir avant que mes heures soient installées, si tu es bien à Dieppe.

CXXIX

Samedi soir [24 septembre 1904][3]

Ma chère petite Maman

Il me semble que je pense encore plus tendrement à toi si c'est possible (et pourtant cela ne l'est pas) aujourd'hui 24 septembre[4]. Chaque fois que ce jour revient, tandis que toutes les pensées accumulées heure par heure depuis le premier jour devraient nous faire paraître tellement long le temps qui s'est déjà écoulé, pourtant l'habitude de se reporter sans cesse à ce jour et à tout le bonheur qui l'a précédé,

1. Ici une phrase barrée illisible.
2. Autre phrase barrée.
3. Lettre sur papier de grand deuil « Waterford » ; pour sa date, voir les notes 1 et 2, p. 283, et la note 1, p. 284.
4. Le Dr Proust, frappé en travaillant le 24 novembre 1903, mourut le surlendemain. Dix mois s'étaient donc écoulés depuis cet événement.

l'habitude de compter pour rien que pour une sorte de mauvais rêve machinal tout ce qui a suivi, fait qu'au contraire cela semble hier et qu'il faut calculer les dates pour se dire qu'il y a déjà dix mois, qu'on a déjà pu être malheureux si longtemps, qu'on aura encore si longtemps à l'être, que depuis dix mois mon pauvre petit Papa ne jouit plus de rien, n'a plus la douceur de la vie. Ce sont des pensées qu'il est moins cruel d'avoir quand nous sommes l'un près de l'autre mais quand comme nous deux on est toujours relié par une télégraphie sans fil, être plus ou moins près ou plus ou moins loin, c'est toujours communier étroitement et rester côte à côte. – J'ai fait faire mon analyse, plus l'ombre de sucre ni d'albumine. Le reste à peu près pareil (il faudrait que j'aie l'autre pour comparer). Mon interprétation est la suivante. Ou bien la fatigue de dormir peu et d'être peu couché sur le bateau m'avait donné un peu d'albumine et de sucre. Mais à vrai dire je ne le crois pas, car en somme j'avais bien du repos tout de même et c'était si compensé par l'air etc. Ou bien de faire 2 repas au lieu d'un m'en avait donné et je ne le crois pas non plus car nos 2 repas étaient fort légers et très « huilés ». En un mot je ne crois pas que j'étais moins bien à ce moment là qu'en ce moment où je suis *souffrant*. Resterait donc l'hypothèse (mais ceci c'est peut-être anti-physiologique un médecin seul pourrait nous le dire) où le sucre et l'albumine peuvent ne pas être éliminés en ce moment où je prends peu d'air, et me donner d'autant plus de malaise, et l'avoir été sur le bateau (mais c'est peut-être impossible et fantaisiste). Ou l'air rendant la transpiration difficile le sucre et l'albumine pouvaient être obligés de passer par l'urine et actuellement sortiraient par la peau [...] Mais je ne suppose pas que cela se passe ainsi. – . Je suis toujours fort patraque. Je suis rentré sans crise hier soir et me suis couché en somme dans le même état que si je n'étais pas sorti. J'ai eu en revanche une longue crise sans spasme aucun dans la matinée qui m'a obligé à me rendormir fort tard, à me lever un peu précipitamment ce qui m'a rendu mon malaise et n'a servi à rien car *wird später gesagt*[1] tout a été fort long. Pour tâcher de mettre fin à mon mal de tête constant, à mon mal de gorge etc etc j'ai pris fortement du cascara ce soir et j'espère que cela me retapera. En tous cas je suis décidé à aboutir coûte que coûte. Et comme je trouve que cela traîne trop ainsi, maintenant que je suis désénervé tout à fait, je resterai tout bonnement un soir couché et me lèverai le lendemain matin. Je ne pouvais pas le faire ce soir parce qu'après une crise (même peu forte mais enfin ayant assez duré) je me dégage mieux en mangeant debout. Du reste si j'avais su que je prendrais ce système je n'aurais pas ainsi avancé mes heures, car quand je me réveillais à 7 ou 8 heures il m'était beaucoup plus facile de rester couché que maintenant où je me réveille vers 2 ou 3 heures et où cela me paraît plus triste de rester couché. Hier soir quoique ayant dîné avant 5 heures je ne me suis couché que tard relativement (3 heures 1/2) parce que j'avais été obligé d'ouvrir ma fenêtre comme je t'ai écrit hier et que j'étais resté tard à t'écrire. Comme j'ai fumé la matinée, je me suis rendormi jusqu'à 4 heures 1/2, le temps de me

1. Ici une ligne barrée, au-dessus de laquelle Proust avait écrit les mots en allemand qui signifient : *sera dit plus tard.*

lever, *wird später gesagt warum*[1] etc. le dîner n'a été prêt qu'à 6 heures 1/2 […] J'ai admiré Emmanuel Arène cédant la présidence du Conseil Général Corse pour ne pas voter un buste de Napoléon comme grand homme Corse dans la salle du Congrès. – Hier j'ai lu un Beaunier sur la séparation, toujours [les] mêmes plaisanteries, des citations d'Henri Maret, de l'*Action*, de Ranc etc. Des nouvelles mondaines q.q.conques, Mr de Nédonchel en villégiature chez les Ligne etc et une où j'ai cru relever une erreur « une fille de Mr Legrand dont la sœur est fiancée à Mr Georges Menier » (or elle est non fiancée, mais mariée). Or le hasard m'a fait voir que c'était un vieux *Figaro* de 1903. Tout était pareil et je t'assure qu'on aurait pu le lire d'un bout à l'autre sans s'apercevoir de rien. Seule la date différait. – . Je suis très bien au moment où je t'écris et en somme ce n'est que le contraste avec le bien-être que j'avais il y a seulement 8 jours qui m'agace. Mais je n'ai pas de malaise du tout. Je découvrirai peut-être la cause par hasard. Mme Lemaire écrit à Reynaldo pour lui demander si j'ai eu « le courage d'aller me soigner etc » et sa fille pour lui dire que sa mère lui rend la vie insupportable. Voilà quelque chose que je ne peux pas dire ! ma chère petite Maman ! qui serait si contente de me voir désétouffé comme je suis en somme, puisque ma crise de ce matin a été la seule et je te dis fort peu violente ; par exemple pas mal d'éternuements comme quand je me levais le jour. Tu as tort de trop attribuer les paroles de Croisset à la rage. En somme Faguet disait que cela vient en droite ligne de Marivaux et c'était cent fois

1. En allemand : *sera dit plus tard pourquoi.*

trop aimable [1]. Non, mais c'est devenu un chic chez les jeunes gens de taper sur Faguet comme autrefois sur Sarcey. Et c'est très bête d'appeler sa lourdeur de l'ignorance du français. Car c'est voulu et il sait très bien ce qu'il fait. S'il y a au contraire une chose défendable c'est sa forme. Je te colle ici une note d'un article d'un Mr Alfassa dans la *Revue de Paris*, qui n'a d'ailleurs aucun intérêt (la note) mais simplement parce que le nom de Papa est dedans [2]. J'ai été tout seul aujourd'hui mais Antoine Bibesco m'a fait dire qu'il viendrait un instant un peu tard. Si j'étais bien demain grâce au cascara j'irais peut-être à la campagne, mais j'en doute fort. Peut-être comme je suis couvert maintenant dans mon lit est-ce que je prends froid en me levant. Peut-être ai-je pris atténué le malaise de Reynaldo (qui va maintenant très bien). Si tu as lu le *Temps* où était la lettre de Lintilhac tu as dû lire celle

1. Allusion à l'interview de Francis de Croisset publiée dans *Le Figaro* du jeudi 22 septembre 1904, « Critique des critiques : Comédie-Française : *le Paon* », par Robert de Flers. Croisset se dit « ravi » de l'attitude de la presse autour de sa nouvelle pièce, puis se lance dans une riposte acerbe et pleine de sous-entendus pour le style d'Émile Faguet, dont le compte rendu (*Journal des débats* du 11 juillet 1904) fut malveillant. Croisset cite certaines phrases dont la saveur lui échappe, telles que : « Annette est foncièrement bête ; Corysandre qui est bête à souhait, et qu'on exhibe bêtement. Il fait chaud, on s'ennuie *à fond* », et : « C'est du Marivaux de second cru, mais cela vient cependant, à peu près en droiture de la cave de Marivaux. » Croisset ajoute : « Toujours la même tournure de phrase bien française, la même élégance. Entre nous, M. Faguet a cédé à une délicate attention : il sait que je suis né à Bruxelles ; il a tenu à écrire son article en belge. »

2. Georges Alfassa, « Le Travail de nuit des femmes », *La Revue de Paris* du 15 septembre 1904, note 1, p. 369. Il s'agit d'un rapport d'une commission de l'Académie de médecine, commission qui groupait Brouardel, Proust, Tarnier et Rochard. La note est collée en bas de la page 15 de cette lettre.

de Mirbeau sur Madame de Noailles [1]. Quels éloges ! Précise-moi toujours bien pour le premier jour de guérison dans quelles conditions je pourrais venir habiter à Dieppe. – Félicie s'est encore couchée de très bonne heure, moins pourtant qu'elle n'aurait pu, mais enfin je suppose vers 9 heures 1/2 bien que je n'aie pas regardé l'heure à ce moment. Marie est restée un peu à m'expliquer ses divers projets et très gentiment s'est refusée à ce que je fasse venir Baptiste si j'avais besoin de rester un soir couché, disant qu'elle le ferait très volontiers. Elle m'a dit de te dire qu'elle t'avait terminé un corsage. Comme la porte d'entrée ne sonnait plus (mais absolument plus) (du reste je te l'ai peut-être dit hier) nous avons fait venir l'électricien de la rue de Monceau, Mme Gesland [2] ignorant l'adresse du tien.

Mille tendres baisers

Marcel

P. S. Je me sens extrêmement bien ce soir et vais me coucher bien plus tôt quoi que ayant dîné pl. tard.

1. Il s'agit d'une enquête, parue dans *Le Temps* du 22 septembre 1904, « Les Maîtres de nos maîtres » par Raoul Aubry, sur ce que lisent « nos maîtres contemporains ». Eugène Lintilhac, ancien avocat, professeur, sénateur, y fait l'aveu : « J'ai dû tellement lire par devoir que je n'ai presque rien lu par plaisir. » – Une citation d'une lettre d'Octave Mirbeau contient cette appréciation :

« Cette année j'ai emporté les livres de Mme la Csse Mathieu de Noailles. Car j'avais résisté, jusque-là, me méfiant beaucoup de la littérature des femmes. Et c'est une véritable découverte que j'ai faite là, une découverte de joie ardente, de passion forcenée, quelque chose de rare… *La Nouvelle Espérance* est un des plus beaux livres de notre temps… »

2. Il s'agit sans doute de Mme Gélon, concierge du 45, rue de Courcelles.

CXXX

Dieppe Hôtel des Bains

Dimanche 25 [septembre 1904] [1]

Mon chéri

Ta lettre n'est encore venue que ce matin. J'en suis contente. Il n'y a pas d'autre courrier le Dimanche et si j'avais mangé ta lettre hier soir j'eusse jeûné aujourd'hui ! Ne fais rien pour *moi* chez nos voisins. J'enverrai carte d'ici [2]. Ton papetier à cartes est Brou 12 Bdv Malesherbes. En 24 heures il peut (il est très complaisant) t'en donner. Mais je crois qu'il vaut mieux cette fois renoncer à faire usage de ta planche (qui est très bien pour les cartes blanches) – et sans faire la dépense inutile d'une autre planche – les prier de te graver 100 cartes (qui te coûteront ainsi sans doute 5″ au lieu de 3″). Tu te trompes mon chéri tes lettres sont toutes charmantes *toutes* appréciées de moi comme j'apprécie mon loup type sous tous ses aspects. D'ailleurs « même quand l'oiseau marche [3] » – – – et encore ce matin j'y ai glané des épis d'or. Forain très drôle, Tristan Bernard – très spirituel

1. Lettre portant, de la main de Mme Proust, la suscription « Dieppe Hôtel des Bains Dimanche 25 ». Suit la lettre CXXVIII, datée du vendredi 23 septembre 1904 : réponse aux questions de Marcel au sujet du mariage Lalo-Fuchs (voir la note 2 ci-après) et des cartes de visite pour le cadeau destiné au mariage Albufera ; et aux reproches de Marcel dans la même lettre au sujet du choix de l'hôtel à Dieppe. *Cf.* les notes 1 et 2, p. 286.

2. Réponse à une question posée au sujet du mariage Lalo dans la lettre CXXVIII, ci-dessus. Mme Edmond Fuchs, née Ledoux, dont la fille venait d'épouser Pierre Lalo, demeurait, ainsi que les Proust, au 45, rue de Courcelles. Voir le *Paris-Hachette* de 1904. *Cf.* ci-dessus, la lettre CXXVIII, note 1, p. 276.

3. *Cf.* la lettre LXXIII ci-dessus (1899).

et se détachant sur toutes les inepties prétentieuses – telles que Jules Renard[1] !! La gentillesse « Parisienne » de Roujon sur Mad. de Sévigné[2] méritait les châtiments formulés par ton oncle[3]. Mon chéri ne m'envoie rien et calme les zèles et interdis tout envoi d'aucune sorte. Je n'ai pas *choisi* l'hôtel il s'imposait à défaut du Royal. Il y a des chambres à cheminée et sans calorifère. Seulement salon, salle à manger, vestibule et corridor dans lequel donnent les chambres sont au calorifère.

Je t'embrasse mille fois cher petit

J. Proust

1. Il s'agit du dessin de Forain paru dans *Le Figaro* du 25 septembre 1904, « Doux Pays », représentant un officier qui se penche sur son chien en lui disant : « Je peux te le dire à toi, sans crainte d'être dénoncé : Je vais à la Messe ! » – L'allusion à Tristan Bernard se rapporte à la lettre parue dans *Le Figaro* du 22 septembre 1904, réponse à un questionnaire sur l'emploi des vacances (voir ci-dessus, la lettre du 23, note 3, p. 278). La réponse de Jules Renard au même questionnaire parut dans *Le Figaro* du 2 septembre. Elle contient des phrases « à effet » de ce genre : « Au théâtre, le public (le public c'est moi) accepte tout, sauf l'ennui. » « Je ne préfère pas Labiche à Victor Hugo, mais je le place fort au-dessus de Becque. » « À bientôt, cher Monsieur, au théâtre, chez les fous. »

2. « Neurasthénie », d'Henry Roujon, *Le Figaro* du 23 septembre 1904, à propos d'Aurélien Scholl et de Mme de Sévigné, qui, d'après Roujon, font partie « d'une humanité qui disparaît ». Déplorant l'ère du métro et de l'automobile, Roujon affirme : « La carte postale tuera la lettre », ajoutant : « Ô Marie de Rabutin-Chantal, marquise de Sévigné, qu'il est donc ironique de placer sous votre nom les lycées où l'on enseigne le tennis à nos filles. Le genre est mort où vous excelliez… Aujourd'hui, vous enverriez en Provence des carrés de Bristol, avec l'image du manoir des Rochers sur le côté non réservé à l'adresse. Dans un coin du ciel de papier, vous traceriez ces mots : « Turenne mort. Temps infect. Bonsoir. »

3. *Cf.* ci-dessus, la lettre LXXIV : « Comme aurait dit mon oncle ce serait à leur cracher à la figure. »

Fais bien vérifier ta tenue. Si tu as à t'habiller dans le jour es-tu sûr que ton costume soit irréprochable. Mais avant tout plus de chevelure de roi franc, tes cheveux obscurcissent ma vue pendant que je pense à toi. J'espère qu'à l'heure où j'écris c'est fait [1].

Le mercredi 21 j'ai envoyé à Félicie deux cent francs. Jamais tu ne m'en as parlé. Je l'avais *fait de suite* pour qu'elle ne se trouve pas à court.

CXXXI

[Dieppe, lundi 26 ? septembre 1904] [2]

Le commencement manque.

J'avais pensé que tu nécrologerais peut-être le pauvre Gallé dans la Gazette Favart [3], puis j'ai réfléchi que Courtambault et Paul Desjardins pourraient bien préparer des articles (celui du *Figaro* se demandant si « vase » répond bien à la noblesse de son talent) [4].

Tant que Julia de Sacré Cœur ira dans le monde je refuse d'admettre sa conversion. Il nous faut au retour

1. *Cf.* ci-dessus, p. 271, 277.

2. Lettre sur papier de grand deuil « Ducal Crown ». L'allusion aux avis de mariage (voir la note 2, p. 288) nous permet de la dater de Dieppe, lundi 26 (ou mardi 27) septembre 1904. *Cf.* aussi la note 1, p. 288 à propos de l'allusion à « Julia de Sacré Cœur. »

3. *Sic.* Il s'agit apparemment de la *Gazette des Beaux-Arts*, siégeant au 8, rue Favart. Proust, qui connaissait son directeur Charles Ephrussi, y publiait de temps en temps un compte rendu ou un article. *Émile* Charles Martin Gallé (1846-1904), maître verrier, fils unique du verrier et céramiste lorrain Gallé-Reinemer venait de mourir le 23 septembre à Nancy.

4. Citation de l'article de L. Roger-Milès, « Émile Gallé », paru dans *Le Figaro* du 24 septembre 1904 : « ... il semble que le mot vase est ici impuissant à définir les créations du maître ».

du pèlerinage cilice et retraite définitive [1]. Tu as vu qu'Albu ouvre la nomenclature des publications ce matin [2]. Je t'embrasse mille fois mon chéri.

J. Proust

Que deux mots de légende de Forain sont donc toujours à longue portée [3] !

CXXXII

Jeudi soir

[29 septembre 1904] [4]

Ma chère petite Maman

Tu n'auras qu'un mot ce soir parce que Marchand est venu ce soir, resté très tard et que je vais bientôt me coucher. Et j'ai encore mon feu à faire etc. Je ne veux

1. Allusion à la lettre CXXVIII, p. 275, où Marcel avait parlé du pèlerinage à Lourdes de Mme Alphonse Daudet, née Julia Allard.

2. En tête des avis de mariage publiés dans *Le Figaro* du lundi 26 septembre 1904 : « M. Louis Joseph Suchet, marquis d'Albufera, fils du duc et de la duchesse, née de Cambacérès, et Mlle Anna Victoire Andrée Masséna, fille du duc de Rivoli, prince d'Essling, ancien député… et de la duchesse, née Furtado. »

3. Il s'agit du dessin cité dans la lettre précédente ; Forain satirise l'anticléricalisme du ministère du général André. Voir ci-dessus, note 1, p. 286.

4. Lettre sur papier de grand deuil ; écrite entre la mort du Dr Proust (26 novembre 1903) et celle de Mme Proust (26 septembre 1905). L'allusion au retour de sa mère, que Marcel attend d'un jour à l'autre, ne peut s'appliquer qu'au séjour de Mme Proust à Étretat en août 1904, ou au séjour à Dieppe en septembre de la même année. Du reste, l'allusion aux cartes de visite (voir la note 1, p. 289) nous permet de classer cette lettre après les lettres CXXVIII et CXXX ; elle daterait donc évidemment du jeudi 29 septembre 1904.

pas manquer l'heure, il est déjà plus de minuit 1/2. Je suis extrêmement bien en ce moment et je t'avoue que quelque différence *apparente* qu'il y ait à cet égard entre Marchand et moi des deux je sens combien c'est moi qui vais le mieux. Dans la salle à manger (et du reste [il] a été fort bête de ne pas me le dire par politesse) il s'est enrhumé ! et aussitôt à commencé à étouffer. Mais j'aime mieux pour deux minutes que je reste avec toi te parler de moi. Sorti cinq minutes hier soir par un temps de chien je suis rentré sans asthme. Mais j'ai été réveillé par une crise assez violente. Là-dessus fumage la matinée fort long et pas de lettre de toi (qui est venue ensuite). Là-dessus j'en conclus que tu arrives, veux attendre avant de me rendormir, quand est venue la lettre. J'ai fini par me rendormir non sans incidents mais j'ai pu cependant en restant moins couché regagner une heure des deux que j'avais perdues hier, donc tout est toujours en très bonne voie. Mes dents ont été fort mal (relativement aujourd'hui) mais j'étais si fatigué de mon asthme qu'il n'y avait pas à penser à aller chez Ferrier ni même à le faire venir. Puis j'ai très bien dîné et maintenant je n'ai *ni malaise ni l'ombre d'asthme*, presque *plus mal aux dents* du tout, je suis très bien. Tu ne « réponds » jamais à mes lettres de sorte que je ne sais pas où sont *mes cartes*[1]. Je ne connais rien de si abject que la lettre de Nuna et s'il n'était pas si tard je laisserais déborder mon indignation sur le compte de cette femme qui ne

1. Dans sa lettre du vendredi 23 Marcel demandait où il pouvait commander de nouvelles cartes de visite pour le cadeau destiné au mariage Albufera, ajoutant : « Mais où ? et y a-t-il le temps ? Et s'il n'y a pas le temps où sont les miennes ? » Mme Proust avait répondu le dimanche 25 en indiquant l'adresse du papetier et en disant que ce dernier pouvait graver les cartes en vingt-quatre heures ; elle n'avait pas répondu à la dernière question de Marcel.

sait même pas comprendre les natures auxquelles elle ne peut atteindre par le cœur. En voyant ce matin combien j'aurais été ennuyé que tu arrives à l'improviste au milieu de ma crise, je préférerais que quand tu désireras revenir tu me préviennes, si tu le sais bien entendu, de façon à ce que je ne *sorte pas la veille*. Sortir le jour même et ne te voir qu'en rentrant me serait encore égal. Mais être en crise quand tu arriverais me coûterait beaucoup. J'ai mille choses à te dire mais le coucher avant tout. Donc bonsoir et mille tendres baisers

Marcel

Daremberg n'est pas à Paris mais à Cannes. Marchand avait amené ainsi que Stéphane Brossaud *un chien* blanc fort joli mais qui ne t'aurait pas enthousiasmé. Et tout d'un coup il a dit : « Oh ! ce n'est rien il a dû faire ses petits besoins sur votre tapis, n'est-ce pas mon petit, petit, petit ? »

Vérification faite le chien avait été mieux élevé et tout est intact. Mais enfin « nous l'avons en dormant Madame échappé belle ».

CXXXIII

[Vers les premiers jours d'octobre 1904] [1]

Ma chère petite Maman

Je suis rentré à 10 heures 1/4 espérant encore te trouver (mon cocher avait été obligé d'aller dîner) pour te

1. Lettre sur papier de grand deuil « Waterford » ; écrite après le 23 septembre 1904, date de la lettre CXXVIII, où Proust demandait : « Où est le cadeau, puis-je aller le voir » ; et avant le 8 octobre, date de la signature

dire que j'ai été stupéfait émerveillé, confondu devant l'admirable colonne qui ferait l'admiration de tout le monde *n'importe où*, que ce soit chez les Rothschild, chez les Murat, chez Ephrussi ou même à Versailles. Ton goût extraordinaire qui t'a permis de la découvrir, ton ingéniosité incroyable qui t'a permis de me la rendre accessible comme prix, ton art exquis de restauration, enfin et plus que tout la gentillesse infinie qui a été le ressort de tes recherches et de tes travaux me remplissent d'émerveillement. Chez les Murat c'est-à-dire dans le plus bel hôtel de Paris, on croira que ce n'est pas un cadeau, que cela fait partie de l'hôtel [1]. Je reconnais que ce serait mieux comme porte-bouquets que comme lampe. Mais il est préférable de lui laisser la destination annoncée. L'abat-jour est joli, surtout la partie sans gravures, mais enfin tout cela ne tient pas à côté de la colonne. J'ai tort de dire la partie sans gravures, car les gravures sont très bien aussi. Le tout est cent fois trop beau, mais très bien. Ma sortie qui s'est compliquée d'une marche assez longue m'a éprouvé mais je crois qu'elle ne m'aura que moralement éprouvé. Je suis rentré éter-

du contrat de mariage Albufera-Essling où le cadeau en question devait être exposé. Du reste, Proust avait écrit, le 17 septembre : « C'est le 10 et non le 12 qu'est son mariage (il faudrait donc que la lampe fût prête vers le 2, il n'y a plus longtemps). » Comme Proust vient de voir le cadeau en question avant d'écrire cette lettre, il doit écrire vers les premiers jours d'octobre 1904. Du reste, Mme Proust doit être de retour de Dieppe (« mets cette lettre à la poste »… etc.) ; la lettre est postérieure donc au jeudi soir 29 septembre, date de la lettre précédente, écrite peu avant le retour de Mme Proust.

1. Il s'agit du cadeau pour le mariage Albufera-Essling, qui devait, en effet, être exposé à l'hôtel Murat, rue de Monceau, chez la sœur de la fiancée, où se tenait la signature du contrat et le mariage. Voir le compte rendu de la réception pour le contrat de mariage, dans *Le Figaro* du lendemain dimanche 9 octobre 1904. Le nom de Marcel Proust y est mentionné « parmi les cadeaux ».

nuant, toussant et surtout plein d'asthme. Comme j'ai été obligé de descendre ne sachant pas siffler pour dire au cocher que je ne ressortais pas, l'air m'a un peu calmé. Je suis remonté tout à fait dégagé. Je me suis mis à écrire (mets cette lettre à la poste s. v. p. toujours avec timbres de 25 [1]) et maintenant il me semble que toute crainte de crise est écartée (sans être naturellement certain). En tous cas la crise qui commençait si fort est entièrement dissipée, sans avoir eu besoin de fumer. En tous cas après un long repos dans la salle à manger je me sens comme état général admirablement. À peine essoufflé.

Mille tendres baisers

Marcel

Ne crois pas que ma reconnaissance ait exagéré l'expression de mon admiration. Je n'ai pas osé la laisser voir à Bourcelot mais je croyais que je me trompais, je ne croyais pas que cela pouvait être cela !

CXXXIV

[Premiers jours d'octobre 1904] [2]

Ma chère petite Maman

Je me couche crispé de l'heure tardive (presque quatre heures) et surtout de la fatigue d'avoir eu tant de peine

1. La taxe d'affranchissement d'une lettre ordinaire à destination de l'étranger étant, en 1904, de 25 centimes par 15 grammes, la lettre en question devait aller à l'étranger. Peut-être était-elle la même, à destination de la Belgique, dont il est question dans la lettre suivante.

2. Lettre sur papier de grand deuil « Waterford ». Elle ne peut dater que du moment où Mme Proust venait de rentrer de Dieppe à Paris en 1904. *Cf.* la lettre précédente, les trois notes.

à faire mon feu dont le bois était horrible. Mets je t'en prie cette lettre de *très bonne heure* avec autant de timbres de 5 sous (car elle suivra en Belgique) que son poids l'exigera. En sortant laisse l'adresse du marchand mais je crois mieux que le paquet parte d'ici, peut'être même qu'Albu le voie ici d'abord[1]. Je voudrais que tu puisses lire dans mon cœur pour y voir toutes les tendresses heureuses de ton retour que je n'ai pas su te dire.

Mille tendres baisers

Marcel

P. S. Incidents sans ombre que je n'ai pas de plume pour te narrer.

CXXXV

[Vers l'automne de 1904][2]

Ma chère petite Maman ne me fais pas la traduction je l'ai faite. Débrouille si tu veux (oralement)

1. Il s'agit apparemment du cadeau de noces pour le mariage Albufera-Essling.

2. Lettre sur papier de grand deuil « Waterford » ; écrite au moment où Proust s'occupe de la traduction d'une des préfaces de Ruskin à *Sésame et les Lys* (voir la note 1, p. 294), et où il vient de recevoir le manuscrit d'une traduction des *Pierres de Venise* faite par Mme Peigné-Crémieux (*cf.* la note 1, p. 295). Comme Proust n'a pas encore lu ce manuscrit, il doit écrire peu de temps avant la lettre CXXXVI, écrite après la lecture du même manuscrit. La lettre semble donc dater approximativement de l'automne de 1904. Il est à remarquer que Proust a déjà lu l'avant-propos de Mme Peigné-Crémieux, puisqu'il remarque qu'elle a « supprimé pour me faire plaisir les critiques sur le mysticisme de Ruskin ». Or, d'après l'avant-propos du volume, daté de novembre 1905, elle avait commencé sa traduction « il y a dix-huit mois », c'est-à-dire vers

la Préface de *Sésame*[1]. Ce qu'il faudrait demander surtout c'est si j'ai plus d'avantages (à supposer que je veuille prendre les 6 séries) à prendre maintenant les 6, ou maintenant des billets de la 1re, plus tard de la 2e ainsi de suite[2]. J'ai si follement travaillé que je ne t'écris que ces q.q. mots. J'ai été *parfaitement bien portant* toute la soirée. Je n'ai pas lu encore Mme Peigné ayant travaillé tout le temps mais j'ai soupesé son manuscrit et j'ai tt de même du respect pour une telle vitalité. Son petit avant-propos n'est pas trop mal. Elle a supprimé pour me faire plaisir les critiques sur le mysticisme de Ruskin. Mais elle

mai 1904. Le manuscrit achevé ne peut donc guère dater d'avant l'automne, au plus tôt. Dans une lettre inédite, Proust dit avoir été consulté par Mme Peigné sur les ouvrages non traduits de Ruskin, dont il avait mentionné les *Pierres de Venise*. Et il ajoute : « Assez peu de temps après – car c'est une femme fort intelligente et qui a accompli là en peu de temps une besogne vraiment héroïque – je recevais communication d'une partie de son manuscrit, puis d'une seconde. » Il semble peu probable que le manuscrit ait pu être achevé avant août ou septembre 1904 ; à tout considérer, le manuscrit intégral a du être achevé vers l'automne de 1904. *Cf.* la note 2 ci-après.

1. *Cf.* la lettre XXV à Mlle Nordlinger, *op. cit.*, p. 62, datée du « Vendredi [27 mai 1904] », où Proust compare les préfaces des deux éditions de *Sésame et les Lys* de Ruskin.

2. Il s'agit évidemment d'une souscription à la nouvelle édition des œuvres de Ruskin, par Cook et Wedderburn (Londres, G. Allen, 1903-1912). Cette « Library Edition » fut annoncée comme devant paraître en 30 volumes, en vente par souscription seulement, à 21 shillings le volume. Le 1er volume parut en mars 1903. (*The English Catalogue of Books*, vol. VII, Londres, 1905.) Sans doute pouvait-on y souscrire séparément aux 6 séries de 5 volumes. Dans une lettre à Mlle Nordlinger, datée du « [9 février 1905] », (*op. cit.*, p. 84), Proust écrit : « J'ai reçu en étrennes la nouvelle édition splendide de Ruskin. » Ceci semble être une confirmation de la date de notre lettre.

n'a pu se priver du plaisir de laisser passer le bout de l'oreille blocarde. Elle dit « La France ne partage pas les ardentes convictions de Ruskin » (qu'en sait-elle ?) « mais elle sait garder de l'admiration à ceux qui – en dehors de leur adoration de la divinité – ont eu le culte de la beauté etc. [1]. » Enfin. – .

Mille tendres baisers.

Sans signature

Mets sa lettre à la poste

1. La traduction de Mme Mathilde Peigné-Crémieux de *Les Pierres de Venise. Études locales pouvant servir de direction aux voyageurs séjournant à Venise et à Vérone*, avec préface de Robert de la Sizeranne, parut à Paris chez H. Laurens en 1906. Le « petit avant-propos » dont il est question est sans signature dans le volume. Voici le passage dont il s'agit, sous la forme modifiée qu'on trouve dans le volume :

« Il y a dix-huit mois environ qu'après avoir été entraîné par la lecture de "la Religion de la Beauté" de M. Robert de la Sizeranne et par "la Bible d'Amiens" (traduction de Marcel Proust), à connaître plus à fond l'œuvre de Ruskin, nous avons entrepris, à notre tour, de faire apprécier, par nos compatriotes, la grandeur de cet Anglais protestant, artiste convaincu qui, même lorsque l'impétuosité de son enthousiasme ou de son mépris l'emporte et le rend exclusif, nous désarme par la réalité de son émotion. »

Cet avant-propos porte la date : « Paris, novembre 1905. »

Marcel Proust a fait le compte rendu de cette traduction, dans *La Chronique des arts et de la curiosité* (supplément de la *Gazette des Beaux-Arts*) du 5 mai 1906. Le volume a dû paraître vers janvier ou février 1906 ; voir la *Bibliographie de la France* du 3 mars 1906.

CXXXVI

[Vers l'automne de 1904] [1]

Ma chère petite Maman

D'abord ce qui va te surprendre j'ai passé une *excellente* soirée, pas au point de vue moral, mais au point de vue asthme et état général. La salle à manger s'étant fort refroidie et ayant été obligé aux cabinets de laisser fenêtre ouverte pour chaleur, et porte ouverte pour entendre sonner j'ai pris un peu froid depuis mais vais toujours bien. Tâche de faire mettre de bonne heure le mot pour Daudet pour qu'il n'y ait pas besoin de le mettre en pneumatique (à la poste si ce mot peut arriver par la poste avant 5 ou 6 heures). Voici ce qu'il faut dire à Madame Peigné (je n'ai pu encore retrouver la lettre de Bibesco mais cela ne fait rien) :

Marcel a reçu une lettre de Bibesco sur laquelle il ne peut remettre la main mais qu'il retrouvera et t'enverra (si tu lui dis tu). Le résumé est, à l'avis de Marcel que le Vénitien fait beaucoup d'embarras, insinue qu'à Paris on ne trouvera pas facilement d'éditeur

1. Comme nous l'indiquons à propos de la lettre précédente p. 293), le manuscrit de Mme Peigné-Crémieux dont il s'agit ici ne peut guère avoir été achevé avant l'automne de 1904. D'autre part, comme Proust s'occupe de sa traduction de *Sésame* (voir la lettre précédente), ces deux lettres doivent nécessairement être antérieures à la fin de juin 1905, date où Proust envoya son manuscrit de *Sésame* au Mercure (voir la lettre XXIV à Mlle Nordlinger, *loc. cit.*, p. 89). Mais ce fut justement en septembre 1904 que Proust reçut d'un libraire de Venise la demande de traduire *Saint Mark's Rest* de Ruskin. Du reste, l'allusion à « ce temps froid et vif » qui donne à Proust « un désir d'une excursion » semble indiquer que l'été n'est pas loin, que l'automne commence. La lettre date donc vraisemblablement de l'automne de 1904.

pour les *Pierres de Venise*, que pour lui *St Marks Rest* ferait mieux son affaire etc. Conclusion Marcel serait enchanté que tu puisses envoyer promener ce Vénitien difficultueux, mais ne veut pas le faire avant de t'avoir assuré un éditeur parisien [1]. Dans ce but il s'est rendu malade à aller hier au Mercure. Par malechance Vallette était à Corbeil il n'a pu le voir et l'a inutilement attendu devant sa porte de 5 à 7. Il a parlé avec un de ses associés. Voici le résumé de la conversation. L'associé croit que Vallette publiera les *Pierres de Venise* mais il croit qu'il ne les publiera pas en même temps que *Sésame et les lys* pour ne pas mettre en vente à la fois deux Ruskin qui se nuiraient, ce qui en retardera forcément la publication. L'associé croit que Marcel ayant donné deux Ruskin avec notes etc, édition savante, Vallette préférera, pour donner de l'unité à sa collection, que les *Pierres de Venise* paraissent dans les mêmes conditions et que Marcel se charge de collaborer non à ta traduction elle-même mais au volume en y ajoutant des notes renvoyant aux autres œuvres de Ruskin etc. Marcel a demandé qu'on lui écrive fermement sur ces deux points pour savoir si tu peux compter être publiée au Mercure et s'ils désirent les notes (à supposer que cela ne te déplût pas). Il a dit que ton éditeur vénitien ne demandait qu'à te publier et qu'en conséquence tu avais besoin d'une réponse précise. Quant à la question des notes, Marcel si cela plaît au Mercure et si cela

1. *Cf.* la lettre XXXII à Mlle Nordlinger, où Proust écrit qu'il a reçu d'un « libraire de la Piazza San Marco » une lettre lui demandant de traduire *Saint Mark's Rest*, et disant « Je crois que je refuserai »... *Loc. cit.*, p. 80. Une traduction du *Repos de saint Marc* de Ruskin, par K. Johnston, parut chez Hachette en 1908.

te plaît aussi les fera très volontiers très heureux de voir son nom figurer à côté du tien sur la couverture bien que pour un travail infiniment plus modeste, mais il pense qu'alors tu serais obligée de rogner pas mal, pour ne pas trop surcharger. À vrai dire comme il mettrait *peu* de notes [1] et qui seraient imprimées en caractères *très fins* il croit que *cela* ne te forcerait pas à rogner beaucoup. Mais avec ou sans notes il croit que ton volume est beaucoup trop gros pour un seul volume (il demandera au Mercure s'ils veulent le faire en 2 volumes mais il est d'avance persuadé de la réponse, car il ne croit pas avoir souvenir que *jamais* le Mercure ait publié un ouvrage en 2 volumes ; il peut se tromper. Mais il lui semble qu'il y a des parties un peu sèches, un peu techniques qui ne pourront que gagner à être résumées. Au point de vue notes que Madame Peigné ne craigne pas que j'y émette d'idées personnelles sur la religion. D'ailleurs elles seront sous ma responsabilité, comme sa traduction sous la sienne puisque notre part de collaboration sera nettement délimitée. Traduction par M. Pierre Mercieux [2]. Notes par M. Marcel Proust. – . Au point de vue conditions je ne suis pas plus versé dans ces choses-là que Mme Peigné. Mais je peux lui dire d'avance que si

1. Ayant d'abord écrit : « *très peu* de notes », Proust a prudemment barré le mot « très ».

2. Pseudonyme de Mme Mathilde Peigné-Crémieux, Mercieux étant l'anagramme du nom Crémieux. Mme Peigné-Crémieux avait publié en 1899, sous le pseudonyme « Pierre Mercieux », une traduction de *La Reine de Navarre, Marguerite d'Angleterre*, de Mme Mary Darmesteter (Calmann-Lévy, 1900). La traduction des *Pierres de Venise* fut publiée sous le nom de « Mme Mathilde P. Crémieux », tel qu'on le trouve dans le *Paris-Hachette* de 1904 et de 1912. Mme Peigné, née Mathilde Crémieux, était une cousine de Mme A. Proust.

on la publie sans rien lui demander (ce qui sera certainement le cas au Mercure) et en lui donnant un faible tant pour cent sur la vente (tant pour cent qui au Mercure est très honnêtement compté) c'est tout ce qu'elle peut espérer de mieux. Si j'ai mis en l'air le mot « conditions » pour parler au Vénitien, c'était pour mettre Madame Peigné sur un piédestal. Mais lui non plus ne lui donnerait certainement rien d'avance et je doute qu'elle y ait autant sur la vente. Même au Mercure ce sera certainement très faible, d'autant plus que si l'ouvrage est en un volume ce sera un volume extrêmement fort qui coûtera peu

Sans signature [1]

P. S. Dis bien que si Croisset venait on ne me réveille à aucun prix. Dis-le à Marie etc. – Ce temps froid et clair me donne un désir d'une excursion à un Amiens quelconque !

CXXXVII

[4-10 décembre 1904 ?] [2]

Ma chère petite Maman

Je rentre si esquinté *d'incessante* toux que je suis allé en faire un peu discrètement à ta porte pour voir

1. La lettre est peut-être incomplète. Le post-scriptum est ajouté en tête de la première page.

2. L'allusion à l'exemplaire du *Secret de Polichinelle* (voir la note 2, p. 300) nous permet de situer la date de cette lettre après le 6 novembre 1904. Or, l'allusion au dîner que Proust propose de donner « le mardi 13 » ne peut se rapporter qu'au 13 décembre 1904

si tu dormais. Mais rien n'a répondu à « cette voix du cœur » qui cependant dit Lamartine « seule au cœur arrive ». – . Une solennelle réconciliation ce soir chez les Noailles, entre moi et Barrès, à qui je n'ai pas mâché de dures vérités, politiques et morales. Mais il les a fort bien prises et a été très gentil. Et successivement, pour Bouvier, pour Picquart, pour Labori, m'a donné des excuses – non valables d'ailleurs – de sa conduite. – J'ai *dû* encore garder une voiture fermée de 6 heures 1/2 à une heure 1/4 et à l'affolement financier où tout cela me jette, je comprends l'amélioration qui doit s'être introduite dans tes finances à toi depuis que tu ne me payes plus les mois d'été de Roche[1] (phrase que tu prendras toute à rebours si tu la trouves peu gentille. Mais je ne trouve pas toujours « le chemin de ton cœur »). Je te remercie infiniment des fruits, du *Secret de Polichinelle*[2] et du *Mercure*. – Veux-tu me laisser un mot me disant si le Mardi 13 serait une bonne date pour

ou au 13 juin 1905, seules dates entre le 6 novembre 1904 et le 26 septembre 1905 (mort de Mme Proust) où le mardi soit tombé un 13 du mois. Il ne semble pas que cette lettre puisse dater de juin 1905 ; car Proust l'écrit en rentrant d'une soirée chez Mme de Noailles où il a rencontré Barrès. Or le 4 juillet 1905, il écrira à Robert Dreyfus : « J'espérais toujours voir Mme de Noailles et chez elle Barrès. Mais depuis le 17 juillet dernier, cela fera dans quelques jours un an que je n'ai pas été en état d'aller chez elle ni de la recevoir chez moi. » La lettre à Mme Proust daterait donc vraisemblablement de décembre 1904 ; et comme Proust y ajoute que « n'importe quel jour de la semaine prochaine » lui conviendrait pour le dîner, il doit écrire dans la semaine qui précède celle du mardi 13, soit entre le dimanche 4 et le samedi 10 décembre 1904.

1. Cocher qui avait un coupé fermé.

2. *Le Secret de Polichinelle*, comédie en trois actes de Pierre Wolff, dont la première eut lieu au théâtre du Gymnase le 5 janvier 1903, fut publié par la Librairie Théâtrale. Sa mise en vente est annoncée dans

le dîner où je me demande si je ne pourrais pas m'en tenir aux Noailles Chimay avec un couple littéraire pour lequel j'hésite entre les Barrès et Pierrebourg Hervieu. Il me semble que Calmettes pourrait s'en contenter – – –

Mille tendres baisers

Marcel

Je tremble que la phrase sur mes 7 heures de voiture et sur Roche ne t'ennuie. Et dans ce cas cela me peinerait bien. Je disais plutôt cela pour que tu te rendes un peu compte – – – – – – – – – . Je suis souffrant en ce sens que je tousse comme un malheureux mais enfin voilà cinq fois que je sors avant le dîner et que je n'ai pas de *crise* à proprement parler. Seulement je *paye* cette absence de crise un prix fou (j'ai encore dîné chez Larue ce soir. Les Noailles auraient été treize si j'avais dîné). J'ai un mal de gorge !

Dans le cas où n'importe quel jour de la semaine prochaine te conviendrait pour le dîner veux-tu faire porter cette lettre à Radziwill (il y a une réponse s'il est là). S'il n'était pas à Paris qu'on demande s'il a le téléphone à Ermenonville, et le n° (et s'il est à Ermenonville). Si au contraire les différents jours de la semaine prochaine ne te conviennent pas également, ou ne te conviennent pas du tout, garde la lettre et ne l'envoie pas.

le *Gil Blas* du 7 novembre 1904 comme d'« hier ». *Cf.* la *Bibliographie de la France* du 26 novembre 1904.

CXXXVIII

Ma chère petite Maman je me suis ent[ière]m[en]t étouffé en buvant et fumant et je me demande quelle espèce de sommeil je vais pouvoir dormir !

Mille tendres baisers

Je t'écrivais pour q.q. chose mais ne me rappelle plus pour quoi.

CXXXIX

Ma chère petite Maman,

Reynaldo m'a déclaré que non seulement il ne chanterait pas mais que devant être chez Mme Mazza à 9 h. 1/2 il partirait avant la fin du dîner si cela se prolongeait trop. Je voudrais que tu lui envoies un mot de toi que je n'aie pas l'air de t'avoir inspiré ainsi conçu :

« Mon cher Reynaldo,

« Marcel me dit que vous ne chanterez pas. Il en est bien ennuyé et au fond toujours disposée à lui donner tort j'avoue cette fois que c'est lui qui me paraît avoir entièrement raison. Il me semble que vous pourriez en tous cas écrire à Mme Mazza que vous n'arriverez chez elle qu'à onze heures moins 1/4 et en sortant de table vous vous jetteriez sur le piano sans laisser les gens aller fumer, jusqu'à 10 heures 1/2. Je préférerais que vous disiez à Mme Mazza que vous n'irez pas. Mais de cette manière tout ne sera pas perdu. Vous ne pouvez pas faire moins pour nous que Mme de

Guerne qui finissant par suite d'incidents de dîner à 10 h 1/2 a pourtant chanté 3 morceaux avant d'aller à une soirée très importante. »

Tu peux ajouter des mots d'esprit pour qu'il voit [*sic*] bien que c'est de toi, mais pas d'argumentation. Voyant qu'il était décidé à ne pas venir j'ai invité Coco qui sera toujours utile si Reynaldo ne se laisse pas fléchir.

Mille tendres baisers

Marcel

Nous ne ferons qu'une table puisque tu le veux. Mais cela m'empêche d'avoir à dîner des gens comme les Régnier et les Yeatman à qui j'avais bien besoin de faire des politesses et que je ne pourrai plus avoir à un dîner uniquement faubourg St-Germain. De même pour Rod...

CXL

[1905 ?] [1]

Ma chère petite Maman

Admire ma déveine que je vais te conter (« car que faire en un gîte à moins que l'on ne conte » ?) Cascara en te quittant, mieux, viens prendre en manière de visite à te faire mon café dans ta tasse, très content

1. Sur papier de deuil à filigrane « Waterford », à bordure noire moins large que celle du papier de la première année après la mort du Dr Proust (26 novembre 1903). Cette lettre serait vraisemblablement écrite entre le 26 novembre 1904 et le 26 septembre 1905, date de la mort de Mme Proust.

d'avoir *travail amusant* à faire. Comme toujours au moment où j'achève ma tasse je viens à la grande table. Et la transpiration du café continue mais à ma place un peu moins chaude. Cette fois-ci elle s'arrête net au bout d'une seconde et malaise. Comme j'étais en train de faire une *chose intéressante*. Je reste. Mais mon froid augmente, augmente, malaise (tr. léger aveu). Je me dis que le salon doit être ouvert et qu'il faudra que je te parle sérieusement, bien que cela ne fasse jamais rien. Enfin le jour vient et je suis tout étonné de voir les rideaux de la salle à manger à demi ouverts et chose plus étonnante la fenêtre ouverte ! Soit que tu l'eusses mal refermée, soit que ce fût une autre qui était restée ouverte, la fenêtre de la salle à manger était restée ouverte. Comme il faisait du vent cette nuit elle avait en battant, fait sauter le rideau. Et aussitôt mon café bouillant pris, étant allé m'asseoir dedans sans le savoir, j'avais eu ce froid. Alors malgré l'heure tardive et le retard que cela occasionnerait au coucher, j'ai, au matin, été chercher de l'eau chaude dans la cuisine, j'ai repris un peu de café. L'oppression que le froid m'avait donnée a disparu, le cascara s'y joignant et je suis pas mal du tout en ce moment. Récit qui n'a rien d'intéressant d'ailleurs mais je suis trop fatigué pour dire des choses plus intéressantes ayant beaucoup lu, écrit, etc avec des forces que j'ai été chercher je me demande où. Merci bien des lettres. Pour Bernstein c'est un pneu très pressé. Ou à déposer.

Mille tendres baisers

Marcel

Au fond pour Bernstein pas trop pressé. Mais pour Mme Lemaire je voudrais que ce fut déposé dès le matin.

Je vais en ce moment *extrêmement bien*, de toutes les façons. Seulement avec ce café pris si tard à quelle heure pourrais-je me coucher.

CXLI

[1905 ?][1]

Le commencement manque.

Tu te rappelles très bien que je t'avais dit le nom de Weisweiller comme mauvaise fréquentation. Quant au fait même je ne pouvais pas le savoir puisque cela n'est venu que plus tard. Je t'ai dit seulement ce que Loche m'avait dit, qu'il avait eu l'impression de cela, impression qui a été reconnue fausse, et qui était si en l'air, tellement semblable à tout ce que nous disons tous en l'air de l'un et de l'autre que ç'aurait été une *folie* pure de rien baser là-dessus.

CXLII

[Vers le 30 mai 1905][2]

Le commencement manque.

P. S. Depuis que je t'ai écrit ayant eu besoin de livres un peu partout j'ai arrêté ma bonne chaleur et mon asthme a repris. Mais je suis bien tout de

1. Même papier deuil que la lettre CXIV.

2. Lettre datée par l'allusion à *Professionnelles Beautés* de R. de Montesquiou ; Proust venait d'en recevoir un exemplaire au moment où il écrivit la lettre CXLII à Montesquiou, écrite le 30 mai ou le 1er juin 1905. Le dépôt légal du volume de Montesquiou, paru chez Juven, date du 29 mai. Voir la *Bibliographie de la France* du 17 juin 1905, et *Correspondance générale* I, p. 141.

même. Je voudrais que tu m'achètes *aujourd'hui* le livre de Montesquiou qui vient de paraître. Je crois que cela s'appelle « Professionnels Beautys ». Je n'en suis pas sûr.

Mille tendres baisers

Marcel

Je suis très bien. Du reste le temps couvert justifie mes prévisions – et ma crise. Et je crois qu'il pleuvra bientôt. Refroidi.

CXLIII

[1905 ?] [1]

Ma chère petite Maman

J'ai fort regretté mes tentatives pour avoir froid *avant*, car je suis arrivé chez les Murat dans un hôtel où il y avait à peu près 30 ou 35 degrés et personne (que moi qui avais trop chaud) ne songeait à aller au jardin ! On avait trouvé qu'il faisait trop froid. Après n'ayant pas de voiture j'ai dû gagner la rue Royale etc etc à pied ce qui m'a un peu fatigué mais je suis revenu en voiture et jusqu'ici pas un soupçon de crise. J'ai pris chez Larue du café mais (dernière sincérité !) j'en ai par distraction pris beaucoup de tasses et d'une force extrême de sorte que je suis un peu enragé ! Étant distrait je suis monté au 4e en

1. Lettre sur papier de deuil « Waterford » à bordure noire moins large que celle du papier de la première année après la mort du Dr Proust ; le même papier que celui des lettres CXLV et CXLVII, datées de juin 1905.

ascenceur [*sic*] alors j'ai voulu redescendre mais pas moyen d'aborder au 1er. Ma seule ressource a été de remonter en ascenceur au 4e d'où je suis redescendu à pied mais voilà que je me suis trompé d'étage et ai en vain essayé de forcer la serrure de M. Touchard. Enfin je suis redescendu. J'ai vu que Mme Greffulhe avait une conférence d'une heure chez les Murat et qui paraît-il durait déjà depuis une heure avec l'Ambassadeur d'Allemagne, conférence à laquelle assista en partie M. Roche. – Radolin [1] parlait

La suite manque.

CXLIV

[Vers le début de juin 1905] [2]

Ma chère petite Maman

Très bonne soirée jusqu'ici du moins. L'arrivée de Nordlinger, m'a mis en bonnes dispositions [3]. Pris

1. Il s'agit de Hugo, prince de Radolin (1841-1917), ambassadeur d'Allemagne à Paris depuis le 2 mars 1901 jusqu'à la guerre de 1914-1918.

2. Lettre sur papier de grand deuil « Waterford » ; écrite au moment de la visite de Mlle Nordlinger à Paris au commencement de juin 1905 (voir la note 3 ci-après), peu avant l'envoi du manuscrit de *Sésame* à l'éditeur (fin de juin 1904 : voir la lettre XXXIV à Mlle Nordlinger).

3. Mlle Marie-Louise Nordlinger, plus tard Mme Riefstahl, cousine anglaise de Reynaldo Hahn, de retour d'un voyage de sept mois aux États-Unis, se trouvait de passage à Paris au commencement de juin 1905. Voici en quels termes elle décrit sa visite chez Proust : « … je le trouvai alité, les yeux embrasés, le visage blême encadré d'une forte barbe noire. Était-ce bien lui ? Seule la voix sourit : "Embrassez-moi une fois, Mary. Je pense toujours beaucoup à vous. Dites, qu'avez-vous vu ? Avez-vous vu de belles choses en Amérique ?" Mais *Sésame* attendait. Il fallait se hâter… » *Lettres à une amie*, p. X.

peut'être un peu [trop] [1] de café (mais je n'en sais rien). Nous avons fait de bonne besogne (et j'ai vu que j'avais très peu à lui demander, j'avais oublié que cela avait été fait. Après son départ, j'ai travaillé seul et parfaitement. Puis j'ai lu avec intérêt diverses choses, surtout avec l'intérêt de n'être pas mal (comme on trouve meilleur ce qu'on mange avec appétit). Tout cela coupé d'éternuements. Je ne sais trop si je serai fameusement cette nuit, le bien-être de mon déblo-quage ne changeant pas le reste. Je n'ai pas refait de feu. – . *Veux-tu faire porter dès le matin à Nordlinger ce Sésame (volume) et ce cahier (Mornings in Florence) c'est pressé*, (vers 9 1/2). – . Trouverais-tu bien (ou mal) qu'en tête de *Sésame*, étant obligé d'y mette des remerciements pour la traduction à Nordlinger je mette q.q. chose comme ceci. « Je dois faire précéder cette traduction de remerciements à Mlle Nordlinger qui a bien voulu la revoir minutieusement. Le public français ne connaît guère encore son grand talent de ciseleur. On peut voir d'elle au cimetière du Père La Chaise, le beau médaillon en bronze qu'elle a fait de mon Père. Je lui suis reconnaissant que les remercie-ments que je lui dois et lui adresse me permettent de placer encore ici, à l'entrée de ce nouveau volume, la figure de mon Père dont les yeux fermés à jamais ne sont plus ouverts qu'au fond de la mémoire de ceux qui l'ont aimé. Mais entre ses yeux et la vie, notre mémoire tend le voile inécartable du Temps. Ils ne voient rien de la vie qui passe, et leur regard d'autrefois ne s'adresse qu'aux choses d'autrefois que nous avons connues (dont beaucoup sont détruites sur la terre et n'existent plus, elles aussi, que dans l'asile

1. Par lapsus, Proust écrit : *plus* de café.

des mémoires fidèles) – À moins qu'ils ne se soient rouverts, dans un asile céleste, voyant des choses de toujours, que nous ne connaissons pas [1].

Mille tendres baisers

Marcel

CXLV

[Le 13 ou le 14 ? juin 1905] [2]

Résumé du plan ci-joint pour que tu t'y retrouves.

Tu trouveras les noms des principaux tableaux sur le grand plan

Ci-joint plan (peut-être erroné, sûrement incomplet)

Monte l'escalier ; en haut espèce de vestibule (sur l'escalier même ; à gauche regarde soigneusement de petites vues de Venise, rues, cours, rios ; à droite également Venise et de petites marines ; puis entre dans la

1. La traduction de *Sésame et les Lys* porte trois dédicaces : celle de la préface s'adresse à la princesse Alexandre de Caraman-Chimay ; celles des deux conférences de Ruskin s'adressent à Reynaldo Hahn et à Mlle Suzette Lemaire. Mlle Nordlinger se trouve donc reléguée à une note de la préface, en bas de la page 7 :

« Je n'aurais donc rien à ajouter ici si je ne tenais à renouveler l'expression de ma reconnaissance à mon amie Mlle Nordlinger qui, tellement mieux occupée à ces beaux travaux de ciselure où elle montre tant d'originalité et de maîtrise, a bien voulu pourtant revoir de près cette traduction, souvent la rendre moins imparfaite. »

2. Il s'agit de l'exposition des œuvres de Whistler à l'École des beaux-arts, quai Malaquais, au printemps de 1905. Proust s'y rendit le 13 ou le 14 juin. (Voir Kolb, *La Correspondance de Marcel Proust*, note 2, p. 75-76. *Cf.* la lettre IX à G. de Lauris, *Lettres à un ami*, p. 77, que nous datons du 12 au 13 juin 1905 ; et la lettre XXXIV à Mlle Nordlinger, *Lettres à une amie*, p. 87-89, datée du 24 juin 1905.)

salle qui est devant toi ; Si tu pénètres dans la salle et alors te retournant de façon à avoir devant toi la porte donnant sur l'escalier par lequel tu es entré, regarde sur le mur en face de toi (coupé par la porte donnant sur l'escalier) à ta gauche et à ta droite deux tableaux représentant des voiles sur un port, le soir ; et à côté des feux d'artifice ; sur le mur de droite le *Portrait de Miss Alexander* ; sur le mur de gauche *Valparaiso*. Il y a une autre salle à droite de celle-là en entrant (à gauche retournée comme tu es en regardant la porte). Regardes-y les Hollande, les choses genre Estampes japonaises et une chambre avec des rideaux clairs et trois personnages, et une femme au piano – Et une salle à gauche regardes-y la *Tamise gelée*, le *Portrait de Sarasate* ; un grand portrait de femme. J'oublie presque tout. En bas regarde les eaux fortes.

Mille tendres baisers

Sans signature

CXLVI

[Juin 1905] [1]

Ma chère petite Maman

Chose inouïe n'ayant pas eu l'ombre d'oppression (quoi que assez mal portant) non seulement je n'ai pas fumé en rentrant mais pas en me couchant et avant de me déshabiller moment critique j'ai avalé un cachet de trional (qui va peut'être troubler ma digestion etc).

1. Lettre écrite peu de jours avant le 24 juin 1905 (voir la note 1, p. 311), et probablement après le 15 du même mois (voir la note 2, p. 311).

Qu'on mette très *soigneusement* ensemble les lettres qui pourraient venir de façon à ne pas risquer que q[d] je les demanderai on ne me les donne pas toutes (à cause d'invitation possible au contrat de Loche [1]).

Veux-tu faire déposer aujourd'hui chez le concierge ce paquet pour Tinan mais en disant bien son nom car je ne sais s'il habite là [2]. Mille tendres baisers. Laisse-moi un mot me disant les heures probables de ta rentrée (sans l'avancer pour moi).

Sans signature

1. Le mariage du prince Léon (« Loche ») Radziwill avec Claude de Gramont eut lieu à Paris le 27 juin 1905 ; il fut dissous par divorce le 17 mai 1906. Une réception fut donnée chez la comtesse de Gramont, le 24 juin 1905, à l'occasion de la signature du contrat de mariage de sa fille avec le prince Léon Radziwill, d'après le compte rendu qu'en publia *Le Figaro* du surlendemain. On y trouve une longue liste des donateurs de cadeaux ; le nom de Proust n'y figure pas. Le nom de Proust est également absent de l'article du *Figaro* consacré au mariage, paru le 28 du même mois. Parmi les invités y est mentionné : Charles Ephrussi, l'un des modèles de Charles Swann.

2. Il s'agit apparemment de Camille « Charley » Pochet Lebarbier de Tinan, beau-frère de la comtesse Greffulhe. Proust lui envoyait sans doute un exemplaire de *La Renaissance latine* du 15 juin 1905, numéro contenant la préface à *Sésame* où est mentionné l'amiral, grand-père de Tinan.

CXLVII

[Vers le 21 juin 1905] [1]

Ma chère petite Maman

J'ai été merveilleusement ce soir, la chaleur m'ayant entièrement guéri. J'ai eu ensuite un peu froid dans le cabinet de Papa à chercher un Molière mais cela allait encore, quand dans la cuisine où j'ai eu à passer q.q. instants la porte était maintenue immensément ouverte. La nuit étant très fraîche, cela m'a rendu toux etc. Il a fallu faire du feu, refaire du café etc. Le café est tellement fort et j'en ai tant pris que j'ai peur d'être enragé demain dans mon lit, comme tu dis. Malgré cela malgré le désir de profiter de ce temps pour sortir je doute que j'aille demain après-midi à ce concert [2]. Ma chère petite Maman c'est un bon-

1. Cette lettre date du mois de juin 1905 ; elle fut écrite peu de temps après la démission de Delcassé (6 juin : voir la note 1, p. 313). Les allusions à la chaleur et au beau temps semblent la placer dans la période s'étendant du 19 au 24, et vraisemblablement vers le mercredi 21 juin 1905 (voir la note 2 ci-après).

2. Depuis les premiers jours du mois de juin 1905, Paris avait subi toutes les injures du temps possibles. Chaque jour le ciel était nuageux, lourd, menaçant ; les ondées, les averses, les orages se suivirent dans une succession qui semblait ne devoir jamais finir. Par exception, le 10, belle matinée, mais suivie d'un orage et de pluie ; le 14, belle journée, mais avec un ciel nuageux, seulement « moins menaçant » qu'à l'ordinaire. De même les jours suivants, jusqu'au 19, où il y eut une première « belle journée », malgré le ciel encore nuageux ; la température en même temps, montait jusqu'à 25°. Enfin vint une série de très belles journées ensoleillées et sans pluie, qui continuèrent jusqu'au 24 (voir les notices météorologiques du *Figaro)*. Le concert auquel Proust fait allusion serait peut-être celui qui, d'après *Le Figaro* du 24 juin 1905, eut lieu le 22 chez la comtesse de Castellane, concert où les chœurs et l'orchestre jouèrent sous la direction de Jules Danbé, et pour lequel

heur pour moi, plus grand que celui de t'avoir près de moi, de sentir que tu reposes un peu (puis-je dire que tu répares ?) un coucher normal peut-il suffire à réparer tant de nuits blanches. D'ailleurs jamais tu ne fus mieux servie. Billy, d'Albu, Lauris, sont venus, et Lauris est resté jusqu'à 1 heure du matin. Un peu plus, le cascara agissant, j'ai failli comme la Pcesse d'Harcourt « m'en soulager devant lui ». Il paraît que le pauvre Delcassé est comme fou. Il a embrassé Billy sur les deux joues. Celui-là trouve qu'après huit ans de loyaux services un baiser c'est bien platonique et qu'une place de 1er secrétaire aurait mieux valu, d'autant qu'il craint d'être balancé par Rouvier [1].

Sans signature

il y eut 2 000 invitations. *Cf.* la lettre VI à G. de Lauris, *Lettres à un ami*, p. 59, qui date du vendredi 23 juin 1905 (allusions à l'envoi de *La Renaissance latine* du 15 juin 1905 ; à l'article de Beaunier dans *Le Figaro* du 19 ; et à « demain samedi ») ; Proust s'excuse de ne pas avoir pu recevoir Lauris ce soir-là, ou bien la veille, parce qu'il sortait « en soirée ».

1. Théophile Delcassé (1852-1923), ministre des Affaires étrangères depuis le 29 juin 1898, venait de démissionner le 6 juin 1905, à la suite de l'échec de la mission française à Fez envoyée pour discuter la question du Maroc. Pierre *Maurice* Rouvier (1842-1911), ministre des Finances, et président du Conseil depuis le 24 janvier 1905, ayant pris l'intérim du ministère des Affaires étrangères, annonça le 16 juin, sa décision de garder définitivement le portefeuille des Affaires étrangères. Robert de Billy était alors, depuis 1899, secrétaire de deuxième classe au cabinet du ministre. Il fut promu au rang de premier secrétaire le 29 janvier 1907.

CXLVIII

[Peu avant le 27 juin 1905] [1]

Ma chère petite Maman je t'écris à un moment où je ne suis pas brillant mais aucune espèce de crise. J'ai vu Fouquières pas ami de Loche, ou du moins très peu lié et qui a reçu un carton pour le mariage [2]. Dans ces conditions je t'assure que quoique je trouve plus important que tout de ne pas te déplaire, tu avais tort de m'empêcher de renvoyer l'épingle. Cela ne fera malheureusement ni chaud ni froid à Loche sur qui tout glisse comme sur Reinach (dans un tout autre genre). Mais enfin c'est la seule chose que je puisse faire qui vis-à-vis des autres montre tout de même que je n'accepte pas un procédé dont j'ignore le motif bien qu'il y en ait évidemment un. Quant à Loche je peux le faire aussi gentiment que tu voudras et je te soumets ci-joint un brouillon de lettre qui me paraît tout à fait satisfaisant et édulcoré jusqu'à la fadeur. Lis-le, pénètre-t'en (je le mettrai peut'être dans la soupière de la salle à manger) ne l'envoie en aucun cas sans que je t'aie vue, et ne le salis pas, ne le corrige pas, car je l'enverrai sans doute tel sans avoir la patience de le corriger. J'aimerais beaucoup mieux une manifestation qui me permît de garder l'épingle ! Mais toute autre

1. Cette lettre fut écrite entre le 15 et le 27 juin 1905, et semble être peu antérieure au 27 (voir la note 2 ci-dessous et la note 1, p. 315). *Cf.* la lettre CXLVI ci-dessus, p. 310.

2. Il est question du prochain mariage du prince Léon Radziwill, qui épousa Claude de Gramont à Paris le 27 juin 1905. (Voir l'*Almanach de Gotha* de 1923, p. 525-526.) Au sujet de l'épingle de cravate dont Radziwill fit cadeau à Proust au moment de ce premier mariage, *cf.* la lettre XIX à Walter Berry, *Correspondance générale*, V, p. 42.

risquerait d'être désagréable, tandis qu'après cela, nos rapports restent excellents.

Sans signature

P. S. Y a-t-il ici plusieurs *Renaissance Latine*[1]. Il me serait vraiment fort utile de pouvoir en donner q.q. unes. D'autre part j'ai besoin de 2 *Plaisirs et les Jours* et de 3 ou 4 *Bibles d'Amiens* que nous remettons sans cesse (pas des 1res éditions elles sont trop sales). Si tu vois un *Tt Paris* cherche le n° de Léon Daudet rue St Simon.

CXLIX

Ma chère petite Maman[2]

Ne manque pas d'avoir quelqu'un ce soir. Quoique infiniment moins angoissé, je passe naturellement une bien pire journée qu'hier puisque le repos étendu même sans dormir m'a été jusqu'ici impossible et que je fume tout le temps. Tu pourrais à tout hasard te précautionner d'éroïne, quoique je sois absolument décidé à n'en pas prendre, on ne peut pas savoir devant ces crises si peu dans le cours habituel ce qui peut arriver. Il est donc préférable de se tenir sur ses gardes que de faire réveiller un pharmacien cette nuit.

Je suis mieux en ce moment. J'espère que cette pluie va m'améliorer. Aie toujours l'éroïne par prudence.

Sans signature

1. Il s'agit évidemment de *La Renaissance latine* du 15 juin 1905, numéro qui contient « Sur la lecture ».
2. Ce mot à peine lisible est griffonné sur une demi-feuille déchirée.

Note extraite des *Cahiers inédits* de Marcel Proust

Maman avait quelquefois bien du chagrin, mais on ne le savait pas, car elle ne pleurait jamais qu'avec douceur et esprit. Elle est morte en me faisant une citation de Molière et une citation de Labiche. Elle m'a dit, de la garde qui sortait un instant, nous laissant seuls : « *Son départ ne pouvait plus à propos se faire…* » – « Que ce petit-là n'ait pas peur ; sa Maman ne le quittera pas. *Il ferait beau voir que je sois à Étampes et mon orthographe à Arpajon…* » Et puis elle n'a plus pu parler. Une fois seulement elle vit que je me retenais pour ne pas pleurer et elle fronça les sourcils, fit la moue en souriant, et je distinguai, dans sa parole déjà si embrouillée : « *Si vous n'êtes Romain, soyez* digne de l'être [1]… »

1. Texte appartenant à Mme Gérard Mante-Proust ; cité par André Maurois, *À la recherche de Marcel Proust.* La mère de Marcel, Mme Adrien Proust, née Jeanne-Clémence Weil, née à Paris le 21 avril 1849, y mourut le mardi 26 septembre 1905.

MIXTE
Papier issu de sources responsables
FSC® C003309

L'éditeur de cet ouvrage s'engage dans une démarche de certification FSC® qui contribue à la préservation des forêts pour les générations futures.

Pour en savoir plus :
www.editis.com/engagement-rse/

10/18 – 92 avenue de France, 75013 PARIS

Imprimé en France par CPI

N° d'impression : 2066735
Suite du premier tirage : août 2022
X07548/03